MARCUS HÜNNEBECK

# Abschaum

*Über das Buch:*

*»Meine Damen und Herren«, sagte der Geiselnehmer. »In wenigen Augenblicken wird uns das Fernsehen einen Besuch abstatten.*

*Bringen Sie also Ihre Frisuren in Ordnung. Aufs Nasepudern müssen Sie aber leider verzichten. Was uns diese Ehre verschafft? Es ist die Anwesenheit eines deutschen Superstars. Einer Schauspieler-Ikone. Hubert Scherer. Herr Scherer hat sich bereiterklärt, mir ein Exklusiv-Interview zu geben.«*

*Langsam näherte er sich ihrem Tisch.*

*»Ein Interview? Ich verstehe nicht«, meinte Hubert.*

*Der Verbrecher mit der Waldorf-Maske baute sich direkt vor ihm auf.*

*»Bevor ich dich erledige«, zischte er leise, »wird die Welt erfahren …«*

*Christoph stieß einen Schrei aus. Hubert sah aus dem Augenwinkel, wie der junge Mann aufsprang und dem Geiselnehmer kraftvoll gegen die Rippen schlug. Der Maskierte stöhnte schmerzerfüllt auf. Ehe er sich wehren konnte, hatte Christoph mit der anderen Hand seinen Arm zur Seite gerissen, wodurch der Pistolenlauf nicht mehr auf Hubert zielte.*

*Im Café brach die Hölle los …*

*Über den Autor:*

Marcus Hünnebeck ist ein Naturtalent: Seit 2001 erscheinen seine Romane, und das mit sehr großem Erfolg! Wenn er nicht gerade am Schreibtisch sitzt, treibt er gerne Sport, unter anderem Bogenschießen, und verbringt viel Zeit mit seinem Sohn. Marcus Hünnebeck lebt in Mondorf am Rhein. Seine große Affinität zu Thrillern stammt vielleicht daher, dass er einmal versehentlich polizeilich gesucht wurde. Doch das ist eine andere Geschichte.

*Marcus Hünnebeck bei LYX:*

1. Im Auge des Mörders
2. Abschaum

MARCUS HÜNNEBECK

# ABSCHAUM

LYX

LYX in der Bastei Lübbe AG
Dieser Titel ist auch als E-Book erschienen.

MIX
Papier aus verantwortungsvollen Quellen
FSC® C083411

Originalausgabe


Textredaktion: Claudia Schlottmann
Umschlaggestaltung & -illustration: bürosüd, München
Satz: Greiner & Reichel, Köln
Gesetzt aus der Adobe New Caledonia
Druck und Verarbeitung: CPI books Gmbh, Leck
Printed in Germany
ISBN 978-3-8025-9737-4

1 3 5 7 6 4 2

Sie finden uns im Internet unter www.lyx-verlag.de
Bitte beachten Sie auch: www.luebbe.de und www.lesejury.de

*Für Stefan*

# 1

Er spürte die neugierigen Blicke der anderen Gäste, die immer wieder mehr oder weniger verstohlen zu ihm herübersahen. Wenigstens hatte ihn noch keiner um ein Selfie gebeten. Wie er diese Marotte hasste! Ständig musste man in irgendeine Handykamera schauen und sich bemühen, freundlich zu gucken. Schließlich wusste man nie, wo der Schnappschuss später auftauchte.

Hubert Scherer konzentrierte sich auf seine Agentin, die ihm gegenübersaß. Caroline hatte das Café als Treffpunkt vorgeschlagen und ihn davon überzeugt, dass es momentan förderlich für ihn war, sich in der Öffentlichkeit zu zeigen. In einigen Tagen würde eines der großen amerikanischen Streamingportale bekanntgeben, dass es zum ersten Mal in Deutschland eine Serie produzieren werde. In der Hauptrolle Hubert Scherer, zweiundsechzig Jahre alt, Darsteller in zahlreichen Filmen und unzähligen Fernsehserien. Er hatte im Lauf seiner Karriere alle wichtigen Preise gewonnen, die Schauspieler hierzulande gewinnen konnten; zudem würde man ihn in ein paar Wochen für sein Lebenswerk ehren.

Scherer hatte in einem Alter, in dem Normalsterbliche hauptsächlich an den Beginn ihrer Rente dachten, eine fantastische Phase.

Innerlich lächelnd lehnte er sich zurück und ignorierte die Gaffer. Immerhin gehörten sie zu dem Publikum, das ihm sein großartiges Leben überhaupt erst ermöglichte.

»Du siehst zufrieden aus«, meinte Caroline.

»Kann ich auch sein, nicht wahr? Nach allem, was ich geleistet habe.« Er registrierte ein dezentes Runzeln ihrer Stirn. Offensichtlich fühlte sie sich für ihren Anteil an seinem Erfolg nicht genug wertgeschätzt. »Mit deiner Hilfe«, fügte er hinzu. »Nicht umsonst bin ich in dreißig Jahren nie zur Konkurrenz gewechselt. Trotz mancher Angebote.«

Er griff zu seinem Kaffeebecher und prostete ihr zu. Sofort wirkte sie entspannter.

»Ja, wir sind ein tolles Team«, bestätigte sie und trank ebenfalls einen Schluck.

Als sie das Glas wieder abgesetzt hatte, bemerkte er an ihren zusammengepressten Lippen, dass ihr ein unangenehmes Thema auf den Nägeln brannte. Statt sie darauf anzusprechen, schaute er sich im Café um. Der Laden verfügte über insgesamt sechzig oder siebzig Plätze, von denen mehr als die Hälfte besetzt waren. Die Innenausstattung war modern, in jeden Tisch war eine Steckdose integriert, damit den jungen Leuten für ihre elektronischen Spielereien nie der Saft ausging und sie womöglich vorzeitig den Ort verließen. Einige Personen saßen allein, andere in kleinen Gruppen zusammen. Diejenigen, die ohne Begleitung da waren, starrten auf ihre Handys oder arbeiteten an Laptops. Lediglich eine ungefähr vierzigjährige Frau schmökerte in einem echten Buch, dessen Seiten man umblättern und sogar knicken konnte. Am liebsten wäre er zu ihr hingegangen und hätte ihr ein Autogramm gegeben. Mittlerweile bekam er Drehbücher elektronisch zugeschickt statt wie früher in Papierform, was ihm deutlich lieber gewesen war.

Durch die offen stehende Eingangstür trat ein Mann mit einer dunkelblauen Sporttasche. Er ging zur Theke und bestellte bei der hübschen Bedienung etwas, ohne die Tasche loszulassen. Während sich die schwarzhaarige Frau umwandte, um einen Kaffee für ihn zuzubereiten, ließ der Neuankömmling seinen Blick über die Anwesenden schweifen. Unterdessen konzentrierte sich Hubert wieder auf Caroline.

»Du weißt, dass eine Mitarbeiterin regelmäßig die Namen meiner Klienten googelt?«, fragte sie.

Er zuckte mit den Achseln. Ihm war es egal, für welche nutzlosen Aufgaben sie ihr Personal einspannte.

»Daniela hat vor ein paar Tagen eine betrübliche Entdeckung gemacht«, fuhr sie leiser fort.

Nun genoss sie seine ganze Aufmerksamkeit. »Etwa die alte Geschichte?«

»Leider ja.«

»Das darf nicht wahr sein! Wo? Eine Zeitung?«

»Nein. So schlimm ist es noch nicht.« Sie beugte sich zu ihm vor. »Bislang ist es bloß eine Meldung in einem Blog, dem gerade einmal zweihundert User folgen. Das ist heutzutage nichts. Das Hauptaugenmerk des Bloggers gilt Internetserien. Er kommentiert in dem Artikel das Gerücht, dass demnächst in Deutschland von einem amerikanischen Unternehmen eine Sitcom mit dir in der Hauptrolle produziert werden soll. Offiziell wird der Deal ja erst nächste Woche über die Bühne gehen. In einem Nebensatz stellt er die Frage, warum ausgerechnet du ausgewählt wurdest, wo die Affäre doch nie aufgeklärt worden sei.«

»Verdammter Freak. Was wisst ihr über ihn?«

»Nicht viel. Ende dreißig. Selbstständiger Informatiker.«

»Ist er eine Gefahr?«

»Kann ich momentan nicht einschätzen.«

Unwirsch zischte Hubert. »Können wir ihn mundtot machen? Oder die Sache sonst irgendwie unter den Teppich kehren? Ihm Geld bieten?«

»Das möchte ich dir derzeit nicht empfehlen. Wir beobachten den Blog und überlegen uns gegebenenfalls gemeinsam mit dir eine Strategie. Hektischer Aktionismus könnte schlafende Hunde wecken.«

»Der Deal darf keinesfalls platzen!«, beschwor er sie. »Das klassische Fernsehen ist in ein paar Jahren tot. Streaming ist die Zukunft. Ich will noch eine Zeit lang im Geschäft bleiben und nicht der Vergessenheit anheimfallen.«

»Wir tun unser Bestes«, entgegnete Caroline.

Aus dem Augenwinkel bemerkte er eine Person, die sich ihrem Tisch näherte. Hubert sah hoch. Ein Mann, den er auf ungefähr dreißig schätzte, strahlte ihn an. Er trug ein kurzärmeliges schwarzes Jeanshemd und eine weiße Stoffhose, die am linken Bein einen hellroten Fleck aufwies.

»Sie sind es wirklich!«, rief er begeistert.

Hubert nickte. »Allerdings befinde ich mich gerade in einer wichtigen Besprechung. Wir können gern ein Foto schießen, danach würde ich Sie bitten …«

»Ich bin ein so großer Fan«, unterbrach ihn der Mann. »Seit Jahrzehnten.«

»Das ist schön«, murmelte Hubert genervt. »Würden Sie uns jetzt …«

Unaufgefordert setzte sich der Kerl auf den Stuhl neben Caroline.

»Hallo?«, entfuhr es ihr empört. »Das ist jetzt ziemlich dreist.«

»Ich heiße übrigens Christoph. Wissen Sie, wann ich Fan geworden bin?«

Plötzlich fühlte sich Hubert unfassbar müde. Er hatte keine Lust, eine große Szene zu veranstalten. Einige Gäste schauten schon zu ihnen herüber. Wenn er den Mann stärker bedrängte, sie in Ruhe zu lassen, würde das garantiert in den sozialen Netzwerken landen. *Früher war es deutlich angenehmer, ein Star zu sein, dachte er.*

»Keine Ahnung.«

»Es war Ihre Rolle in diesem Kinofilm Ende der Neunziger. Wie hieß der gleich? Mir liegt der Name auf der Zunge. Verdammt! Das gibt's nicht. Vor Aufregung fällt er mir nicht ein. Dabei habe ich den Film als DVD und Blu-Ray zu Hause.«

»Semmler und …«, begann Hubert.

»Die Suche nach dem Sinn«, fuhr die Nervensäge fort. »Richtig. Dafür haben Sie den deutschen Filmpreis gewonnen, oder?«

»Ja.«

»Hochverdient.«

»Danke.«

»Was machen Sie in Köln?«, erkundigte sich der Mann aufdringlich.

»Wie gesagt, eine geschäftliche Besprechung, die ich gern fortsetzen würde.«

»Bitte«, beharrte Christoph. »Nur ein paar Minuten. Davon kann ich später meinen Kindern erzählen. Der große Hubert Scherer und ich trinken einen Kaffee zusammen. Darf ich Sie zu etwas einladen? Die haben tolle Muffins hier.«

»Nein danke. Nicht nötig.«

Hubert konzentrierte sich auf Caroline, die ziemlich genervt wirkte, jedoch nichts unternahm, um den lästigen Fan loszuwerden.

»Das ist schade«, sagte Christoph. »Die Blaubeermuffins sind echt lecker.«

Er drehte sich halb zur Seite und schaute in Richtung Theke.

Unwillkürlich folgte Hubert dem Blick. Im ersten Moment glaubte er, seine Augen würden ihm einen Streich spielen.

Der Mann, der ihm vorhin beim Betreten des Cafés zufällig aufgefallen war, zog aus seiner Sporttasche eine Maske, die aussah wie die Muppets-Figur Waldorf, und stülpte sie sich rasch über.

»Caroline!«, wisperte Hubert. »Es gibt Ärger! Wir müssen abhauen! Schnell!«

»Was?«, fragten Caroline und der unerwünschte Dritte zeitgleich.

Fassungslos sah Hubert, wie zehn Meter entfernt der inzwischen Maskierte eine Pistole aus der Tasche nahm. Furcht lähmte den Schauspieler. Er schaffte es nicht, aufzustehen, um der drohenden Gefahr rechtzeitig zu entkommen.

»Keine Bewegung!«, schrie der Bewaffnete. Er sprang auf und stellte sich breitbeinig in den Gang. Die Waffe schwenkte er ziellos hin und her.

Erst jetzt wurden die anderen Gäste auf die bedrohliche Lage aufmerksam. Panik brach aus. Einige der Anwesenden schrien, andere krochen unter die Tische oder hoben ihre Arme in die Höhe.

Eine Frau, die in der Nähe des Eingangs saß, nutzte ihren günstigen Platz und hechtete hinaus.

»Verdammt! Niemand rührt sich!«, brüllte der mit der Waldorf-Maske. Er zielte mit der Pistole der flüchtenden Person hinterher, schoss jedoch nicht.

Zwei Angestellte rannten durch eine hölzerne Schwingtür in einen nicht einsehbaren Raum im hinteren Teil des Cafés.

Der Kopf des Maskierten ruckte herum. »Warum hört ihr nicht? Der Nächste, der sich bewegt, stirbt.«

Um seinen Worten Nachdruck zu verleihen, feuerte er eine Kugel in die Decke; der Lärm drang durch die geöffnete Tür bis nach draußen. Hubert sah, wie Passanten ihre Handys zückten. Ein paar von ihnen schienen zu telefonieren, während sie sich langsam zurückzogen, andere harrten aus und machten ganz offensichtlich Filmaufnahmen. Hoffentlich rief irgendjemand die Polizei, um den Wahnsinn schnellstmöglich zu beenden.

»Du!«, schrie der Mann.

Er richtete seine Waffe auf einen Angestellten, der bis vor wenigen Augenblicken damit beschäftigt gewesen war, Tische mit einem feuchten Lappen abzuwischen, inzwischen allerdings die Hände hochhielt. Das Tuch umklammerte er immer noch, sodass ihm Wasser auf die Stirn tropfte.

»Nicht schießen«, flehte der junge Mitarbeiter.

»Was ist dahinter?« Waldorf deutete zur Holztür.

»Die Küche.«

»Auch ein Ausgang?«

»Der Notausgang«, bestätigte der Mann.

»Du verriegelst beide Ausgänge. Wenn du Scheiße baust, knall ich dich ab.«

»Ich mache keinen Scheiß!«

»Erst die Vordertür.«

Waldorf trat zwei Schritte zurück und winkte den Unglückseligen mit dem Pistolenlauf herbei. »Kannst du die Tür verriegeln?«

»Ich hab keinen Schlüssel.«

»Wer hat ihn?«

»Die sind gerade abgehauen.«

»Fuck! Zumachen und Stühle davorstellen.«

Der Angestellte nickte zaghaft und ging in größtmöglichem Abstand an dem Maskierten vorbei.

»Feigling«, flüsterte Christoph.

Hubert sah ihn fragend an.

»Warum hat er ihn nicht angegriffen?«

*Weil er nicht lebensmüde ist,* dachte Hubert. Trotzdem forderte er den Mann an seinem Tisch mit einem Stirnrunzeln auf, weiterzusprechen. Der Geiselnehmer war abgelenkt und achtete derzeit nur auf eine Person.

»Ich bin Kampfsportler.« Christoph beugte sich zu Hubert hinüber und bewegte kaum hörbar die Lippen. »Man müsste ihn bloß ins Stolpern bringen. Dann hätte er keine Chance.«

»Er ist bewaffnet«, zischte Caroline. »Denken Sie erst gar nicht daran!«

Christoph zuckte mit den Achseln und fixierte Hubert.

In den Augen des Mannes stand die Bereitschaft, eine Heldentat zu begehen. Oder würde er ihr Todesurteil provozieren?

Um ihn nicht zu bestärken, konzentrierte sich Hubert auf das Geschehen an der Tür. Der Angestellte hatte den Eingang inzwischen zugezogen und einen Stuhl davorgestellt.

»Noch zwei!«, befahl Waldorf.

Sobald die Aufgabe erledigt war, dirigierte er den jungen Mann bis zu dem Durchgang, der in die Küche führte.

»Bleib dort stehen.« Waldorf schaute sich um. Zum wiederholten Mal schwenkte er die Waffe, um alle Anwesenden gleichzeitig zu bedrohen. »Ihr rührt euch nicht!«

Der Maskierte folgte dem Mitarbeiter und stieß ihn unsanft in den hinteren Teil des Cafés. Er selbst verharrte an der Türschwelle, von der aus er beide Räume überblicken konnte.

»Schon wieder eine Gelegenheit verpasst«, raunte Christoph.

»Seien Sie still!«, forderte Caroline.

Christoph achtete nicht auf sie. »Helfen Sie mir, Hubert?«

»Nein!«, bat ihn seine Agentin.

»Wir wären Helden!«, entgegnete der Mann.

»Warten wir ab, was er vorhat«, entschied der Schauspieler.

Unzufrieden schüttelte Christoph den Kopf. »Dann beten Sie zu Gott, dass er Sie nicht erkennt. Immerhin sind Sie die wertvollste Geisel.«

Überrumpelt sah Hubert Caroline an. Daran hatte er bislang keinen Gedanken verschwendet.

»Zurück zu den anderen«, befahl der Geiselnehmer nach einer Weile.

Der Angestellte stolperte an ihm vorbei und entschied sich für einen Platz an der Wand. Unterdessen ging Waldorf zu seiner Tasche. Ohne die Geiseln aus den Augen zu lassen, holte er vier Dosen daraus hervor.

»Ein paar von euch werden jetzt die Fenster besprühen. Das muss erledigt sein, bevor die Bullen auftauchen. Ihr sprüht das Glas komplett ein.«

Wahllos suchte er sich vier Leute heraus, die in der Nähe der Glasfront saßen. Zu ihnen gehörte die Frau, die in dem Buch geschmökert hatte. Er warf ihnen die Sprühdosen zu, doch lediglich einer Person gelang es, die auf sie gezielte Dose aufzufangen.

»Zack! Zack!«

*Verdammt kluger Schachzug,* dachte Hubert anerkennend. Der Polizei wurde es auf die Art unmöglich gemacht, den Verbrecher von außerhalb des Gebäudes auszuschalten.

Der erste Sprühstoß der schwarzen Farbe landete auf dem Fenster.

»Beeilung!«, trieb der Mann die Leute an.

# 2

Stefan Trapp saß am Schreibtisch und schrieb die Rechnung für einen Auftraggeber, den er in der vergangenen Woche bei zwei öffentlichen Veranstaltungen begleitet hatte. Als er die Gesamtsumme zusammenrechnen wollte, griff er mit der rechten Hand ins Leere. Er lächelte amüsiert über dieses Missgeschick. In seiner alten Wohnung hatte sich der Rollcontainer rechts vom Stuhl befunden, aber in Evas ehemaligem Gästezimmer stand er aus Platzgründen links. Stefan öffnete die oberste Schublade und entnahm ihr den Taschenrechner. Rasch hatte er die einzelnen Posten addiert und die Summe ins Dokument übertragen. Er druckte die Rechnung aus, um sie spätestens morgen zur Post zu bringen.

Nachdem er von dem Serienmörder, der es auf Eva abgesehen hatte, niedergeschossen worden war, hatte er zwei Monate lang nicht arbeiten können. Für diese Zeit war er bei ihr eingezogen. Sie hatte sich rührend um ihn gekümmert – teilweise aus schlechtem Gewissen, hauptsächlich jedoch, weil sie ihn liebte.

Mit jedem gemeinsam verbrachten Tag hatten sie vermehrt festgestellt, wie gut sie miteinander klarkamen. So war aus einem vorübergehenden Arrangement ein dauerhaftes geworden, und Stefan hatte seine eigene Mietwohnung gekündigt. Finanziell kam ihm das sehr entgegen, denn die eingesparte Miete kompensierte einen Teil der weggefallenen Honorare. Trotzdem war er froh gewesen, als er die ersten neuen Aufträge hatte annehmen können.

Er drehte die Sitzfläche des Bürostuhls halb herum und schaute sich um. Sie hatten das Gästebett weggeräumt, damit er genug Platz hatte, da er neben der Büroarbeit hier gern sein Training absolvierte; deswegen lag auch eine dunkelblaue Matte auf dem Fußboden. Der Raum war etwas kleiner als sein früheres Arbeitszimmer, doch die fehlenden Quadratmeter hatten ihn bislang nicht gestört. Momentan gab es nichts, was ihm an seinem Leben nicht gefiel.

Fast nichts.

Obwohl seine Exfreundin Sophie mit ihrem erpresserischen Versuch, ihn als Partner zurückzugewinnen, gescheitert war, hatte sie ihre Drohung, die Schwangerschaft abzubrechen, nicht wahrgemacht. Sie war gegen Ende ihrer gemeinsamen Zeit schwanger geworden, hatte das aber erst bemerkt, nachdem sich Stefan von ihr getrennt hatte. Regelmäßig schickte sie ihm nun E-Mails, an die sie Ultraschallbilder anhängte und in denen sie ihn aufforderte, die richtige Wahl zu treffen. Nämlich Eva zu verlassen und zu ihr zurückzukehren. Ein Wunsch, den er abstrus fand. Schließlich liebte er Eva. Dennoch beschäftigte ihn die Frage, welche Kontaktmöglichkeiten Sophie ihm später zu seinem Kind einräumen würde.

Er wandte sich wieder dem Schreibtisch zu, um seine E-Mails zu checken. Insgeheim hoffte er, eines Tages eine Mitteilung zu erhalten, in der sie ihm gestand, dass er gar nicht der Vater des Kindes sei. Eva hatte ihm den Rat gegeben, die Belästigungen ungelesen zu löschen, wozu er sich jedoch nicht in der Lage fühlte. Immerhin ging es hier aller Voraussicht nach um sein Baby. Ehe Stefan den Nachrichteneingang überprüfen konnte, sprang ihm auf der Startseite seines Computers eine Schlagzeile ins Auge: *Geiselnahme in Kölner Café. Bewaffneter Gangster fordert zehn Millionen Euro Lösegeld.*

»Oh Shit!«, flüsterte Stefan.

Ohne den Computer auszuschalten, verließ er den Raum und lief nach oben. Eva saß an ihrem Schreibtisch. Stefan wusste, dass der Abgabetermin für einen längeren Zeitungsartikel unmittelbar bevorstand. Sie bemerkte ihn und schenkte ihm ein Lächeln, das er flüchtig erwiderte.

»In der Innenstadt hat jemand Geiseln genommen.«

»Was?«, fragte sie völlig perplex.

Stefan ging ins Wohnzimmer und schaltete den Fernseher ein. Auf dem ersten Nachrichtenkanal in der Senderliste wurde live über die Geschehnisse berichtet. Im zweigeteilten Bild war links ein Reporter zu sehen, der anscheinend am Ort des Geschehens eingetroffen war. Rechts befand sich die Moderatorin, die ihren Kollegen befragte.

»Gerüchten zufolge hat der Geiselnehmer der Polizei ein Ultimatum gestellt. Können Sie uns etwas darüber sagen?«

Eva war Stefan gefolgt und starrte ihrerseits auf den Bildschirm. Unterdessen war die Einstellung in den Vollbildmodus gewechselt. Nun erkannte Stefan, dass sich der Reporter in einer der großen Kölner Einkaufsstraßen aufhielt, die wie ausgestorben wirkte.

»Schrecklich!«, entfuhr es Eva. »Das ist doch das …«

»Ja«, bestätigte er und legte den Finger auf die Lippen, weil er das Folgende mitbekommen wollte.

»Der Sprecher der Kölner Polizei hat das Ultimatum bestätigt, nachdem der Geiselnehmer eine Facebook-Nachricht gepostet hat, die in Windeseile tausendfach geteilt wurde«, sagte der Mann. »Die Kontaktaufnahme zur Polizei fand um dreizehn Uhr zwanzig statt. In dem Telefonat teilte der Unbekannte mit, dass er zweiunddreißig Personen in seiner Gewalt habe, für die er insgesamt zehn Millionen Euro Lösegeld fordert. Das Geld soll auf ein Bankkonto auf den Cayman Islands transferiert werden. Zudem hat er eine Frist von zwei Stunden gesetzt, nach deren Ablauf er halbstündlich eine Geisel erschießen will.«

»Wie realistisch ist es, dass die Polizei darauf eingeht?«, ertönte aus dem Off die Stimme der Nachrichtenmoderatorin.

»Die verantwortlichen Beamten wollen sich natürlich nicht in die Karten schauen lassen und verweigern ein klares Statement. Derzeit versuchen sie offenbar, erneut mit dem Geiselgangster in Kontakt zu treten, was ihnen seit der Fristsetzung nicht mehr gelungen ist.«

Die Kamera fuhr über die Schulter des Journalisten hinweg und zoomte das Café näher heran.

»Sind die Fenster schwarz, oder sieht das nur so aus?«, wunderte sich Eva.

»Das hat bestimmt mit der Geiselnahme zu tun«, vermutete Stefan.

»Was wissen Sie bisher über die Geiseln? Gerüchten zufolge befindet sich auch ein Prominenter unter ihnen?«, fragte die Sprecherin.

Das Bild wechselte wieder in den Splitscreen. Der Reporter wirkte noch eine Spur betrübter, während er langsam nickte.

»Leider gibt es Anzeichen dafür, dass sich der Schauspieler Hubert Scherer in dem Café aufhält. In den sozialen Netzwerken ist nämlich um kurz nach eins ein Bild aufgetaucht, das ihn zusammen mit seiner Agentin dort zeigt.«

Das besagte Foto wurde für ein paar Sekunden eingeblendet.

»Sind die bescheuert?«, ärgerte sich Stefan. »Warum zeigen die das? Wenn der Geiselnehmer das mitbekommt, gefährden sie Scherers Leben.«

»Zwei Angestellte, die rechtzeitig fliehen konnten, haben laut Polizeiangaben nicht bestätigen können, dass Scherer zu den Geiseln gehört. Versuche, die Agentin zu erreichen, schlugen allerdings fehl, was wir als schlechtes Zeichen deuten müssen.«

»Stimmt es, dass der Verkehr in der Kölner Innenstadt zum Erliegen gekommen ist?«

»Zumindest ist er stark eingeschränkt, denn Polizeikräfte haben das Gebiet großräumig abgesperrt.«

»Vielen Dank für den Bericht. Sobald es Neuigkeiten gibt, schalten wir zu Ihnen zurück.«

Nun fing die Kamera einen Mann ein, der links neben der Moderatorin saß.

»Im Studio begrüße ich den Kriminalpsychologen Werner Fischer. Guten Tag, Herr Fischer.«

Stefans Handy signalisierte piepsend einen E-Mail-Eingang. Abgelenkt griff er nach dem Telefon und öffnete die entsprechende App.

*Wie fühlt es sich an, bald Papa zu sein? Ein Papa, der keinen Kontakt zu seinem Kind haben wird, wenn er weiter so feige ist.*

Kopfschüttelnd legte er das Gerät beiseite.

»Von ihr?«, vermutete Eva.

»Irgendwann kommt sie hoffentlich zur Vernunft«, erwiderte er.

Währenddessen erklärte der Psychologe im Studio, weshalb die Geiseln in größter Gefahr schwebten.

# 3

»Die Zeit ist um!«, brüllte Waldorf. »Und von den Bullen kommt nichts.«

Obwohl die Stimme durch die Maske gedämpft wurde, hörte Hubert die Frustration des Mannes. Hatte er ernsthaft mit einem komplikationslosen Verlauf der Geiselnahme gerechnet? Bei einer Zehn-Millionen-Forderung und einer lächerlichen Frist, in der es der deutsche Beamtenapparat wahrscheinlich gerade eben so schaffte, genügend Personal aufzutreiben, um angemessen auf die Situation reagieren zu können. Falls er tatsächlich so naiv war, könnte das gefährlich für sie alle werden.

Der Geiselgangster schwenkte die Waffe. »Wen soll ich zuerst erlösen?«

Er hatte nur wenige Lampen einschalten lassen, nachdem die Fenster komplett besprüht worden waren. Die unnatürliche Düsternis verstärkte zumindest bei Hubert das Gefühl einer herannahenden Katastrophe.

Waldorf machte zwei Schritte in den Raum hinein und blieb bei einer jungen Frau stehen.

»Dich?«, schrie er.

»Bitte nicht!«, flehte sie. »Ich kann doch nichts dafür.«

»Kann ich denn was dafür?«, keifte er.

*Wer sonst?*, dachte Hubert.

Nach dieser kurzen Konfrontation ging der Maskierte weiter. Plötzlich trafen sich ihre Blicke. Der Schauspieler schaute schnell auf die Tischplatte, aber es war zu spät.

»Was glotzt du mich an?« Mit drei großen Schritten überbrückte der Geiselnehmer die Distanz, bis er ihren Tisch erreicht hatte.

»Willst du was von mir?«

»Nein«, entgegnete Hubert. »Alles ist gut.«

»Nichts ist gut!«, erwiderte Waldorf zornig. »Guck mich an, wenn ich mit dir rede.«

Zögerlich hob Hubert den Kopf. Wegen der verdammten Maske konnte er in den Augen des Mannes nicht lesen, ob der ihn erkannt hatte. Viel schlimmer war jedoch die Pistole, die nun auf ihn gerichtet war.

»Dich habe ich doch schon mal gesehen«, murmelte der Geiselnehmer. »Wer bist du?«

»Niemand.«

»Ich kenne dich.«

»Verschonen Sie bitte meinen Mann«, mischte sich Caroline ein.

Dankbar lächelte Hubert, während sich Waldorf ihr zuwandte. »Du Bitch sagst mir nicht, was ich zu tun habe. Klar?«

Hektisch nickte sie. »Tut mir leid«, flüsterte sie fast unhörbar.

Die offen zur Schau getragene Demut gefiel dem Verbrecher anscheinend. Er wandte sich einem Pärchen zu, das zwei Tische entfernt saß. »Vielleicht nehme ich auch euch!«

Ehe sie ihn um Gnade anflehen konnten, klingelte das Handy des Entführers, das auf seiner Sporttasche lag.

»Ich lasse euch alle mithören, damit ihr erfahrt, wie viel den Bullen euer Leben wert ist«, kündigte er an. Dann nahm er den Anruf an und schaltete den Lautsprecher ein.

»Die Frist ist um!«, rief er, ehe der Verhandlungsführer ein Wort sagen konnte.

»Wir brauchen mehr Zeit«, ertönte eine männliche Stimme.

»Warum sollte ich mich darauf einlassen? Ich habe genug

Geiseln, um meine Drohung wahrzumachen. Bestimmt funktioniert das alles ganz schnell, wenn ich die erste Leiche hinauswerfe.«

»Tun Sie das nicht!«, sagte der Verhandlungsführer eindringlich. »Dadurch würden Sie einen Kreislauf in Gang setzen, den wir …«

»Drohen Sie mir?«

»Nein. Mein Job ist es, Sie und die Geiseln lebend aus dem Café herauszubekommen.«

»Das ist einfach. Erfüllen Sie meine Forderungen.«

»Wir haben alles in die Wege geleitet. Aber wir benötigen mehr Zeit. Eine solche Summe liegt nicht auf einem Konto der Kölner Polizei herum. Und Geldtransfers auf eine Bankverbindung im außereuropäischen Ausland verkomplizieren das Prozedere.«

»Wie lange?«, fragte Waldorf.

»Drei, besser vier Stunden.«

Der Geiselgangster lachte höhnisch. »Besorgen Sie schon mal Leichensäcke. Sie werden dafür Verwendung haben.«

Hubert hörte ein leises Zischen. Statt dem Telefonat weiter zu folgen, blickte er Christoph an.

»Ja?«

»Wir müssen handeln«, flüsterte Christoph. »Der Kerl wird Sie erkennen. «

»Das wissen Sie nicht!«, widersprach Caroline wispernd.

Doch Hubert ahnte, dass sein Gegenüber recht hatte. »Haben Sie einen Plan?«

»Seid ihr wahnsinnig?«, entfuhr es der entsetzten Agentin.

»Ja«, antwortete Christoph unterdessen. »Wenn er noch einmal so nah an unseren Tisch tritt, attackiere ich ihn von der Seite. Sobald ich zuschlage, müssen Sie ihn ebenfalls angreifen. Gemeinsam schaffen wir das.«

Hubert scheute sich, die Entscheidung zu treffen. In seinem Magen rumorte es. Warum hatte Caroline dieses Café vorgeschlagen? Sie hätte einen weniger öffentlichen Ort wählen müssen. Natürlich wusste er, was dahintersteckte. Sie hatte darauf spekuliert, dass Fotos von ihnen in den sozialen Netzwerken auftauchten. Bis der Vertrag mit dem amerikanischen Unternehmen endlich unterschrieben war, fand sie jede Erwähnung des Namens Scherer sinnvoll.

»Zwei Stunden!«, rief Waldorf. »Das ist Ihre letzte Chance. In hundertzwanzig Minuten exekutiere ich die erste Geisel.«

Ohne dem Verhandlungsführer die Möglichkeit zu geben, etwas zu erwidern, beendete der Maskierte das Gespräch.

»Los jetzt!«, drängte Christoph. »Kann ich auf Sie zählen?«

Fast unmerklich nickte Hubert.

Sein Gegenüber lächelte zufrieden.

***

Seit Hubert Scherer sein Einverständnis gegeben hatte, beobachtete Christoph den Geiselnehmer beinahe ununterbrochen. Doch nun lenkte ihn eine verstohlene Bewegung ab.

Der Maskierte hielt sich etwa in der Mitte des Raumes auf und starrte geistesabwesend in Richtung der besprühten Fenster. In seinem Rücken hatte ein Jugendlicher heimlich die Position gewechselt und war einen Tisch näher an den Durchgang zur Küche gerückt.

Plante er, durch den Notausgang zu verschwinden?

Wieder huschte der Typ einen Platz weiter. Nun trennten ihn noch höchstens drei Schritte vom Tresen, den er dann umrunden müsste. Waldorf hatte zwei Kartons vor die Schwingtür geschoben, damit sie nicht zufiel; wahrscheinlich wollte er vorgewarnt sein, falls die Polizei versuchte, auf diesem Weg ins Innere zu gelangen.

Konnte der Fluchtversuch funktionieren? Christoph zweifelte daran. Der Jugendliche müsste unbemerkt die Barrikade entfernen.

Doch was, wenn es klappte?

Hinter der Notausgangstür warteten garantiert Polizisten. Sie würden eine solche Flucht nutzen, um ins Café einzudringen und die Geiselnahme gewaltsam zu beenden. Das Fernsehen würde sich anschließend auf Hubert Scherer stürzen und von ihm hören wollen, wie er die qualvollen Stunden überstanden hatte.

Der Jugendliche machte Anstalten, zum nächsten Tisch zu huschen. In dem Moment wandte sich Waldorf von den Fenstern ab und bemerkte, wie der junge Mann den Tresen erreichte und sich dahinter duckte.

»Was zum Teufel?«, schrie er und rannte zu dem Typen, der versuchte, vor ihm zu fliehen. Der Jugendliche kam jedoch nicht einmal bis zum Durchgang zur Küche.

»Bleib stehen, oder ich knall dich ab.«

Der Überlebensinstinkt des Flüchtenden schien zu siegen, denn er blieb abrupt stehen. Waldorf trat zu ihm und boxte ihm in den Magen. Der Schlag zeigte Wirkung. Der Jugendliche krümmte sich schmerzerfüllt. Aber noch hatte Waldorf nicht genug. Er knallte seinem Opfer den Pistolengriff gegen den Nacken und trat fast gleichzeitig gegen seine Beine. Der Jugendliche verlor das Gleichgewicht und fiel zu Boden.

»Das passiert mit euch, wenn ihr mich verarschen wollt«, brüllte der Geiselnehmer und drückte den Pistolenlauf gegen den Hinterkopf des Gestürzten.

»Nein, nein, nein«, jammerte der. »Bitte nicht.«

Eine ältere Dame erhob sich. »Zeigen Sie bitte Herz und verschonen Sie den Jungen.«

Waldorfs Kopf ruckte hin und her. Die Maske verhinderte, dass sich seine Emotionen einschätzen ließen. Doch schließlich begnügte er sich mit einem Tritt gegen die Rippen des Jungen.

»Zurück ins Café. Setz dich zu der Alten, der du dein Leben verdankst.«

Schwerfällig stand der Jugendliche auf. Gekrümmt und mit schmerzverzerrtem Gesicht schlich er zu dem ihm angewiesenen Platz.

»Danke«, sagte die Seniorin.

»Ein zweites Mal werde ich nicht so großherzig sein.«

# 4

Kriminalhauptkommissarin Andrea Traunstein saß in einem Mannschaftswagen der Polizei und analysierte die Situation gemeinsam mit dem Verhandlungsführer Rheinberg. Der Polizeipräsident hatte ihr zwar die Leitung zur Beendigung der Geiselnahme übertragen, ihr jedoch gleichzeitig einen in Verhandlungen mit Geiselnehmern geschulten Beamten zur Seite gestellt. Seit vor einigen Monaten der von der Presse *Wiederkehrer* getaufte Serienmörder enttarnt werden konnte, war sie der heimliche Star der Kölner Polizeibehörde und nicht zuletzt einen Dienstgrad aufgestiegen. Natürlich registrierte sie auch die kritischen Stimmen, die darauf hinwiesen, dass sie den Tod einiger Polizisten zu verantworten hatte. Glücklicherweise waren diese Kritiker in der Unterzahl und spornten sie an, noch härter zu arbeiten, um sie ebenfalls von ihren Fähigkeiten zu überzeugen.

Rheinberg schaute auf sein Handy. Er hatte einen Countdown eingestellt, der in wenigen Minuten ablief.

»Sollten wir uns nicht langsam bei ihm melden, um einen weiteren Aufschub auszuhandeln?«, fragte Traunstein.

»Nein«, entgegnete der Verhandlungsführer, nahm seine Brille ab und rieb sich mit Daumen und Zeigefinger den Nasenrücken. »Wenn wir ihn vorher kontaktieren, wirft er uns eventuell vor, nicht alles unternommen zu haben, was in unserer Macht steht.«

»Und wenn er seine Warnung direkt in die Tat umsetzt?«

Rheinberg schüttelte nachdrücklich den Kopf. »Ein solcher

Täter würde das ankündigen und uns zuhören lassen, damit wir uns schuldig fühlen.«

»Sicher?«

»Vertrauen Sie mir.«

Traunstein verzichtete auf eine Erwiderung, obwohl sie sich fragte, wann es die letzte Geiselnahme dieser Art in Köln gegeben hatte. Doch ein Streit mit dem Verhandlungsführer würde ihr keine Vorteile bringen.

»Also rufen Sie ihn erst nach Ablauf des Ultimatums an?«, vergewisserte sie sich.

»Nein. Ich *lasse* mich anrufen«, sagte er und setzte die Brille wieder auf. »Glauben Sie mir. Er wird sich melden.«

***

Hubert beobachtete Waldorf sehr genau. Der Mann wurde von Minute zu Minute ungehaltener und ängstigte die Geiseln mit seinem Verhalten.

Es gab keinen Zweifel daran, dass er explodieren würde. Zudem blickte er immer öfter zu ihm herüber und hatte sich vor ungefähr einer Viertelstunde längere Zeit mit seinem Handy beschäftigt. Ob er inzwischen ahnte, dass ihm ein prominenter Fisch ins Netz gegangen war?

»Verdammt!«, schrie der Geiselnehmer plötzlich. »Euer Leben ist ihnen offensichtlich nichts wert. Oder fällt euch eine andere Erklärung ein, warum sie meine Forderungen nicht erfüllen?«

Er sprang auf und stellte sich zu einer älteren Dame, der er die Pistole an die Schläfe drückte.

»Willst du sterben?«, brüllte er.

»Nein«, wimmerte sie. »Ich habe zwei Enkel.«

»Vielleicht vererbst du ihnen ja was.«

»Wir müssen handeln«, flüsterte Christoph.

»Du hast Glück, Omi, ich habe jemand anderen im Visier, um ihnen klarzumachen, wie ernst ich es meine.«

Betont langsam schritt er in die Mitte des Raumes.

»Ladys und Gentlemen, es ist mir eine große Freude, Ihnen einen der beliebtesten Schauspieler Deutschlands zu präsentieren. Hubert Scherer.«

Hubert schluckte schwer. Seine Vermutung hatte sich bestätigt. Er war erkannt worden. Caroline reichte ihm die Hand, die er dankbar ergriff. Er vermutete, dass sie sich schützend vor ihn stellen würde – wobei das sicher nichts änderte.

Zu seiner Überraschung kam Waldorf nicht näher, sondern blieb, wo er war.

»Weißt du, was ich jetzt mache, Hubert?«

»Leider nicht«, antwortete er.

»Ich rufe bei der Polizei, deinem Freund und Helfer an, und erkundige mich, ob deine Unversehrtheit ihnen zehn Millionen wert ist.«

Mit diesen unheilvollen Worten drehte er sich um und ging zu dem Telefon, das er für die Verhandlungen nutzte.

* * *

»Ich hab's Ihnen gesagt«, meinte Rheinberg selbstzufrieden, nachdem das erste Läuten verklungen war.

*Toller Hecht!*, dachte Traunstein. Die arrogante Art des Verhandlungsführers nervte sie allmählich. Gefährdete er das Leben der Geiseln aus Selbstgefälligkeit? Doch ihr Gesicht glich einer Maske, als sie stumm zum Telefon deutete.

»Nicht so schnell«, widersprach Rheinberg. »Er soll nicht glauben, wir hätten verängstigt darauf gewartet.«

In diesem Moment beschloss Traunstein, den Polizeipräsidenten um Ablösung des Mannes zu bitten, sobald es einen Toten zu beklagen gab. Im schlimmsten Fall müsste halt sie die Gespräche übernehmen.

Endlich nahm er den Anruf an und schaltete gleichzeitig den Lautsprecher ein. »Rheinberg!«

»Ist das Geld überwiesen?«, erklang die Stimme des Geiselnehmers.

»Momentan gibt es noch ein paar Schwierigkeiten, die Überweisung genehmigt zu bekommen. Ich gebe mein Bestes, aber …«

»Sie geben Ihr Bestes?«, wiederholte der Geiselnehmer seelenruhig.

»Das versichere ich Ihnen.«

Traunstein rechnete mit einem emotionalen Ausbruch am anderen Ende der Leitung, zu ihrer Überraschung blieb der jedoch aus.

»Irgendwie habe ich daran meine Zweifel.«

»Hören Sie, Sie verlangen beinahe Unmögliches. Zehn Millionen Euro auf ein ausländisches Konto …«

»Falsch! Es sind jetzt fünfzehn geworden.«

»Wieso meinen Sie …«

»Wissen Sie, wer sich in meiner Gewalt befindet? Hubert Scherer. Sie kennen ihn, oder? Wer kennt ihn nicht? Und fünfzehn Millionen entsprechen wahrscheinlich dem Budget seines nächsten Films. Fragen Sie doch bei den Filmstudios nach, ob die Ihnen das Geld vorstrecken. Oder bei den Öffentlich-Rechtlichen. Die verschwenden die Gebühren eh.«

»Das ist absolut inakzeptabel.«

»Sie haben zwanzig Minuten. Entweder Sie kooperieren, oder die Ehrung für sein Lebenswerk findet posthum statt.«

Das Telefonat brach ab.

»Scheiße!«, fluchte Rheinberg, der schlagartig seine Selbstsicherheit verloren hatte, und fuhr sich durch das dunkelblonde, für einen Mann seines Alters recht füllige Haar.

»Nun bin ich auf Ihre Maßnahmen gespannt«, sagte Traunstein. Sie musste sich zusammenreißen, um keine Schadenfreude zu empfinden, denn immerhin stand das Leben vieler unschuldiger Geiseln auf dem Spiel.

»Keine Ahnung«, gestand er. »Unser erster Plan wäre aussichtsreich gewesen.«

Sie hatten vorgehabt, noch ein oder zwei weitere Fristverlängerungen auszuhandeln, um den Geiselnehmer zu ermüden. Irgendwann hätten sie ihm als Zeichen ihres guten Willens die Übergabe einer Tasche mit Bargeld angeboten. Die Übergabe hätte allerdings ausschließlich dazu dienen sollen, ihn zu überwältigen.

Rheinberg griff zu seinem Handy. »Wir müssen den PP ins Boot holen.«

***

»Jetzt oder nie«, schlug Christoph vor.

Der Geiselnehmer hatte sich von ihnen abgewandt und bekam ihre leise geführte Diskussion nicht mit.

»Ist wahrscheinlich deine beste Chance«, pflichtete Caroline Huberts Fan bei.

Der Schauspieler zog seine Augenbrauen überrascht in die Höhe. Wenn seine Agentin schon so dachte, gab es wohl keinen anderen Ausweg. »Okay. Sobald er Ihnen den Rücken zudreht, greifen Sie ein.«

Christoph nickte entschlossen.

Hubert beobachtete Waldorf, der wieder telefonierte.

***

»Das Zeitfenster ist zu knapp«, beschwor Rheinberg den Geiselnehmer. »Als Zeichen unserer Bereitschaft, eine einvernehmliche Lösung herbeizuführen, möchten wir Ihnen etwas vorschlagen.«

»Ich höre.«

»Falls Sie eine Geisel freilassen, stellen wir Ihnen fünfhunderttausend in bar zur Verfügung.«

»Inakzeptabel«, erklang die völlig ruhige Stimme des Mannes.

Traunstein ahnte Böses.

»Ich biete Ihnen sogar fünf Geiseln an«, sagte der Verhandlungspartner am anderen Ende jedoch unerwartet.

Rheinberg lächelte. »Sehr gut. Was wollen Sie dafür?«

»Eine Kamerafrau. Und eine Live-Übertragung.«

»Ich verstehe nicht.«

»Wenn Sie mir eine Frau mit einer Kamera schicken, deren Bilder live im Fernsehen ausgestrahlt werden, bekommen Sie fünf Geiseln. Allerdings verfällt das Angebot in genau fünf Minuten.«

Mit dieser Ankündigung beendete er das Gespräch abrupt.

»Scheiße!«, fluchte Rheinberg.

»Will der vor laufender Kamera jemanden exekutieren?«, sprach Traunstein ihre Befürchtung aus.

»Den Gedanken hatte ich auch. Wir müssen stürmen.«

»Das wird ein Desaster.«

»Es wird so oder so ein Desaster. Setzen wir den PP über die Entwicklung in Kenntnis. Er soll sein Okay geben.«

* * *

»Meine Damen und Herren«, sagte Waldorf. »In wenigen Augenblicken wird uns das Fernsehen einen Besuch abstatten.

Bringen Sie also Ihre Frisuren in Ordnung. Aufs Nasepudern müssen Sie aber leider verzichten. Was uns diese Ehre verschafft? Es ist die Anwesenheit eines deutschen Superstars. Einer Schauspieler-Ikone. Hubert Scherer. Herr Scherer hat sich bereiterklärt, mir ein Exklusiv-Interview zu geben.«

Langsam näherte er sich ihrem Tisch.

»Ein Interview? Ich verstehe nicht«, meinte Hubert.

Waldorf baute sich direkt vor ihm auf.

»Bevor ich dich erledige«, zischte er leise, »wird die Welt erfahren …«

Christoph stieß einen Schrei aus. Hubert sah aus dem Augenwinkel, wie der junge Mann aufsprang und dem Geiselnehmer kraftvoll gegen die Rippen schlug. Der Maskierte stöhnte schmerzerfüllt auf. Ehe er sich wehren konnte, hatte Christoph mit der anderen Hand seinen Arm zur Seite gerissen, wodurch der Pistolenlauf nicht mehr auf Hubert zielte.

Im Café brach die Hölle los. Einige der Geiseln brüllten panisch, andere hechteten in Richtung der Ausgänge. Hubert wich ein Stück zurück, die Augen auf die Kämpfenden gerichtet.

Glas klirrte. Jemand hatte einen Stuhl durch die Fensterscheibe geworfen.

Christoph trat in die Kniekehle des Verbrechers. Waldorf verlor das Gleichgewicht, und die beiden Männer stürzten zu Boden.

»Warum?«, entfuhr es dem Maskierten.

»Polizei«, erklang gleichzeitig eine herrische Stimme. »Waffe fallen lassen!«

Hubert taumelte nach hinten. Christoph lag obenauf, aber der Geiselnehmer hatte noch nicht aufgegeben. Er richtete die Pistole gegen den Kontrahenten.

»Das wirst du büßen!«

Zwei martialisch ausgerüstete Gestalten stürmten auf sie zu, während Christoph versuchte, den Lauf der Pistole zu drehen.

Plötzlich ertönte ein Schuss.

»Nein!«, stieß der Schauspieler hervor. Hatte sein Retter zu viel riskiert?

Einer der vermummten Polizisten erreichte ihn, packte ihn und riss ihn mit sich. Hubert konnte jedoch den Blick nicht von den beiden Menschen am Fußboden lösen, die mittlerweile reglos dalagen.

Bis Christoph sich ächzend wegrollte.

»Bist du okay?«, rief Caroline.

»Ja«, antworteten zwei Personen gleichzeitig.

Hubert lachte erleichtert. Dann bemerkte er das Blut, das sich auf der Brust des Geiselnehmers ausbreitete.

»Wir brauchen einen Notarzt!«, brüllte der Polizist. Er beugte sich zu dem Maskierten hinunter und begann mit einer Herzmassage.

Wenige Sekunden später kam ein Sanitäter ins Café gerannt und übernahm die Aufgabe.

»Nehmen Sie ihm die Maske ab«, wies er den Polizisten an. »Wir müssen ihn beatmen.«

Doch als Hubert die leblosen Augen sah, wusste er, dass es keine Rettung gab.

# 5

»Was für ein Chaos«, murmelte Andrea Traunstein.

Das Gebäude blieb zwar weiträumig abgesperrt, aber von ihrer Position aus konnte sie die Fernsehteams sehen, die wie Aasgeier darauf warteten, möglichst viel Bildmaterial zu ergattern.

Hubert Scherer saß mit zwei weiteren Personen in einer Ecke des Raumes. Er war genau wie seine beiden Begleiter ärztlich untersucht worden; alle drei hatten die mehrstündige Tortur anscheinend ohne gesundheitliche Beeinträchtigungen überstanden. Trotzdem konnte die Hauptkommissarin sie nicht gehen lassen. Zum einen waren sie unmittelbar am Tod des Geiselnehmers beteiligt, zum anderen würde sich die Presse auf Scherer stürzen, um exklusive Informationen zu erhalten. Traunstein wollte später keine wichtigen Details aus den Medien erfahren. Zielstrebig ging sie in Richtung der kleinen Gruppe, die auf sie aufmerksam wurde, als sie noch einige Schritte entfernt war. Die Frau erhob sich und stellte sich fast schützend vor den Schauspieler.

»Hauptkommissarin Andrea Traunstein. Ich leite die Ermittlungen. Guten Tag.« Sie schüttelte der Frau die Hand. »Wer sind Sie?«

»Caroline von der Strebe. Ich bin Hubert Scherers Agentin.«

Die Polizeibeamtin nickte nun dem Prominenten zu. Dieser vergaß jedoch seine Manieren und reichte ihr im Sitzen eine Hand.

»Hallo«, brummte er.

»Und wer sind Sie?«, wandte sich Traunstein an den Dritten im Bunde.

Der etwa dreißigjährige Mann sprang beflissen auf.

»Christoph Engelhart. Wie weicher Teufel. Zu Ihren Diensten.«

Er lachte vergnügt, und Traunstein sah an seinem Blick, dass er auf eine Reaktion wegen des Namensscherzes wartete. Um ihm ihre Kooperationsbereitschaft zuzusichern, lächelte sie breit.

»Freut mich, Sie kennenzulernen.« Eine Floskel, die sie bei Scherer absichtlich nicht benutzt hatte. Er sollte spüren, dass er bei ihr keinen Prominentenbonus besaß.

»Mich auch«, erwiderte der jüngere Mann. »Trotz der schrecklichen Umstände. Ihre Kollegen haben mich ja schon befragt. Es tut mir so leid. Oh Gott. Ich darf nicht darüber nachdenken. Niemals hätte ich geglaubt, dass sich bei dem Gerangel ein Schuss lösen könnte.« Er senkte den Kopf und setzte sich zögerlich wieder hin. »Verdammt! Ich habe einen Menschen getötet.«

»Einen bewaffneten Geiselgangster«, konkretisierte Traunstein. »In einer Gefahrensituation. Allerdings würde mich interessieren, wie es überhaupt zu dem Handgemenge kam.«

»Er wollte Hubert Scherer exekutieren. Das konnte ich nicht zulassen.« Engelharts Stimme war mit jedem gesprochenen Wort leiser geworden.

»Das stimmt«, bestätigte die Agentin. »Das Ultimatum war ja abgelaufen und …«

»Verzeihen Sie, aber ich möchte das aus Herrn Engelharts Mund hören«, unterbrach Traunstein die Frau.

Stockend erzählte der Mann, was in den letzten Stunden im Café vorgefallen war.

»Danke für diesen ausführlichen Bericht«, sagte die Kommissarin geraume Zeit später. Engelhart schien nichts ausgelassen zu haben. Scherer und von der Strebe hatten nur selten präzisierende Details hinzugefügt. »Vor etwas muss ich Sie abschließend warnen.«

»Wovor denn?«

»Wegen des Schusses wird ein Verfahren unumgänglich sein. Im Regelfall endet so etwas mit einem Freispruch. Dem Augenschein nach ist der Notwehrtatbestand erfüllt. Trotzdem sollten Sie vorsichtig im Umgang mit den Medien sein. Die werden sich auf Sie stürzen. Immerhin sind Sie der Held, der einen der bekanntesten Schauspieler Deutschlands gerettet hat. Jeder noch so unbedachte Satz in einem Interview könnte bei einem Prozess eine Rolle spielen. Insofern seien Sie gewarnt. Ich will und werde Ihnen nicht verbieten, der Presse zur Verfügung ...«

»Darum kümmere ich mich«, fiel ihr Scherers Agentin ins Wort.

»Inwiefern?«

»Wir haben uns eben bereits mündlich auf einen Beratervertrag geeinigt«, erklärte von der Strebe. »Er wird heute Interviews geben. Das ist unvermeidlich nach den Ereignissen. Danach werde ich die Anfragen allerdings aussortieren. Den Zuschlag bekommt, wer das höchste Honorar zahlt. So ein rigoroses Vorgehen hilft auch, hinterher Einfluss darauf zu nehmen, was gesendet oder gedruckt wird. Ich werde die Veröffentlichung ungünstiger Zitate ganz im Sinne von Herrn Engelhart zu verhindern wissen.«

Traunstein sah die Agentin an. Ein gewisses Maß an Bewunderung für ihre Geschäftstüchtigkeit konnte sie nicht verhehlen. Engelhart würde im Fokus stehen – und sie eine Provision einheimsen.

»In der Tasche haben wir ein Handy gefunden. Eine Menge Chatnachrichten. Aktive Facebook-Anwendungen. Die Anrufliste ist nicht gelöscht«, informierte sie Jochen Wilhelmi, den Teamleiter der Spurensicherung.

Sie hatten sich in die Küche des Cafés zurückgezogen, um in Ruhe miteinander sprechen zu können.

»Während du Scherer umgarnt hast, haben wir die Identität des bösen Jungen herausgefunden.«

»Mir liegt die VIP-Betreuung halt mehr als dir«, erwiderte sie.

Wilhelmi gehörte zu den wenigen Beamten des Kölner Polizeipräsidiums, der so mit ihr reden konnte. Sie hatten schon bei verschiedenen Todesermittlungen zusammengearbeitet. Bei einem Fall hatte er sie vor böswilliger Kritik gegenüber dem Polizeipräsidenten in Schutz genommen. Wilhelmi schätzte sie – und umgekehrt sie ihn.

»Wie heißt er?«, wollte sie wissen.

»Claas Sogemeyer. Vierunddreißig Jahre alt. Wohnhaft im schönen Stadtteil Ehrenfeld.«

»Ihr habt bereits seine Adresse? Fantastische Arbeit.«

»Hast du wenigstens ein Autogramm bekommen?«, zog er sie auf.

»Pah. So billig bin ich nicht zufriedenzustellen«, entgegnete Traunstein. »Aber nachdem er mir Karten für seine nächste Filmpremiere versprochen hat, habe ich ihn von der Liste der Tatverdächtigen gestrichen.«

***

Das fünfstöckige Haus verfügte über keine Gegensprechanlage. Nachdem sie geklingelt hatte, dauerte es allerdings nur Sekunden, bis geöffnet wurde.

»Dann wollen wir mal«, murmelte Traunstein an die Streifenpolizisten gerichtet, die knapp hinter ihr den Hausflur betraten.

Todesmeldungen zu übermitteln war eine der unangenehmsten Aufgaben. Dieses Mal wurde das Ganze noch dadurch übertroffen, dass sie einer wahrscheinlich ahnungslosen Frau würden mitteilen müssen, dass ihr Partner bei der Ausübung eines Verbrechens gestorben war. Weder die Handychats noch die gefundenen Facebook-Nachrichten gaben Anlass zu der Vermutung, dass Sogemeyer einen Komplizen gehabt hatte.

Ein Anruf beim Einwohnermeldeamt hatte ergeben, dass der Geiselnehmer gemeinsam mit einer Frau unter der Adresse gemeldet war. Daraufhin hatte die Kommissarin beschlossen, zunächst keinen Spurensicherungsbeamten, sondern zwei uniformierte Polizisten mitzunehmen.

Sie erreichten die dritte Etage, in der eine der Wohnungstüren offen stand.

Als sie die letzten Stufen nahmen, tauchte eine junge Frau in der Tür auf; Traunstein schätzte sie auf Mitte zwanzig. Sie trug eine weiße Jogginghose und ein schwarzes Top.

Der Anblick der Polizisten schien sie zu überraschen, jedoch nicht zu erschrecken.

»Sylvia Mangold?«, vergewisserte sich Traunstein.

»Ja?«, fragte die Frau verunsichert.

»Es geht um Ihren Partner, Herrn Sogemeyer. Dürfen wir hereinkommen?«

»Ist ihm etwas passiert?«

Die Kommissarin nickte betreten.

»Oh nein! Scheiße. Ist er schlimm verletzt? Oder …«

»Wir sollten in Ihrer Wohnung darüber sprechen.«

»Nicht Claas! Er macht so was nicht! Sie müssen sich irren«, beschwor Sylvia Mangold die Polizistin.

Traunstein holte aus einer Jackentasche das Handy des Geiselnehmers, das in einer Plastiktüte steckte.

»Ist das sein Telefon?«

»So sieht es zumindest aus.«

»Haben Sie ein Foto von ihm?«

Die Frau schaute sich im Wohnzimmer um. Sie und die Kommissarin saßen am Couchtisch, während die Streifenbeamten wie stumme Statisten am Esstisch Platz genommen hatten.

»Ich suche mein Handy«, erklärte sie und stand auf. »Liegt vielleicht in der Küche.«

Traunstein bemerkte, dass Sylvia Mangold unsicher schwankte, als sie den Raum verließ. Per Handzeichen forderte sie einen der Polizisten auf, ihr zu folgen. Die Partnerin des Geiselgangsters wirkte absolut unverdächtig, doch es galt, jegliches Risiko auszuschließen.

Glücklicherweise schien sie die Sicherheitsmaßnahme gar nicht zu bemerken – zumindest kommentierte sie sie nicht.

»Hier ist ein aktueller Schnappschuss von ihm«, sagte sie, als sie ins Wohnzimmer zurückkam, und reichte Traunstein das Smartphone. »Sagen Sie mir bitte, dass das ein schrecklicher Irrtum ist.«

Die Polizeibeamtin nahm das Telefon entgegen. »Tut mir leid«, sagte sie nach einem flüchtigen Blick. »Er ist es wirklich.«

»Claas!«, jammerte die Frau. »Was hast du getan?« Schwerfällig ließ sie sich in einen Sessel fallen und verbarg ihr Gesicht in den Händen.

»Hat sich sein Verhalten in den vergangenen Wochen geändert?«, fragte Traunstein, nachdem sich Sylvia Mangold beruhigt und Details aus ihrem gemeinsamen Leben preisgegeben hatte. »War er verschlossener als sonst?«

»Claas war immer verschlossen«, erzählte sie. »Das lag wahrscheinlich daran, dass er in Pflegefamilien aufgewachsen ist. Über seine Kindheit und Jugend weiß ich fast nichts.«

»Traf er sich regelmäßig mit Freunden oder Bekannten?«

»Regelmäßig nicht. Manchmal. Dann kam er allerdings meistens erst spät in der Nacht nach Hause.«

»Wussten Sie in solchen Fällen, wo er war?«

»In Kneipen. Hat er zumindest gesagt, und ich habe ihm nie hinterherspioniert. Dafür hat er mir keinen Anlass gegeben.«

»Sind diese Treffen in letzter Zeit häufiger geworden?«

»Nein. Wobei er letzte Woche Überstunden abgebummelt hat. Da hätte er sonst wen treffen können, ohne dass ich es mitbekommen hätte.«

»Glauben Sie, dass Sie die Namen aus seinen Telefonkontakten einordnen können? Ob es Freunde, Arbeitskollegen oder was auch immer waren?«

»Ich kann's versuchen.«

Traunstein stellte ein paar weitere Fragen, doch die Lebensgefährtin konnte ihnen nicht richtig weiterhelfen.

»Wir haben uns bislang keinen Durchsuchungsbeschluss ausstellen lassen«, behauptete die Kommissarin schließlich, obwohl sie sehr wohl einen besaß. »Dürften wir uns trotzdem seine persönlichen Sachen ansehen, während Sie die Namen durchgehen?«

»Natürlich«, antwortete Sylvia Mangold ohne Zögern.

***

»Ich finde das unfassbar«, sagte Christoph Engelhart.

Caroline lächelte den Dreißigjährigen an, dessen Leben sich

vor zwei Tagen dramatisch verändert hatte und der das offenbar mit kindlicher Freude genoss.

»Haben Sie mein Facebook-Profil gesehen? Ich bekomme stündlich Dutzende Freundschaftsanfragen. Mein Twitter-Account hat auch schon vierstellige Followerzahlen, obwohl Sie ihn erst gestern eingerichtet haben.«

»Sie sind ein Held, Christoph. Ein Mann aus dem Volk, der seinen Anteil am Ruhm bekommt.«

»Es ist einfach großartig.«

»Allerdings sollten wir das Eisen schmieden, solange es heiß ist. Irgendwann wird das Interesse nachlassen.«

Für einen kurzen Moment verzog Christoph das Gesicht. Die Aussicht schien ihm nicht zu schmecken.

»Ich habe einige tolle Talkshow-Angebote hereinbekommen. Wir müssen uns nun über das beste Vorgehen unterhalten.«

Er lehnte sich in dem weißen Ledersessel zurück. »Ich höre.«

»Theoretisch könnte ich Sie in den nächsten Wochen in mehreren Sendungen unterbringen. Alle zahlen eine gute bis sehr gute Aufwandsentschädigung. Am Ende garantiere ich dafür, dass nach Abzug meiner Provision ein fünfstelliger Betrag übrigbleibt.«

»Wow!«

»Außerdem könnte ich den Kontakt zu einem Ghostwriter vermitteln, der ein Buch über Sie schreibt. Schwerpunkt wäre natürlich die Geiselnahme, doch man könnte das mit einer Art Autobiografie verknüpfen. Ihr Leben vorher, die Ereignisse, Ihr Leben danach. Die Aussage muss lauten: Zivilcourage lohnt sich. Da müssen wir zwar erst investieren, ich könnte jedoch in Vorkasse treten, wenn es bei Ihnen finanziell knapp ist.«

»Das wäre perfekt.«

»Ein solches Buch ist in einem halben Jahr auf den Markt

gebracht, was erneute Talkshow-Angebote nach sich ziehen könnte.«

»Sie sagten vorhin *theoretisch*.«

Caroline lächelte. Bei ihrer ersten Begegnung im Café hatte sie ihn für einen einfältigen Fan gehalten. Doch in dem Mann steckte offensichtlich mehr. Zumindest war er ein aufmerksamer Zuhörer.

»Es gibt eine andere Möglichkeit, wie wir das strategisch planen können. Statt Sie durch etliche Talkshows zu jagen, sichern wir den Sendern eine gewisse Exklusivität zu. Weniger Auftritte bei mindestens gleichbleibenden Einnahmen. Das könnte sich später positiv auf eventuelle Buchverkäufe auswirken. Mir schweben da genau drei Sendungen vor. Eine wäre bei einem Öffentlich-Rechtlichen. Eine im Privatfernsehen und als Highlight ein Auftritt gemeinsam mit Hubert Scherer am Tag vor der Gala für sein Lebenswerk.«

Christoph riss begeistert die Augen auf. »Er würde gemeinsam mit mir in einer Talkshow auftreten? Krass.«

So eine kindliche Freude empfanden die wenigsten ihrer Klienten, und es war wohltuend, das wieder einmal mitzuerleben.

»Er verdankt Ihnen sein Leben. Ich kümmere mich darum.«

# 6

Der Barkeeper Francesco beobachtete den Gast, dem er gerade ein frisch gezapftes Kölsch auf den Tresen gestellt hatte. Der schien das gesteigerte Interesse zu bemerken und prostete ihm zu. Anscheinend hatte er nichts dagegen, angesprochen zu werden. Also legte Francesco das Spültuch beiseite und trat näher.

»Hallo«, sagte der Gast freundlich. »Es sah gerade so aus, als wollten Sie mich etwas fragen.«

»Ich hoffe, ich habe Sie dadurch nicht belästigt.«

»Überhaupt nicht. Langsam gewöhne ich mich daran.«

»Sie sind es wirklich, nicht wahr? Der Mann, der sein eigenes Leben riskiert hat, um Hubert Scherer zu retten.«

»Ja. Christoph Engelhart. Freut mich.« Er trank einen Schluck Bier. »Seit den Ereignissen im Café führe ich ein Luxusleben.« Er lachte. »Ich war heute Gast in einer Talkshow, die hier in Köln aufgezeichnet wurde. Und obwohl ich nur zehn Kilometer entfernt lebe, hat meine Agentin mit ihrem Verhandlungsgeschick ein saftiges Honorar für mich ausgehandelt, außerdem übernimmt der Sender sämtliche anfallenden Kosten und spendiert mir sogar eine Übernachtung in diesem prächtigen Hotel.«

»Das kann man schwer ablehnen«, bestätigte Francesco.

»Ausgeschlossen. Die Suite mit Blick auf den Dom bietet tausendmal mehr Luxus als meine eigene Bude, und auf das Frühstücksbuffet freue ich mich schon jetzt.« »Möchten Sie noch eins?« Francesco deutete auf das inzwischen leere Glas.

»Gern.«

Der Hotelangestellte ging zum Zapfhahn und nahm ein neues Glas. Dabei bemerkte er, wie sich eine Frau, die drei Hocker entfernt saß, dem Helden zuwandte.

»Sorry, ich fürchte, ich habe gelauscht.« Sie sprach so laut, dass Francesco alles verstand. »Sie sind also der Mann, der den Geiselnehmer erschossen hat?«

»Nicht absichtlich«, meinte Christoph Engelhart.

Francesco musterte den weiblichen Gast. Die Frau passte ins Klischeebild der »Starfuckerin«, wie er und seine Kollegen solche Frauen gern nannten. Die langen, schwarzen Haare fielen ihr bis über die Schultern; die tailliert geschnittene, hellbeige Bluse betonte ihren schlanken Körper. Dazu trug sie einen kurzen, dunklen Rock und Schuhe, deren Absätze bestimmt acht oder neun Zentimeter maßen. Lediglich die schwarz lackierten Fingernägel waren ungewöhnlich – normalerweise bevorzugten solche Damen rot.

Francesco brachte das Kölsch. »Wohl bekomm's.« Er ahnte, dass der prominente Gast kein Interesse an einer Fortsetzung des Gesprächs mit ihm haben würde. Aber vielleicht lohnte es sich ja, dezent zu lauschen.

»Darf ich mich zu Ihnen setzen?«, fragte die Starfuckerin.

»Natürlich.«

Sie rutschte zwei Hocker näher und reichte ihm die Hand. »Ich bin Nina.«

»Christoph. Was möchten Sie trinken?«

»Einen Hugo.«

Francesco nickte. »Kleinen Moment.«

»Hatten Sie bei der Geiselnahme Angst?«, erkundigte sich Nina ohne Umschweife.

»Nicht so einfach zu beantworten«, gestand der Mann. »Ich habe die Bedrohung gespürt. Da ist ein bewaffneter, maskierter

Typ, der ankündigt, Geiseln zu erschießen. Trotzdem war ich mir absolut sicher, dass mir nichts passieren würde.«

»Woher nahmen Sie diese Gewissheit?«, fragte sie.

Eine Frage, die den Barkeeper ebenfalls interessierte.

»Ich beherrsche Kampfsport. Kung-Fu. Irgendwie wusste ich, dass ich die Chance bekommen würde, ihn zu überwältigen.«

»Aber Sie haben ihn ja nicht per Handkantenschlag ins Jenseits befördert«, meinte Nina.

Christoph schmunzelte. »Nein. Das war ja auch gar nicht geplant. Ich wollte ihn lediglich ausschalten.«

Francesco servierte das neue Getränk. »Was ist schiefgelaufen?«, hakte er nach, während der Held mit der Frau anstieß.

»Ich stand unter Zeitdruck. Ich saß ja mit Hubert Scherer an einem Tisch. Der Kerl hatte ihn herausgepickt, um ihn hinzurichten. Ich musste instinktiv handeln, deswegen ist es mir nicht gelungen, ihn sofort kampfunfähig zu schlagen. Es kam zu einem Gerangel, bei dem sich ein Schuss löste. Wahrscheinlich hatte ich wahnsinniges Glück. Das Ganze hätte auch für mich schiefgehen können.«

»Dann würde das Fernsehen dennoch Ihren Namen kennen«, sagte Nina.

Francesco lachte innerlich über den sehr speziellen Humor der Frau.

»Ich würde hier allerdings nicht mehr sitzen«, wandte der Mann ein.

»Ob ich dadurch etwas verpasst hätte, sage ich Ihnen später.«

Als Francesco das Zwinkern der Frau bemerkte, wusste er, dass es Zeit war, etwas Abstand zu halten.

***

Eine halbe Stunde später rannte Christoph im Erdgeschoss auf eine Tür zu und riss sie auf, entdeckte jedoch niemanden, der aus dem Hotel flüchtete. Stattdessen schienen die wenigen Hotelgäste in der Lobby plötzlich erstarrt zu sein und gafften ihn an – was vermutlich an seiner Kleidung lag. Er trug weder Hose noch Schuhe, zumindest nicht an den Füßen. Dafür hielt er ein Paar Damenschuhe in der Hand.

»Ist hier gerade eine Frau rausgerannt?«, schrie er. »Schwarze Haare, beige Bluse, schwarzer Rock. Sie war barfuß.«

»So wie Sie?«, fragte die Mitarbeiterin an der Rezeption. »Ihr Auftreten ist übrigens etwas gewöhnungsbedürftig.«

»Entschuldigen Sie! Ich muss wissen, ob jemand fluchtartig an Ihnen vorbeigerannt ist.«

»Auf der Flucht vor Ihnen?«

»Ja. Nein. Sie verstehen nicht.« Christoph trat an die Rezeption und stellte die Schuhe darauf. »Wissen Sie, wer ich bin?«

»Ein Gast«, antwortete die junge Frau. »Nehme ich an. Oder haben Sie sich aus dem angrenzenden Fitnessstudio verirrt?«

»Ich bin Christoph Engelhart.«

Die Hotelangestellte, auf deren Namensschild *Annika, Auszubildende* stand, schaute ihn fragend an.

»Das Geiseldrama? Der Mann, der Hubert Scherer gerettet hat?«

»A-ha.«

Super!, dachte er verzweifelt. In den letzten Tagen war er von allen möglichen Leuten erkannt worden – aber jetzt, da es drauf ankam, musste er sich mit einem Teenager herumplagen, der offenbar keine Nachrichten guckte.

»Geben Sie meinen Namen ins System ein. Christoph Engelhart.«

Sie tippte den Namen ein. »Sie wohnen in einer der Suiten. Bis morgen früh. Bezahlt vom Fernsehsender …«

»Genau. Ich bin also kein Spinner. Ist um diese Uhrzeit jemand Verantwortliches zu sprechen?«

»Herr Satori.«

»Prima. Holen Sie ihn bitte? Ich ziehe mir eben eine Hose und Schuhe an, danach würde ich gern mit ihm sprechen.«

Zehn Minuten später saß er gemeinsam mit dem etwa fünfzigjährigen Mann an der Bar und erklärte ihm, was vorgefallen war.

»Sie hat mich hier angesprochen und wurde ziemlich schnell ziemlich direkt. Also habe ich ihr angeboten, mit in meine Suite zu kommen. Kaum hatten wir die Tür hinter uns zugemacht, griff sie plötzlich nach einer Vase und wollte sie mir über den Kopf ziehen.«

»Bevor oder nachdem Sie Ihre Hose ausgezogen hatten?«

Christoph seufzte. »Natürlich danach. Obwohl das keine Rolle spielt. Ich hab mich durch einen Sprung in Sicherheit gebracht, daraufhin hat sie die Vase nach mir geworfen, aber nicht getroffen. Sie ist zur Tür rausgestürmt und durchs Treppenhaus nach unten. Ihre Schuhe hat sie unterwegs ausgezogen. Keine Ahnung, wieso. Vielleicht, weil sie sich ohne Absätze leiser fortbewegen konnte?«

»Francesco, haben Sie mitbekommen, wie Herr Engelhart und die Unbekannte sich kennengelernt haben?«, fragte Satori den Barkeeper.

»Klar. Das war eine typische Starfuckerin.«

»Bitte achten Sie auf Ihre Ausdrucksweise.«

»Sie hat mir gesagt, sie sei Gast hier. Stimmt das?«, wollte Christoph wissen.

»Sie haben ja die Rechnung übernommen«, erinnerte ihn der Barmann. »Da musste ich sie nicht nach einer Zimmernummer fragen.«

»Kannten Sie sie denn?«

»Nein. Die habe ich das erste Mal gesehen. Ich fand sie ganz ansprechend. Sie wäre mir bestimmt aufgefallen.«

»Warum hat sie mich wohl angegriffen?«, sprach Christoph wie zu sich selbst. »Was wollte sie damit erreichen?«

»Den Helden des Tages stürzen?«, schlug Francesco amüsiert vor. »Und dadurch ihrerseits im Rampenlicht stehen?«

»Ich hatte den Eindruck, die wollte mich töten.«

»Dann müssen wir die Polizei benachrichtigen«, meinte der Schichtverantwortliche. »Francesco, können Sie die Dame für ein Phantombild beschreiben?«

»Würde ich hinkriegen. Aber haben Sie schon die Kameraaufzeichnungen überprüft? Irgendwie muss sie ja das Hotel verlassen haben.«

»Gute Idee«, lobte Satori.

»Welche Kameraaufzeichnungen?«, fragte Christoph.

»Jeder Ausgang wird videoüberwacht«, erläuterte der Mann. »Kommen Sie mit. Schauen wir uns die Festplatte an.«

»Das ist sie!«, rief Christoph.

Satori drückte die Pausetaste. Eine Kamera hatte Nina beim Betreten der Tiefgarage eingefangen.

»Kann man das ausdrucken?«

»Ich meine schon«, erwiderte der Hotelmitarbeiter zögerlich. »Allerdings weiß ich nicht, wie.«

»Werden die Aufnahmen gelöscht?«

»Erst nach sechsunddreißig Stunden.«

»Wir haben also Zeit, es zu verhindern. Lassen Sie die Aufnahme bitte weiterlaufen.«

Gemeinsam sahen sie dabei zu, wie Nina das halbautomatische Garagentor mit einem kräftigen Ruck an einem von der Decke baumelnden Seil öffnete und hinausrannte.

»Soll ich nun die Polizei rufen?«, erkundigte sich Satori.

»Die ist eh über alle Berge. Und ich bin ganz froh, wenn ich endlich ins Bett komme. Alarmieren wir die Polizei morgen«, entschied Christoph.

# 7

Sylvia Mangold fühlte sich wie betäubt, seit die Polizei bei ihr aufgetaucht war. Wie hatte sie mit einem Mann zusammenleben können, ohne etwas von dem zu ahnen, was in ihm vorging?

Sicher, Claas war eher der verschlossene Typ gewesen – aber hätte sie nicht trotzdem irgendetwas mitbekommen müssen?

Zum Glück hielt die Polizei bislang seinen Namen unter Verschluss. Ansonsten wäre ihr Leben wahrscheinlich komplett aus dem Ruder gelaufen.

Während sie an der roten Ampel stand, sah sie die Schlagzeilen vor ihrem inneren Auge.

*Die Geliebte des Geiselnehmers – was wusste sie?*

Die Journalisten würden vor ihrem Haus herumlungern und jede Äußerung von ihr gierig aufsaugen, um hanebüchene Geschichten daraus zu konstruieren.

Die Ampel sprang auf Grün, langsam gab sie Gas und fuhr los. Der schon vor Wochen geplante Freundinnenabend hatte ihr nicht so gut getan wie erhofft, denn obwohl sie sich seit Jahrzehnten kannten, hatte Sylvia sich nicht getraut, die anderen einzuweihen.

Natürlich hatten sie ihre Anspannung bemerkt und sich nach Beziehungsproblemen erkundigt. Doch ihr war es gelungen, die Wahrheit zu verschweigen.

War es eigentlich ihre Pflicht, für die Beerdigung aufzukommen? Seine Eltern lebten nicht mehr, von Großeltern oder anderen Verwandten wusste sie nichts. Und zu den verschiedenen Pflegefamilien hatte er keinen Kontakt gepflegt.

Blieb das am Ende an ihr hängen, oder sorgte der Staat für eine anonyme Bestattung?

»Claas, wie konntest du nur?«, flüsterte sie.

Vor allem beschäftigte sie jedoch eine Frage: Was hätte er mit dem Geld gemacht, wenn sein Vorhaben funktioniert hätte? Wäre er still und heimlich abgehauen? Ihre Beziehung war okay gewesen; ohne großartige Höhen oder Tiefen. Ihr Gefühl sagte ihr, dass er spurlos verschwunden wäre. Entband sie das von allen durch seinen Tod eingetretenen Verpflichtungen? Oder wogen die zwei gemeinsam verbrachten Jahre schwerer als eine unbewiesene Vermutung?

»Warum hast du mir das angetan?«

Wie hatte er sich nur eine derart wahnwitzige Aktion ausdenken können. Hätte er nicht aus Liebe zu ihr oder zumindest aus Rücksicht auf sie darauf verzichten müssen?

Sylvia bog in ihre Straße ein und hielt Ausschau nach Pressefotografen. Sie konnte weder in der Nähe des Hauseingangs noch bei den Stellplätzen jemanden entdecken.

Also ein weiterer Tag, an dem sie nicht in den Fokus der Öffentlichkeit gerückt war.

Je mehr Zeit verging, desto größer ihre Chance, in Ruhe gelassen zu werden. Irgendwann würden sich die Medien auf das nächste Ereignis stürzen.

Sie steuerte ihren Wagen auf den angemieteten Stellplatz. Ihr Blick fiel auf die Uhr. Kurz nach Mitternacht. Vielleicht würde sie zum Abschalten eine Folge ihrer derzeitigen Lieblingsserie streamen und danach ins Bett fallen. Sylvia schaltete den Motor aus und schnallte sich ab. Sie griff nach der auf dem Beifahrersitz liegenden Handtasche, als sie im rechten Außenspiegel eine Bewegung wahrnahm. Die Beifahrertür wurde aufgerissen. Erschrocken stieß Sylvia einen Schrei aus. Ein schwarz gekleideter Mann sprang ins Auto. Sein Gesicht war vom Kinn bis zur Nasenspitze von einem grauen Tuch verdeckt. Die dunkelblonden Haare trug er millimeterkurz. In der linken Hand hielt er ein langes Messer.

»Ruhig!«, befahl er ihr.

Die Messerklinge berührte ihren Hals.

»Bitte!«, jammerte Sylvia. »Tun Sie mir nichts.«

Das durfte einfach nicht wahr sein! Erst Claas' Tod unter diesen grauenvollen Umständen, und nun wurde sie auch noch überfallen.

»Gib mir deine Handtasche!«

»Hier!«

Sie reichte sie ihm. Er nahm sie entgegen und öffnete den Verschluss. Konnte sie seine kurze Abgelenktheit nutzen, um zu fliehen? Oder war es besser, ihm zu geben, was er verlangte?

Ein Motorrad fuhr die Straße entlang. Der Vermummte ließ das Messer ein Stück sinken und drückte die Spitze in Sylvias Seite.

Warum ging er ein solches Risiko ein? Sie lebte in einer auch um diese Uhrzeit alles andere als ausgestorbenen Nebenstraße.

Mittlerweile hatte der Mann das Portemonnaie aus ihrer Tasche geangelt. Er holte die Euroscheine heraus und steckte sie in seine Jeanstasche, dann warf er die Geldbörse in den Fußraum.

»Wo ist dein Handy?«

»In meiner Hosentasche.«

»Links oder rechts?«

»Links.«

»Hol es langsam raus.«

Vorsichtig zog Sylvia das Smartphone aus ihrer Jeans. Es war ein Geburtstagsgeschenk ihrer Eltern – keine drei Monate alt. »Hier!«

Er riss ihr das Telefon förmlich aus der Hand, betrachtete es kurz und nickte zufrieden.

Sylvia hatte einen Entschluss gefasst. Der Mann hätte sie problemlos auf der Straße ausrauben können, was definitiv leichter gewesen wäre. Bestimmt gab es einen Grund, wieso er zu ihr in den Wagen gestiegen war.

Verstohlen tastete sie nach dem Türgriff. Ob er mit der Beute abhauen würde, wenn sie aus dem Auto sprang und um Hilfe schrie?

Sie fand den Griff und betätigte ihn. Gleichzeitig schlug sie mit der freien Hand nach dem Messer. Der Überraschungsangriff gelang. Dem völlig überrumpelten Mann entglitt die Waffe.

Sylvia stürzte hinaus und landete unsanft auf dem Asphalt.

»Hilfe!«, brüllte sie aus Leibeskräften, rappelte sich auf und rannte los.

Die Beifahrertür wurde geöffnet. Sylvia riskierte einen Blick über die Schulter; wenn der Typ in die entgegengesetzte Richtung davonrannte, hatte sie es geschafft.

Doch zu ihrem großen Entsetzen sah sie, dass er ihr hinterherhetzte.

»Hilfe! Vergewaltigung!«

Plötzlich trat sie auf etwas Weiches. Laub? Hundekot?

Sie rutschte weg, verlor das Gleichgewicht und knallte mit dem Kinn voran auf den Boden. Der Schmerz raubte ihr den Atem; trotzdem versuchte sie sich hochzustemmen. Als sie einen Fuß im Rücken spürte, verlor sie jede Hoffnung. Er drückte sie herunter.

»Lassen Sie mich in Ruhe!«, flehte sie. »Sie haben alles!«

»Noch lange nicht«, entgegnete er gelassen.

Ihr ging durch den Kopf, dass sie sich seinen Dialekt merken musste. Daran würde sie ihn wiedererkennen. Er hatte einen leichten bayerischen Anklang. Das musste sie unbedingt der Polizei berichten.

Die Klinge des Messers drang in ihren Hals.

# 8

»Herr Engelhart«, rief jemand, als Christoph nach dem Frühstück die Lobby durchquerte.

Er wandte sich um und sah, dass die brünette Hotelmitarbeiterin, die an diesem Samstagvormittag die Rezeption bediente, aufgestanden war und einen Umschlag in der Hand hielt.

»Für mich?«, fragte er.

»Genau. Ist vorhin für Sie abgegeben worden«, erklärte die junge Frau.

»Von wem?«

»Ein Taxifahrer hat den Brief gebracht.«

»Ein Taxifahrer?«, wunderte sich Christoph.

»Er meinte, eine Frau hätte ihm die Tour ganz normal bezahlt und ihn gebeten, den Umschlag hier abzugeben.«

»Da wäre normales Porto wohl günstiger gewesen«, lachte Christoph.

»Aber dann wäre der Brief nicht so schnell angekommen«, erwiderte die Empfangsdame schmunzelnd.

Sie reichte ihm das Kuvert, auf dem lediglich in Handschrift sein Name stand.

»Kommt so etwas öfter vor?«

»Ich arbeite seit fünf Jahren hier und habe es nie zuvor erlebt.«

»Gucken wir mal, wer mir da etwas geschickt hat.«

Mit dem kleinen Finger ritzte er den Briefumschlag auf, in dem ein einziges Blatt Papier steckte.

Er holte den Zettel heraus und faltete ihn auseinander.

»Scheiße!«, flüsterte Christoph, nachdem er den Inhalt gelesen hatte.

»Was ist?«, fragte die junge Frau alarmiert.

»Sehen Sie selbst.« Er gab ihr das Schreiben.

»›Sonn dich in deinem Heldenstatus. Genieße die Situation‹«, las sie laut vor. »›Du wirst nicht ewig davon profitieren, du Hurensohn. Durch dein Eingreifen wurde unser Plan vereitelt. Dafür wirst du bezahlen. Mit deinem Leben. Bald!‹« Schockiert blickte sie ihn an. »Sie müssen die Polizei alarmieren.«

»Sie haben recht.«

***

Was für eine Schweinerei, dachte Andrea Traunstein missmutig, als sie auf den Blutfleck starrte. Die Leiche war natürlich längst fortgeschafft worden, und der Verkehr wurde umgeleitet, damit die Polizei in Ruhe ihre Arbeit erledigen konnte.

Die Hauptkommissarin hatte mitten in der Nacht einen Anruf erhalten, und obwohl sie schon geschlafen hatte, war sie zwanzig Minuten später am Tatort eingetroffen.

Die Streifenpolizisten hatten rasch den Namen der Toten herausgefunden. Zwar befanden sich in ihrem Portemonnaie keine Geldscheine, doch den Personalausweis hatte der Täter nicht angerührt.

Sylvia Mangold.

War die Lebensgefährtin des toten Geiselnehmers zufällig Opfer eines Raubüberfalls geworden?

Neben dem Geld fehlte auch ihr Mobiltelefon – sie konnten diese Ermittlungsrichtung folglich nicht komplett außer Acht lassen. Trotzdem war Traunstein absolut überzeugt, dass der Tod der Frau mit der Geiselnahme zu tun hatte.

Ob sie ihnen beim ersten Gespräch Informationen verschwiegen hatte?

Wahrscheinlich war es ein Fehler gewesen, nicht die Wohnung umzukrempeln, andererseits hatte es keinerlei Anzeichen gegeben, die auf eine Beteiligung der jungen Frau hingedeutet hätten.

Zwei Polizisten traten zu ihr. Sie hatten das insgesamt sechsköpfige Team angeführt, das in der Nachbarschaft Zeugen gesucht hatte.

»Gibt es Neuigkeiten?«, fragte Traunstein.

»Nein«, erwiderte Polizeiobermeister Wenger.

»Kann das sein? Eine Frau ruft mehrfach um Hilfe, und nur ein einziger Mann hört das?«

»Es war mitten in der Nacht«, entgegnete Wenger. »Dass er überhaupt etwas gehört hat, war wohl eher glücklichen Umständen geschuldet.«

»Er saß zum Rauchen auf dem Balkon«, erinnerte sich Traunstein. »Mir kann doch bitte niemand erzählen, dass alle Anwohner entweder nicht da oder schon im Bett waren. Nicht Freitagnacht.«

Wenger zuckte mit den Achseln.

Ehe sie ihn wegen seiner Gleichgültigkeit anfahren konnte, klingelte ihr Handy. Die Nummer des Anrufers sagte ihr nichts.

»Traunstein.«

»Hallo, Frau Hauptkommissarin. Hier spricht Christoph Engelhart.«

»Herr Engelhart, ist es wichtig? Sonst würde ich mich später bei Ihnen melden. Ich stecke mitten in …«

»Gestern Nacht wäre ich beinahe Opfer eines Überfalls geworden. Und heute früh hat mir jemand einen Drohbrief geschickt.«

Sie wandte sich von Wenger ab, dessen neugierigen Blick sie als aufdringlich empfand.

»Berichten Sie! Möglichst kurz, bitte.«

***

Eine halbe Stunde nach dem Telefonat traf Traunstein in dem Hotel in der Nähe des Kölner Doms ein.

Der Hotelmanager erwartete sie bereits.

»Warum wurde ich nicht direkt nach dem tätlichen Angriff informiert?«, beschwerte sie sich.

»Laut meinen Mitarbeitern war das eine Entscheidung von Herrn Engelhart.«

»In welchem Zimmer ist er?«

»In einer unserer Suiten. Oberste Etage. Ich bringe sie hin.«

Die beiden liefen gemeinsam in Richtung der Aufzüge.

»Hat Ihnen Herr Engelhart gesagt, dass es eine Videoaufzeichnung mit der Frau gibt?«

»Ja, das hat er am Telefon erwähnt«, bestätigte Traunstein.

»Das war wohl einer der Gründe, wieso in der Nacht niemand die Polizei benachrichtigt hat. Der zuständige Schichtverantwortliche konnte nicht richtig mit dem Videosystem umgehen.«

»Für Sie arbeiten also Vollprofis«, sagte sie genervt.

Eine der Fahrstuhltüren öffnete sich, und der Manager ließ ihr den Vortritt.

»Ich bin sehr zufrieden mit meinem Personal«, entgegnete er. »Solange die Leute den Bereich beherrschen, in dem sie eingesetzt werden, beklage ich mich nicht.«

»Sorry«, murmelte die Hauptkommissarin. »Ich wollte niemanden diskreditieren. Aber wahrscheinlich haben wir wertvolle Zeit verloren. Und heute Nacht ist noch etwas anderes vorgefallen. Ich kann nicht ausschließen, dass die Taten in Zusammenhang stehen.«

»Die Frau hat noch woanders zugeschlagen?«, fragte er.

»Dazu darf ich aus ermittlungstaktischen Gründen nichts sagen, das verstehen Sie sicher.«

»Kein Problem. Verschwiegenheit ist auch Bestandteil meines Berufs.«

Die Überfälle auf Mangold und Engelhart hatten zu einer ähnlichen Uhrzeit stattgefunden. Insofern mussten es zwei unterschiedliche Täter sein. Doch selbst diese Information gehörte nicht an die Öffentlichkeit. Zumindest vorläufig nicht.

Sie erreichten die oberste Etage.

»Hier entlang, bitte«, sagte der Hotelmanager.

Eiligen Schrittes liefen sie den Gang entlang, bis er vor einer Zimmertür stehen blieb und anklopfte. Traunstein sah, dass jemand durch den Spion blickte.

Das Schloss wurde von innen entriegelt, und Engelhart machte ihnen auf. Trotz der Ereignisse der letzten Stunden wirkte er relativ entspannt. War das sein unerschütterlicher Glaube, dass ihm nichts passieren könnte, nachdem er die Geiselnahme und den tätlichen Angriff schadlos überstanden hatte?

»Guten Morgen!«, begrüßte er die beiden.

»Hallo«, entgegnete die Kommissarin knapp. »Ich brauche den Drohbrief und muss außerdem wissen, was die Unbekannte angefasst hat. Vielleicht können wir einen Fingerabdruck sichern.«

»Kommen Sie herein.« Er trat beiseite und ging voraus in den geschmackvoll eingerichteten Raum. »Ich kann mich nicht an alles erinnern«, bekannte er. »Aber sie hat in jedem Fall diesen Tisch berührt.«

Traunstein betrachtete das Möbelstück. Von der Beschaffenheit der Oberfläche her sollte es möglich sein, Fingerabdruckspuren zu isolieren.

»Benötigen Sie mich noch?«, fragte der Hotelmanager.

»Im Lauf der nächsten Stunde wird ein Spurensicherungsteam eintreffen«, erklärte sie. »Schicken Sie die Polizisten bitte zu uns hoch.«

»Mache ich.«

Der Mann verließ die Suite. Nachdem er die Tür zugezogen hatte, wandte sich Traunstein an Engelhart.

»Es war dumm von Ihnen, mich und meine Kollegen gestern Nacht außen vor zu lassen.«

»Sorry«, meinte er kleinlaut. »Ich habe das nicht ernst genommen. Bis der Brief eintraf.«

»Versucht öfter jemand, Ihnen eine Glasvase über den Schädel zu ziehen?«

»Natürlich nicht.«

»Trotzdem haben Sie den Angriff nicht ernst genommen?«

»Frau Kommissarin, ich dachte wirklich, sie wäre ein psychisch krankes Groupie. Niemand, den ich mit der Geiselnahme in Verbindung gebracht hätte. Na ja, es war mir auch ein Stück weit peinlich.«

»Was?«

»Dass ich die Frau mit aufs Zimmer genommen habe. Meine Freundin sollte das nicht unbedingt erfahren.«

»Sie haben also aus Scham so gehandelt«, schlussfolgerte Traunstein.

»Meine Partnerin studiert in Hamburg. Wir sehen uns selten. Selbst dieses Wochenende hat sie keine Zeit für mich. Trotz meiner Heldentat. Die Beziehung ist wohl bald …«

»Ersparen Sie mir Details und zeigen Sie mir bitte den Drohbrief.« Sie zog ein Paar Einweghandschuhe aus ihrer

Jackentasche. Auch das Dokument würde von der Spurensicherung untersucht werden.

Engelhart reichte ihr den Brief, den sie rasch überflog. Im Zusammenhang mit dem Tod Mangolds schien ein Satz besonders unheilvoll.

*Durch dein Eingreifen wurde unser Plan vereitelt.*

Unser Plan.

Steckte eine Gruppe hinter der Geiselnahme? War Sogemeyer doch kein Einzeltäter?

»Das ist übel«, sagte sie.

»Halten Sie die Drohung für relevant?«, hakte Engelhart nach.

»Definitiv. Aus Gründen, die ich Ihnen nicht näher erläutern kann. Aber eins ist wichtig: Sie müssen sich aus der Öffentlichkeit zurückziehen.«

»Was?«

»Keine weiteren Talkshow-Auftritte, keine Hotelübernachtung, nichts dergleichen. Damit riskieren Sie bloß Ihr Leben.«

»Das geht nicht«, widersprach er energisch.

»Wieso nicht?«

»Haben Sie eine Ahnung, was die Sender bezahlen? Ich bin finanziell wahrlich nicht auf Rosen gebettet. Das ist wie ein Fünfer mit Zusatzzahl.«

»Ist Ihnen das mehr wert als Ihre Gesundheit?«

»Mein Bankkonto freut sich.«

»Das wird kaum Ihre Hauptpriorität sein.«

»Unwichtig ist es nicht«, sagte er niedergeschlagen. »Außerdem gibt es da noch einen anderen Aspekt.«

»Welchen?«

»Ich war mein Lebtag ein Niemand. Und plötzlich stehe ich im Mittelpunkt des Interesses. Sie können sich nicht vorstellen, wie sehr mir das gefällt.«

»Auch wenn Sie dadurch in Lebensgefahr geraten?«

Er schaute zu Boden, ohne zu antworten.

»Ich verstehe Sie nicht«, seufzte Traunstein.

»Könnten nicht bei den Auftritten zwei oder drei Polizisten in Zivil auf mich aufpassen?«, fragte er leise.

»Ausgeschlossen, bei der dünnen Personaldecke. Die Kollegen haben eh schon viel zu viele Überstunden angesammelt.«

»Haben Sie eine andere Idee?«

Obwohl er sich leichtsinnig verhielt, wollte sie ihm helfen. Deswegen griff sie zu ihrem Handy und googelte den Namen Stefan Trapp.

»Hier.« Sie reichte ihm das Telefon, als sie Trapps Homepage aufgerufen hatte. »Das ist ein Leibwächter. Ich kenne ihn aufgrund einer früheren Ermittlung und halte ihn für ziemlich fähig. Kontaktieren Sie ihn. Er könnte Sie bei öffentlichen Auftritten schützen. Allerdings habe ich keinen Schimmer, ob er gerade Zeit hat und wie hoch sein Honorar ist.«

# 9

Eva sah sich im Wohnzimmer um. Zum ersten Mal, seitdem Stefan bei ihr eingezogen war, würde ein potenzieller neuer Klient zu ihnen kommen. Stefan hatte ihr angeboten, sich mit dem Mann in einem Café zu treffen – was sie aber abgelehnt hatte.

Bevor sie zusammengezogen waren, hatte er die Besprechungen mit seinen Auftraggebern immer in seiner Wohnung abgehalten. Insofern sollte sich daran auch nichts ändern. Stefan sollte sich schließlich nicht wie zu Besuch bei ihr fühlen, sondern im Idealfall nie wieder ausziehen. Außerdem konnte sie nicht verleugnen, neugierig auf den von den Medien gefeierten Helden zu sein, der durch seinen mutigen Einsatz das Geiseldrama beendet hatte.

»Und überhaupt. Du bist wohl ein Gefahrensucher«, sagte sie augenzwinkernd. »Dem Engelhart einen Cafébesuch vorzuschlagen, wäre verdammt sorglos. Hast doch im Fernsehen verfolgen können, was dann passiert.«

»Meinst du, der zieht die bösen Jungs magisch an?«, fragte Stefan, während Eva mit einem Staublappen über den schmalen Rahmen des Flachbildschirms wischte.

»Ich hoffe nicht. Am besten forderst du eine utopische Summe. Nicht dass ich mir Sorgen machen muss, wenn ihr gemeinsam unterwegs seid.«

Stefan packte sie am Bauch und presste sich von hinten an sie.

»Ich kann schon allein auf mich aufpassen«, beruhigte er sie.

»Moment. Ich erinnere mich dunkel an einen Zwischenfall beim Bogenschießen.« Sie hoffte, nicht zu besorgt zu klingen. Ohne seinen Beruf hätten sie sich nie kennengelernt. Zudem hegte sie keinerlei Zweifel, dass er ein richtig guter Leibwächter war. Dennoch bereitete ihr die Aussicht, dass er einen neuen, gefährlichen Job annahm, Kopfzerbrechen. Ob sie sich jemals daran gewöhnen würde, wie Stefan sein Geld verdiente?

»Wieso, eigentlich steckte ein total intelligenter Plan von mir dahinter.«

»Versteh ich nicht.«

»Ich hab mir gedacht, ich lasse mich von dem Mörder niederschießen, damit du deine Heldenqualitäten entdeckst und dich hinterher verpflichtet fühlst, mich bei dir aufzunehmen. Dein Haus gefällt mir nämlich sehr.«

Nun drehte sie sich zu ihm um. »So durchtrieben bist du?«

»Das hättest du wohl nicht vermutet.«

»Ich bin schockiert.« Sie drückte ihm das Staubtuch ins Gesicht, wodurch er sie reflexartig losließ.

»Du bist eklig!«, schimpfte er.

»Und du reaktionslahm. Am besten beschütze *ich* den Engelhart. Ich gucke mal in meinen Terminkalender, ob ich das zeitlich irgendwie hinkriege.«

Eine halbe Stunde später traf Christoph Engelhart ein. Nachdem Eva ihn kurz begrüßt hatte und danach in ihrem Arbeitszimmer verschwunden war, führte Stefan ihn ins Wohnzimmer.

»Diese Hauptkommissarin Traunstein war ziemlich angetan von Ihnen«, behauptete der Mann.

»Das wundert mich«, gestand Stefan. »Wir waren nicht immer einer Meinung, was das konkrete Vorgehen anbelangt.«

»Was ist damals passiert? Oder ist das geheim?«

»Ich habe eine Klientin geschützt, die ins Visier eines

Serienmörders geraten war. Die Kommissarin war eine der verantwortlichen Polizistinnen. Möchten Sie einen Kaffee, einen Espresso oder irgendetwas anderes?«, wechselte er dann das Thema.

»Nein, danke.«

Sie setzten sich an den Esstisch.

»Haben Sie den Drohbrief dabei, von dem Sie mir am Telefon erzählt haben?«

»Nur als Foto. Das Original hat die Polizei mitgenommen.«

»Zeigen Sie es mir bitte?«

Engelhart nahm das Smartphone aus der Hosentasche und rief die entsprechende Datei auf.

Stefan überflog den kurzen Text. »Am Abend vorher hat eine Frau versucht, sie im Hotelzimmer mit einer Glasvase niederzuschlagen?«, fasste er eine weitere Information aus ihrem Telefonat zusammen.

»In der Suite, ja. Ich dachte, sie würde mit mir flirten. Schwerer Fehler. Die Hauptkommissarin bietet Ihnen übrigens einen Abzug des Bildes an, das eine Videokamera von der Frau aufgenommen hat. Darauf kann man sie sehr gut erkennen.«

»Das wäre hilfreich. Allerdings weiß ich noch gar nicht, inwiefern ich Ihnen weiterhelfen kann. Erzählen Sie mir von Ihren Plänen.«

»Sie müssen wissen, mir ging es finanziell bisher eher mies. Die Geiselnahme und ihre Folgen – so schrecklich das klingt – waren wie ein Lottogewinn. Ich bekomme traumhafte Gagen, wenn ich im Fernsehen auftrete.«

»Was machen Sie beruflich?«

Engelhart seufzte. »Nichts Weltbewegendes momentan. Ich halte mich mit Aushilfsjobs über Wasser. Dreimal die Woche arbeite ich in einem Getränkemarkt. Der Job ist übel, aber wenigstens bin ich sozialversichert und kann meine Miete bezahlen. Außerdem helfe ich meinem Meister einmal wöchentlich für ein paar Euro Aufwandsentschädigung beim Training und …«

»Meister?«, unterbrach ihn Stefan interessiert. »Sind Sie Kampfsportler?«

»Kung-Fu und Taekwondo.«

»Welche Gürtel haben Sie?«

Die beiden tauschten sich über ihre Kampfsporterfahrungen aus und stellten fest, dass sie im vorigen Jahr mindestens bei einem Turnier zeitgleich vor Ort gewesen, jedoch als Gegner nicht aufeinandergetroffen waren. Danach kamen sie wieder auf den eigentlichen Grund von Engelharts Besuch zurück.

»Die Hauptkommissarin meint, ich würde in Gefahr schweben.«

»Wenn ich mir den Drohbrief anschaue, kann ich ihr nicht widersprechen«, meinte Stefan.

Bevor Engelhart etwas entgegnen konnte, klingelte sein Handy. »Entschuldigen Sie.«

»Telefonieren Sie in aller Ruhe.«

»Hallo?« Er lauschte kurz. »Ich bin gerade bei dem Leibwächter, den Sie mir empfohlen haben.« Erneut hörte er der Anruferin zu und brummte mehrfach zustimmend. »Okay. Ich werde es ihm ausrichten. Danke für die Information. Bis bald.«

»Traunstein?«, erkundigte sich Stefan, nachdem Engelhart das Mobiltelefon auf den Tisch gelegt hatte.

»Ja. Sie haben den Taxifahrer ausfindig gemacht, der den Briefumschlag ins Hotel gebracht hat. Anhand des Fotos hat er bestätigt, dass es dieselbe Frau war, die am Abend vorher versucht hat, mich zu überfallen.«

»Also eher keine liebeskranke Stalkerin oder ein psychopathisches Fangirl.«

»Oder eine von der besonders hartnäckigen Sorte«, gab Engelhart zu bedenken. »Welche Gruppe sollte denn hinter der Geiselnahme stecken? Der Typ war ein Einzelgänger, glauben Sie mir. Der hatte keinerlei Hilfe von außen.«

»Soweit Sie wissen.«

Engelhart zuckte mit den Schultern. »Mehr als Vermutungen stellt die Polizei auch nicht an. Egal. Die Empfehlung der Hauptkommissarin lautet, öffentliche Auftritte zu vermeiden.«

»Was Ihnen wahrscheinlich widerstrebt.«

»Allerdings. Hubert Scherers Agentin vertritt mich für eine Weile und handelt fantastische Honorare aus. Außerdem wollen wir ein Buch rausbringen. Ich brauche diese Kohle. Meine Jobs halten mich über Wasser – und das war's. Jetzt habe ich die Chance, mir mal ein kleines finanzielles Polster anzusparen. Das will ich nicht aufgeben wegen irgendeiner Idiotin, von deren Gefährlichkeit ich nicht überzeugt bin.«

»Deshalb hatte Traunstein die Idee, Sie könnten mich engagieren«, vermutete Stefan.

»Genau. Ich mache mir natürlich keine Illusionen. Niemals könnte ich einen Rund-um-die-Uhr-Schutz bezahlen. Doch vielleicht kann ich es mir erlauben, Sie als Bodyguard bei den bevorstehenden Talkshows mitzunehmen.«

»Wie viele sind denn geplant?«

»Mindestens zwei weitere. Eine wird in Leipzig aufgezeichnet, eine in Hamburg.«

»Also brauchen Sie mich für Anreise, Dauer der Sendung, Übernachtung, Heimfahrt.«

»Wie würde das mit der Übernachtung aussehen?«, fragte Engelhart verunsichert. »Ich will nicht homophob klingen, aber schlafen wir dann in einem Zimmer?«

Stefan lachte. »Nein. Ich würde lediglich ein Überwachungsgerät in Ihrem Zimmer aufbauen, um jederzeit informiert zu sein, was bei Ihnen passiert. Wenn Ihre Agentin gut ist, wird Sie die Sender bestimmt überzeugen können, Ihnen zwei Hotelzimmer zu buchen, die direkt nebeneinanderliegen.«

»Zum Glück. Sorry. Bekommen Sie bitte keinen falschen Eindruck von mir.«

»Ist schon okay«, erwiderte Stefan gelassen.

»Ich hoffe, die nächste Frage nehmen Sie nicht persönlich.«

»Nun bin ich neugierig.«

»Hätten Sie bei den Auftritten eine Waffe dabei? Es mag arrogant klingen, aber ich bilde mir ein, mich im Nahkampf allein verteidigen zu können. Sie sind garantiert der bessere Kampfsportler, trotzdem habe ich Vertrauen in meine Fähigkeit, jemanden im Zweikampf auszuschalten. Ihre Dienste wären für mich umso wertvoller, falls Sie mir mit einer Pistole oder ähnlichem zu Hilfe kommen könnten, wenn ich mich überschätzt habe.«

»Damit kann ich dienen. Ich bin offiziell berechtigt, zum Schutz meiner Klienten eine Waffe zu tragen.«

»Das klingt gut. Wie hoch wäre Ihr Tagessatz?«

»Tausendzweihundert Euro pro Einsatz. Reise- und Übernachtungskosten müssten zusätzlich von Ihnen getragen werden.«

»Wow!« Mit einer solchen Summe schien Engelhart nicht gerechnet zu haben. »Tausendzweihundert. Wo kann man sich als Bodyguard ausbilden lassen?«

Stefan setzte zu einer Antwort an, doch sein Gegenüber stoppte ihn mit einer Handbewegung.

»Nein, Spaß. Ihren Job will ich gar nicht haben. Allerdings muss ich mir überlegen, ob ich Sie mir leisten kann. Das würde meinen finanziellen Gewinn heftig schmälern. Ist es okay, wenn ich mich nicht heute entscheide?«

»Natürlich. Mein Angebot gilt. Solange ich nicht aufgrund eines anderen Auftrags verhindert bin, würde ich Sie zu den genannten Konditionen begleiten.«

Engelhart stand auf und reichte ihm die Hand. »Ich melde mich bei Ihnen.«

# 10

Andrea Traunsteins Handy klingelte. Mit einem Blick aufs Display stellte sie fest, dass ihr Vater anrief.

»Oh Shit!«, fluchte sie, ehe sie das Gespräch annahm. »Hi!«, begrüßte sie ihn. »Sorry, ich habe unsere Verabredung zum Abendessen völlig vergessen.«

»Also dürfen wir nicht mehr mit deiner Anwesenheit rechnen?«, folgerte ihr Vater.

Glücklicherweise klang er nicht verärgert. Andreas Familie traf sich einmal im Monat mit allen Angehörigen, die noch in Köln und Umgebung lebten, in einem Restaurant. Zwanzig Personen waren bei solchen Gelegenheiten keine Seltenheit. Normalerweise freute sie sich auf diese Termine, doch den heutigen hatte sie vollständig verdrängt.

Sie schaute zur Uhr, die über der Bürotür hing. »Das schaffe ich nicht. Ich bräuchte mindestens eine halbe Stunde und kann auch gar nicht sofort losfahren.«

»Hast du heute überhaupt schon was gegessen?«

»Ja«, antwortete sie. Vorausgesetzt, Schokoriegel und Kekse zählten. »Grüßt du die anderen von mir?«

»Mach ich, Drea. Arbeite bitte nicht zu lange.«

»Ich versuch's. Wir sehen uns ja nachher. Ich bereite dir einen Espresso zu, wenn du nach Hause kommst«, versprach sie.

»Lieber nicht«, lachte ihr Vater. »Sonst liege ich die ganze Nacht wach und nerve deine Mutter.«

»Na gut, aber ich will noch heute den neuesten Familienklatsch erfahren. Vor allem über Emelie. Ob sie schon wieder einen Neuen hat.«

»Ich werde sie diesbezüglich verhören.«

Nachdem Andrea aufgelegt hatte, dachte sie kurz daran, wie dankbar sie für ihre aktuelle Wohnsituation war. Ihre Eltern hatten vor einigen Jahren ein Mehrfamilienhaus erworben und renovieren lassen. Inzwischen lebte sie mit den Eltern, ihren beiden Geschwistern, deren Familien und der fünfundneunzigjährigen Großmutter unter einem Dach. Ohne dieses Arrangement würde sie die anderen Familienmitglieder wahrscheinlich nur an Geburts- und sonstigen Feiertagen zu Gesicht bekommen – obwohl ihr eine enge Familienbindung sehr wichtig war.

Sie rieb sich die Augen und vertiefte sich wieder in den Zwischenbericht, der seit dem späten Nachmittag auf ihrem Schreibtisch lag. Mittlerweile hatten sie sämtliche zur Verfügung stehenden Telekommunikationsdaten von Sogemeyer ausgewertet. Ebenso seine Spuren im Internet. Aber es gab nichts, was sie voranbrachte. Jede von ihm angewählte Nummer war inzwischen überprüft; keine hatte etwas Verdächtiges ergeben.

Automatisch dachte sie an den Drohbrief, den Engelhart erhalten hatte. Wer steckte dahinter? Und wie hatte der Geiselnehmer Kontakt zu den angeblichen Hintermännern gehalten? Er musste einen Telefonanschluss haben, der weder auf seinen noch auf den Namen seiner ermordeten Partnerin lief.

Traunstein schrieb eine E-Mail an die Fachabteilung, in der sie sich erkundigte, ob es mittels einer Funkzellenabfrage möglich sei herauszufinden, welche Rufnummern am Vorabend der Geiselnahme in den Funkzellen eingebucht waren, die Sogemeyers Wohnung abdeckten. Sie teilte den Kollegen das Datum und die Anschrift des Toten mit, denn sie war überzeugt davon, dass die Kommunikation in den Stunden vor der Tat hoch gewesen sein musste. Gerade, als sie die Nachricht abschickte, erinnerte sie ihr knurrender Magen an die fehlende Nahrungsaufnahme. Es wurde endlich Zeit, den Arbeitstag zu beenden.

***

In dem Fast-Food-Restaurant bestellte sie zwei extragroße Burger und verzichtete dafür auf irgendwelche Beilagen. Die Lust, in saftiges Fleisch zu beißen, war auf der Fahrt hierher übermächtig geworden. Jede Kartoffel- oder Salatzutat hätte sie als störend empfunden. Traunstein suchte sich einen Platz in einer ruhigen Ecke und nahm den ersten Burger aus der Verpackung. Sie schloss die Augen, biss genussvoll hinein und erfreute sich an der Geschmacksexplosion.

»Dass ich das noch erleben darf«, erklang plötzlich eine amüsierte Stimme.

Ein attraktiver Mann in ihrem Alter war vor ihrem Tisch stehengeblieben. Er trug ein komplettes Menü auf seinem Tablett und strahlte sie an.

»Dass Sie was erleben dürfen?«, fragte Traunstein.

»Eine Frau, die mit Genuss in ein Stück Fleisch beißt. Kann ich mich zu Ihnen setzen, ehe Sie sich als Fata Morgana entpuppen?«

Sie zögerte einen kurzen Moment. Aber der Typ sah wirklich gut aus, und ihr letzter nicht beruflicher Kontakt zur Männerwelt lag viel zu lange zurück.

»Nur keine Hemmungen«, antwortete sie.

»Ich bin Michael.«

»Andrea.« Mit einer Serviette säuberte sie flüchtig ihren

Mund. »Ist übrigens nicht so, als wäre das hier für mich der Hochgenuss der Gefühle. Ein richtig gutes Steak würde ich jederzeit vorziehen. Ich hatte bloß nicht genügend Zeit.«

»Ein richtig gutes Steak«, wiederholte er.

»Genau.«

»Den Tag werde ich mir im Kalender anstreichen.«

»Wieso?«

Bevor er etwas erwiderte, gönnte er sich einen Bissen von seinem eigenen Burger.

»Ich treffe seit Monaten ausschließlich Frauen, die lediglich einen Salat und Wasser bestellen. Das ist so unfassbar unsexy. Wieso glaubt die Frauenwelt, dass wir Kerle das gern sehen?«

»Na ja, wir Frauen achten halt gern auf unsere Figur.«

»Das haben Sie zum Glück nicht nötig.«

»Wissen Sie, welche Information mein Gehirn aus Ihren letzten Bemerkungen herausgefiltert hat?«

»Klären Sie mich auf.«

»Sie haben regelmäßig Verabredungen mit Ihnen unbekannten Damen und sind außerdem geübt darin, Komplimente zu verteilen.«

Er lachte vergnügt. »Erwischt. Ja, ich gebe zu, ich suche gerade nach Misses Right. Hab eine langjährige Beziehung hinter mir, inklusive unter Tränen aufgelöster Verlobung. Und Frauen mögen Komplimente. Aber warum erzähle ich Ihnen das eigentlich?«

»Weil Sie nicht zur Gattung der verschlossenen Männer gehören? Und somit ein Unikat sind?«

»Das wird's sein. Na ja, anderthalb Jahre Singledasein müssen ausreichen, oder?«

Sie dachte an ihre mittlerweile fast dreijährige Solophase und biss wieder in ihren Burger, statt zu antworten.

»Wie sieht's mit Ihnen aus? Wartet zu Hause ein Mann?«

»Veganer«, entgegnete sie. »Leider einer von denen, die ein ausgeprägtes Sendungsbewusstsein haben. Er guckt mich immer todtraurig an, wenn ich ein Wurstbrot vertilge.«

»Oh, das tut mir …«, stammelte er.

»War ein Spaß«, sagte sie schmunzelnd. »Normalerweise verrate ich meinen Beziehungsstatus nicht einem Wildfremden, der mich aus heiterem Himmel anquatscht.«

»Wer weiß, was Sie dadurch verpassen. Neues Thema: Ist Ihr Beruf auch ein Geheimnis?«

»Haken Sie eine Liste ab?«, fragte Traunstein.

»Sie sind clever! Das ist keinem meiner Dates bislang aufgefallen.«

»Nennen Sie mir die anderen Punkte, die Sie abklären?«

»Wieso nicht? Finanzielle Altlasten. Eventuell vorhandener und bis zum ersten Treffen verschwiegener Nachwuchs. Wohnsituation. Hobbys. Trinkgewohnheiten. Erbkrankheiten.«

»Moment!«, stoppte sie ihn. »Die Frauen geben Ihnen auf das alles Antworten?«

»Okay, das mit den Erbkrankheiten war geschwindelt. Den Rest finde ich heraus. Man muss bloß geschickt genug fragen, damit sie sich nicht ausgequetscht vorkommen. Schwierig ist es, sexuelle Vorlieben herauszufinden. Da blocken die meisten ab.«

»Ich stehe auf Fesselspiele«, sagte sie. »Hat mit meinem Job zu tun.«

»Sind Sie Domina?«

Sein Gesichtsausdruck war unbezahlbar. Traunstein ließ ihn ein wenig zappeln. In der Zwischenzeit entschied sie sich, ihm ihren Beruf nicht zu verheimlichen. Der Flirt tat ihr richtig gut – doch was nützte es, wenn der Mann zu denen gehörte, die der Polizei gegenüber negativ eingestellt waren?

»Ich bin Kriminalkommissarin.«

»Das ist nicht Ihr Ernst.«

»Doch.« Sie zog den Dienstausweis aus ihrer Jackentasche.

»Krass«, sagte er und musterte den Ausweis interessiert. »Eine Frau, die für Recht und Ordnung sorgt.«

»Verspüren Sie nicht das Bedürfnis, das Weite zu suchen?«

»Wieso sollte ich? Ich gehöre schließlich zu den braven Jungs.«

»Brav? Klingt ziemlich un…«

»Gesetzestreu«, unterbrach er sie schnell. »Ich wollte gesetzestreu sagen.«

»Das ist besser. Und was machen Sie beruflich?«

»Ich arbeite im Vertrieb eines kleines Unternehmens, das Telekommunikationslösungen anbietet. Bei Weitem nicht so spektakulär wie Ihre Tätigkeit.«

Die beiden unterhielten sich noch eine Weile, und Traunstein fand ihren neuen Bekannten mit jeder Minute amüsanter. Als sie den zweiten Burger gegessen hatte, griff sie zu einem in ihrer Jacke steckenden Kugelschreiber und notierte auf einer Serviette ihre Handynummer.

»Ich habe einen wirklich langen Tag hinter mir. Deswegen werde ich jetzt nach Hause fahren und sofort ins Bett fallen. Würde mich freuen, demnächst von Ihnen zu hören.«

»Das werden Sie«, versprach er.

# 11

Stefan hatte einen Arm um sie gelegt, während sie gemeinsam auf dem Sofa saßen und die *Tagesschau* sahen.

»Weißt du, worüber ich mich wundere?«, fragte Eva, nachdem ein Bericht über einen Anschlag auf eine Flüchtlingsunterkunft gesendet worden war.

»Dass es in diesem Land solche Arschlöcher gibt?«, vermutete er.

»Genau. Menschen, die aus Kriegsgebieten geflohen sind, so zu bedrohen. Schrecklich!« Sie stand seufzend auf und ging in die Küche. Seitdem Stefan bei ihr wohnte, waren Chips und gesalzene Erdnüsse fast vollständig von der Einkaufsliste gestrichen, aber die Nusskernmischung, die sie im Schrank fand und in eine Glasschüssel schüttete, schmeckte ihr mindestens genauso gut.

Kaum hatte sie sich wieder gesetzt, klingelte Stefans Handy, das auf dem Couchtisch lag.

»Oh«, sagte er nach einem Blick aufs Display. »Das ist Christoph Engelhart. Trapp!«, meldete er sich und schaltete gleichzeitig den Lautsprecher ein, damit Eva mithören konnte.

»Engelhart hier. Darf ich Sie kurz stören?«

»Kein Problem.«

»Ich würde gern Ihre Dienste in Anspruch nehmen. Zumindest bei den zwei erwähnten Terminen. Ich habe inzwischen mit meiner Agentin gesprochen, und sie hat einen Honoraraufschlag herausgehandelt. Dafür musste ich garantieren, in den nächsten Monaten keine weiteren Talkshow-Angebote anzunehmen. Anschließend werden wir uns dann auf die Buchveröffentlichung konzentrieren.«

»Wann sind die Termine?«

»Der erste ist bereits übermorgen. Sind Sie da überhaupt noch frei?«

»Bin ich«, erwiderte Stefan. »Die Sendung wird in Leipzig aufgezeichnet?«

»Richtig. Ich bekomme ein Erste-Klasse-Ticket für die Bahn spendiert, außerdem eine Übernachtung in einem Vier-Sterne-Hotel. Also müssten wir Ihnen ein zweites Ticket und ein Zimmer reservieren.«

»Kann sich Ihre Agentin darum kümmern, oder soll ich das übernehmen?«

»Das macht sie. Würden Sie mich abholen? Mir wäre es lieb, wenn wir gemeinsam zum Bahnhof fahren könnten.«

»Das kriege ich hin. Kennen Sie die Abfahrtszeit?«

»Ich sage Frau von der Strebe Bescheid. Sie wird Ihnen morgen früh alle notwendigen Informationen weiterleiten.«

»Perfekt!«

***

»Frau von der Strebe hat uns zwei Plätze hintereinander reserviert«, sagte Christoph Engelhart, als sie das Großraumabteil betraten.

Sein Klient trug eine schwarze Sporttasche, Stefan hatte hingegen einen Trolley gepackt. Aufmerksam musterte er die anderen Reisenden – niemand schien sich für sie zu interessieren.

»Hier.« Christoph hatte die beiden Sitzplätze entdeckt. »In Frankfurt müssen wir umsteigen. Es gab wohl keine passende Direktverbindung zwischen Köln und Leipzig.«

»Nicht optimal«, brummte Stefan. »Außerdem hätte ich zwei

Plätze nebeneinander besser gefunden. Dann hätten Sie den Fensterplatz bekommen, und ich hätte Sie vom Gangplatz aus abschirmen können.«

»Oh, stimmt. Na ja. Wird schon nichts passieren. Ich meine, wir sitzen in einem Zug. Ich habe nirgendwo erwähnt, dass ich ausgerechnet diesen ICE nehme. Insofern können wir bestimmt entspannt reisen.« Christoph setzte sich. »Wow!«, entfuhr es ihm. »Wie bequem. Da können die Leute in der zweiten Klasse nur von träumen.«

Stefan nahm ebenfalls Platz und überzeugte sich, dass seine Schusswaffe in dem Schulterholster nicht zu sehen war.

***

Traunsteins Telefon klingelte und übertrug eine interne Rufnummer der Technikabteilung.

»Hallo?«, meldete sie sich entsprechend formlos.

»Klawitter. Hi, Andrea! Das Ergebnis der Funkzellenabfrage ist da. Höchst aufschlussreich. Kommst du in mein Büro?«

»Bin unterwegs.«

»Du bist ja richtig flott«, lobte der Kollege sie schmunzelnd, nachdem sie in Rekordzeit bei ihm eingetroffen war.

»Wehe, es hat sich nicht gelohnt.«

»Oh, das hat es. Schnapp dir einen Stuhl!«

Auf dem Schreibtisch lagen ein paar Ausdrucke, die mit Notizen in einer chaotischen Handschrift versehen waren. Andrea nahm den Besucherstuhl und setzte sich neben Klawitter.

»Im Prinzip hatten wir Glück. Das Gebiet wird von einem großen Funkmast abgedeckt, den sich die drei Mobilfunkbetreiber teilen. Ursprünglich gehört er den Magentafarbenen, die anderen zahlen den Bonnern jedoch Miete.«

»Brauche ich diese Information?«

Klawitter schnaubte verärgert. »Ich weiß, eigentlich willst du immer bloß Fakten geliefert bekommen, mit denen du bei Wöhler glänzen kannst.«

An seinem Tonfall erkannte sie, dass er sie absichtlich provozierte.

»So macht Frau heutzutage Karriere«, entgegnete sie deshalb.

»Bevor ich mich so verbiegen muss, reicht mir meine Gehaltsklasse. Okay. Wie viele Handynummern hast du?«

»Eine«, erwiderte sie. Wie jeder Kölner Polizeibeamte durfte sie den dienstlich überlassenen Mobilfunkanschluss auch privat nutzen. Manche Kollegen verfügten trotzdem über weitere Rufnummern – Traunstein hingegen hatte dafür nie eine Notwendigkeit gesehen.

»Ich habe zwei«, meinte Klawitter. »Selbst drei fände ich noch ganz akzeptabel. Aber braucht jemand ernsthaft sechs Anschlüsse?«

»Sogemeyer?«, folgerte sie.

»Fast richtig. Am Abend vor der Geiselnahme waren in der Funkzelle fünf Nummern eingebucht, die allesamt auf Sylvia Mangold registriert sind. Alles Prepaidnummern bei unterschiedlichen Betreibern. Vodafone, T-Mobile, O2. Dazu zwei Provider. Ich habe bereits herausgefunden, dass die SIM-Karten im Internet bestellt wurden. Wofür nur Mangolds persönliche Daten inklusive Personalausweisnummer benötigt wurden. Entweder hat sie ihren Lebensgefährten unterstützt …«

»… oder sie wusste nichts davon und ist deswegen getötet worden«, beendete Traunstein den Gedanken und überlegte, was diese neue Information bedeutete. »Gibt es Hinweise darauf, dass Sogemeyer die Nummern allein benutzt hat?«

»Halte ich für unwahrscheinlich. Wir haben Listen mit sämtlichen Nummern, die von den unterschiedlichen Anschlüssen angerufen worden sind. Da gibt es zahlreiche Gespräche, die untereinander geführt wurden. Niemand ruft sich selbst an. Ich bin sicher, es handelt sich um eine größere Gruppe.«

»Wenn also alle fünf Nummern zur selben Zeit in der Funkzelle eingebucht waren, haben die sich in der Wohnung getroffen«, vermutete sie.

»Ja. Die von Frau Mangold tatsächlich genutzte Nummer hat sich zwar an dem Abend auch in die Funkzelle eingebucht, allerdings erst um kurz nach elf.«

»Also hat sie von der Zusammenkunft vermutlich nichts gewusst.«

Klawitter nickte nachdenklich. »Ihre Ermordung könnte mit den Telefonanschlüssen zusammenhängen. Vielleicht hat sie davon erfahren, oder die Verschwörer wollten das von vornherein ausschließen.«

»Durchaus möglich. Oder Sogemeyer hat ihre Daten noch anderweitig verwendet. Verdammt! Das ist wie die Suche nach der Nadel im Heuhaufen.«

»Vielleicht bringen uns ja die Anrufe weiter, die von den Prepaidanschlüssen getätigt wurden. Wir versuchen, herauszubekommen, auf wen die Nummern registriert sind. Also die, die nicht auf Mangold liefen.«

»Haben wir da schon was vorliegen?«, fragte Traunstein.

»Wird wohl bis Anfang nächster Woche dauern.«

»Und in der Zwischenzeit plant die Gruppe eventuell etwas Neues.« Traunstein dachte an Christoph Engelhart, der heute bei einer Talkshow auftreten würde. Hoffentlich hatte er für seinen eigenen Schutz gesorgt.

***

Stefan hörte das Klingeln des Handys, bevor Christoph es wahrnahm.

»Oh, das ist ja meins«, sagte sein Klient, nachdem der Klingelton bereits ein paar Sekunden lang angeschwollen war. »Sorry.«

Stefan bemerkte einen Fahrgast zwei Reihen vor ihnen, der sich genervt zu ihnen umdrehte. Doch statt wieder nach vorn zu schauen, als das Gespräch entgegengenommen worden war, beobachtete der etwa dreißigjährige Mann Christoph interessiert.

»Hallo?«

Stefan beugte sich vor, um mitzubekommen, was gesprochen wurde. Für den Fall, dass es privat war, würde ihm sein Auftraggeber ein Zeichen geben – so hatten sie es zumindest vereinbart.

»Frau Traunstein«, begrüßte Christoph die Kommissarin. »Ich bin auf dem Weg nach Leipzig.«

Die Umgebungsgeräusche waren zu laut, um die Gegenseite zu verstehen.

»Ja, Herr Trapp begleitet mich. Wollen Sie das mit ihm besprechen?«

Nach einem kurzen Moment drehte sich Christoph um. »Es gibt Neuigkeiten, die Sie interessieren könnten, schätzt die Hauptkommissarin.« Er reichte ihm das Smartphone.

»Hallo, Frau Traunstein.«

»Tag, Herr Trapp. Schön, dass Sie ihn begleiten.«

»Nur zu seinen Auftritten.«

»Besser als nichts. Wahrscheinlich schwebt er dort ohnehin am meisten in Gefahr.«

»Haben Sie neue Hinweise gefunden?«

»Ich kann Sie natürlich nicht in alles einweihen, wir sind jedoch auf eine interessante Spur gestoßen. Höchstwahrscheinlich hatte Sogemeyer Unterstützung von einigen Leuten.«

»Wie sicher sind Sie?«

»Alle Anzeichen sprechen dafür.«

»Verdammt! Das ändert die Bedrohungslage.« Stefan sah aus dem Fenster auf die vorbeirasende Landschaft.

»Sie sollten ihm die öffentlichen Auftritte ausreden. Wenn er darauf verzichtet, kann ich ihn unter Polizeischutz stellen«, erklärte die Beamtin.

»Ich werde ihm Ihren Vorschlag heute Abend in Ruhe unterbreiten.«

Aus dem Augenwinkel bemerkte er eine Person, die inzwischen in Christophs unmittelbarer Nähe stand. Rasch musterte er den Mann. Es war derselbe, der Engelhart gerade eben höchst interessiert beobachtet hatte. In der Hand hielt er eine Serviette und einen Kugelschreiber.

»Frau Traunstein, danke für die Info«, flüsterte Stefan. »Ich muss jetzt Schluss machen. Meine Aufmerksamkeit ist vonnöten. Ich melde mich.« Ohne ihre Erwiderung abzuwarten, beendete er das Gespräch.

»Sie sind es wirklich, oder?«, fragte der Fahrgast.

»Wen genau meinen Sie?«, erkundigte sich Christoph.

»Na, den Mann aus dem Café. Der bei der Geiselnahme den Gangster hingerichtet hat.«

»Nein, ich habe ihn doch nicht *hingerichtet*. Im Gerangel hat sich bedauerlicherweise ein Schuss gelöst.«

»Ach, wie Sie meinen. Ich finde es toll, dass Sie Herrn Scherer das Leben gerettet haben. Den sehe ich echt gern im Fernsehen.«

»Ja, ich auch.«

»Geben Sie mir ein Autogramm?«, bat der Fahrgast.

»Na klar«, erwiderte Christoph.

»Schreiben Sie ›Für Max!‹«

»Okay.« Er streckte die Hand nach Serviette und Stift aus, doch der Mann brachte beides mit einer schnellen Bewegung außerhalb seiner Reichweite.

Stefan beobachtete die feindselig wirkende Aktion mit Unbehagen.

»Mich hätten Sie nicht so leicht überwältigt«, behauptete der Kerl amüsiert.

»Wollen Sie nun ein Autogramm, oder nicht?«, fragte Christoph.

»Von Ihnen? Einem Mörder? Wie kann man sich bloß so feiern lassen, wenn man ein Menschenleben auf dem Gewissen hat. Schlafen Sie nachts? Oder werden Sie wenigstens von Gewissensbissen gepeinigt?«

Stefan erhob sich. »Könnten Sie Herrn Engelhart in Ruhe lassen?«

Der Fahrgast musterte ihn grimmig, ehe er sich wieder Christoph zuwandte. »Ich dachte, Sie sind ein Held. Wofür brauchen Sie dann einen Beschützer?«

Stefan machte einen Schritt nach vorn, worauf der andere automatisch zurücktrat. »Folgen Sie mir bitte aus dem Abteil!«

»Was? Im Leben nicht!«

Inzwischen hatten sie die Aufmerksamkeit aller Personen in ihrer Nähe auf sich gezogen.

»Die Polizei interessiert sich bestimmt für Ihre Personalien.«

»Drehen Sie gerade komplett durch?«

Stefan ging erneut ein Stück nach vorn; diesmal blieb der Mann allerdings stehen. Trotz seiner eindeutigen körperlichen Unterlegenheit ließ er sich nicht leicht einschüchtern. Da Stefan noch immer das Telefon in der Hand hielt, wählte er Traunsteins Nummer.

»Holen Sie sich jetzt telefonisch Hilfe von Mama?«, spottete sein Gegenüber.

»Hauptkommissarin Traunstein. Trapp hier«, sagte Stefan, nachdem sich die Polizistin gemeldet hatte. »Herr Engelhart wurde im Zug von einem uns Unbekannten belästigt. Könnten Sie die Feststellung der Personalien veranlassen?«

»Geben Sie ihn mir«, verlangte die Kommissarin.

»Für Sie«, teilte Stefan dem Fahrgast mit.

Der reagierte wie erhofft. Statt das Telefon entgegenzunehmen, schlug er danach und traf Stefans Handgelenk. Nun handelte der Leibwächter blitzschnell. Er packte den Angreifer, drehte ihm den Arm auf den Rücken und schob ihn aus dem Abteil.

»Lassen Sie mich los!«, schrie der Unterlegene. »Ich werde Sie verklagen, Sie Mistkerl.«

Ein Zugbegleiter eilte herbei. »Was soll das? Warum halten Sie den Mann fest?«

»Er hat mich angegriffen«, erklärte Stefan.

»Das ist gelogen!«

»Am Telefon habe ich eine Kriminalhauptkommissarin der Kölner Polizei. Sie kann Ihnen die Situation erläutern. Wir benötigen die Personalien des Fahrgastes.«

Verunsichert nahm der Zugbegleiter das Handy entgegen. »Hallo?«

# 12

»Herein!«, rief Andrea Traunstein, nachdem es an ihrer Bürotür geklopft hatte.

Ein Streifenbeamter trat ein, in seinem Schlepptau ein älterer Mann, den sie auf Anfang sechzig schätzte.

»Frau Hauptkommissarin, das ist Herr Freud, der im Zusammenhang mit dem tödlichen Raubüberfall auf Frau Mangold eventuell eine wichtige Beobachtung gemacht hat.«

Traunstein erhob sich und ging den beiden Personen entgegen. Sie reichte dem Zeugen die Hand, bevor sie dem Polizisten mit einem Kopfnicken dankte.

»Herr Freud? Habe ich das richtig verstanden?«

»Ja, genau. Wie der Psychoanalytiker«, bestätigte der Mann schmunzelnd. »Allerdings heiße ich Richard, nicht Sigmund.«

»Dann haben Ihre Eltern besseren Geschmack bewiesen, was die Vornamenswahl anbelangt. Setzen Sie sich bitte.« Sie deutete auf einen Besucherstuhl. »Möchten Sie etwas trinken? Kaffee oder Mineralwasser?«

»Nein, danke.« Der Besucher nahm schwerfällig Platz.

»Der Kollege meinte gerade, Sie hätten eine wichtige Beobachtung gemacht?«

»Ich hoffe es zumindest«, schränkte Freud ein. »Schreckliche Sache. Frau Mangold war eine wirklich sympathische Person. Immer freundlich. Was man von ihrem Partner nicht behaupten kann. Wobei meine Nachbarn mir erzählt haben, sie hätten Herrn Sogemeyer seit geraumer Zeit nicht mehr gesehen. Steckt er etwa hinter dem Tod von Frau Mangold?«

»Nein, das können wir garantiert ausschließen.«

»Da bin ich erleichtert. Auch wenn der Arme nun bestimmt unter dem Verlust leidet.«

Die Hauptkommissarin verzog keine Miene. Die Polizei hatte beschlossen, den Namen des Geiselnehmers unter Verschluss zu halten, solange die Hintergründe nicht komplett aufgedeckt waren. Zwar bestand immer die Gefahr, dass die Medien ihn trotzdem herausfanden – doch bislang hatten sie diesbezüglich Glück gehabt.

»Was haben Sie denn beobachtet?«, fragte Traunstein.

»Sie müssen wissen, ich gehe jeden Abend mit meinem Hund spazieren. Meistens so gegen zweiundzwanzig Uhr. Tagsüber übernimmt das meine Ehefrau. In den letzten Monaten ist in der Gegend mehrfach eingebrochen worden. Hauptsächlich in Erdgeschosswohnungen wie unserer. Deswegen habe ich es mir angewöhnt, sehr genau darauf zu achten, ob mir bei der späten Gassirunde etwas Ungewöhnliches auffällt.«

»Und das ist es vermutlich an jenem Freitagabend?«, kombinierte die Kommissarin.

»Ja. Da stand ein unbekanntes Auto. Natürlich kommt das häufiger vor; Besuch kriegt ja jeder mal. Allerdings blockierte dieses Fahrzeug einen der privaten Stellplätze, und der Fahrer saß hinterm Steuer. Selbst das wäre noch kein Grund, um mein Misstrauen zu wecken. Aber als ich nach zwanzig Minuten zurückkam, hatte der Wagen die Position gewechselt und parkte an der Straße; dort, wo jeder sein Auto abstellen kann. Weil jedoch noch immer jemand hinterm Steuer saß, bin ich argwöhnisch geworden und habe mir das Kennzeichen gemerkt. Beziehungsweise es in meinem Handy gespeichert.«

»Haben Sie Ihr Handy dabei?«

»Selbstverständlich.« Er griff in seine Jackentasche, zog es heraus, tippte dreimal auf den Bildschirm und reichte es ihr.

Traunstein notierte sich das Autokennzeichen.

»Dass ich mich erst heute melde, müssen Sie bitte entschuldigen. Meine Frau und ich sind am nächsten Morgen nach Baltrum gefahren. Ich habe zwar das Polizeiaufgebot bemerkt, wir waren allerdings ziemlich in Zeitdruck, weil wir die reservierte Fähre erreichten mussten. Daher habe ich nicht gleich reagiert, als Ihr Kollege mich gefragt hat, ob mir etwas aufgefallen ist.«

»Könnten Sie eventuell den Fahrer beschreiben? Oder uns helfen, ein Phantombild zu erstellen?«

»Ich fürchte nicht«, bedauerte Freud. »Ein junger Mann. Er trug ein Kapuzenshirt, weswegen ich Ihnen nicht einmal die Haarfarbe sagen könnte.«

»Obwohl er im Inneren des Wagens war, hatte er die Kapuze übergestreift?«, vergewisserte sie sich.

»Ja, das war einer der Gründe, womit er mein Misstrauen geweckt hat.«

»Kann ich absolut verstehen«, bestätigte sie nachdenklich.

Die Adresse des Fahrzeughalters war schnell herausgefunden. Der siebenundzwanzigjährige Mann namens Julian Rost wohnte in Sülz und war strafrechtlich bislang nicht in Erscheinung getreten, außer mit einer Verwarnung, die er wegen einer Sitzblockade bei einer Demo erhalten hatte.

Natürlich konnte Traunstein nicht ausschließen, dass Freuds Beobachtung wertlos war. Vielleicht hatte Rost nur auf einen freien Parkplatz gewartet, als Freud ihn das erste Mal gesehen hatte, und war beim zweiten Mal kurz davor gewesen, wegzufahren. Doch ihr Instinkt sagte ihr, dass die Zeugenaussage ein wichtiges Teilchen im Mosaik darstellte.

Mittlerweile war es fast vier Uhr. Wenn sie eine Überwachung für das bevorstehende Wochenende anleiern wollte, musste sie zügig handeln. Den dafür notwendigen Personaleinsatz würde sie sich jedoch absegnen lassen müssen.

Es dauerte lediglich zweieinhalb Stunden, bis die Überwachungsaktion angelaufen war und das erste Team ihr mitgeteilt hatte, dass das Auto in unmittelbarer Nähe des Hauses parkte, in dem der Fahrzeughalter gemeldet war. Die Beamten hatten den Auftrag, unverzüglich Bescheid zu sagen, falls etwas Wichtiges vorfiel. Da dies jederzeit am Wochenende passieren konnte, beschloss Traunstein, ihre Sachen zu packen und das Präsidium zu verlassen.

Kaum hatte sie den Entschluss gefasst, klingelte ihr Handy.

»Andrea Traunstein«, meldete sie sich.

»Michael Ahnefeld. Der Mann, der Sie beim Burgeressen so …«

»… amüsant unterhalten hat«, setzte sie den Satz erfreut fort.

»Also eigentlich hätte ich ›penetrant belästigt‹ vermutet, Ihre Variante hingegen gefällt mir besser. Wie geht es Ihnen? Haben Sie genug schwere Jungs für diese Woche verhaftet?«

»Stellen Sie sich ansonsten zur Verfügung?«

Sein Schmunzeln klang angenehm. Wie von einem Mann, der es gewohnt war, das Leben leichtzunehmen.

»Wenn Sie mir garantieren, sich anschließend als einzige Polizistin um mich zu kümmern, können wir diesbezüglich in Verhandlungen treten.«

»Ich habe so viele nette Kollegen«, entgegnete Traunstein. »Sie wissen gar nicht, was Sie da verpassen. Was verschafft mir die Ehre Ihres Anrufs?«

»Zunächst einmal musste ich mein Versprechen einlösen«, erklärte er. »Außerdem würde ich Sie gern einladen.«

»Wohin?«

»Es gibt auf der Aachener Straße ein neues Burgerrestaurant, von dem ich bislang nur Ausgezeichnetes gehört habe. Wären Sie interessiert?«

»Ein Burgerrestaurant?«

»Jetzt sagen Sie bloß nicht, Sie sind plötzlich Vegetarierin geworden.«

»Das nicht. Allerdings hätte ich eher eine Einladung in ein nobles Restaurant erwartet.«

»Und ich dachte, als Kommissarin müsste man Menschenkenntnis besitzen«, wunderte er sich. »Falls es Sie jedoch glücklicher machen …«

»Nein, nein«, unterbrach sie ihn hastig. »Das war ein Scherz. Wirklich. Ein Burgerrestaurant fände ich großartig.«

»Prima. Ich habe nämlich schon reserviert.«

»Echt?«, entfuhr es ihr überrumpelt.

»Morgen Abend zwanzig Uhr.«

»Haben Sie keine Angst, dass ich Ihnen einen Korb gebe, oder kontaktieren Sie dann einfach die nächste Frau?«

»Für den Fall einer Absage kommt mein Bruder in den Genuss, mich begleiten zu dürfen. Interessanter wäre es, Sie an meiner Seite zu haben.«

Seine Selbstsicherheit gefiel ihr. Offensichtlich hatte er sich von ihrem Beruf nicht einschüchtern lassen. Trotzdem war der gewählte Zeitpunkt ungünstig. Morgen Abend konnte jederzeit etwas bei der Überwachung geschehen, was ihren Einsatz erforderte.

»Grundsätzlich gern«, sagte sie zögerlich.

»Ich hasse Antworten, in denen man das ›Aber‹ bereits heraushört.«

»Ich leite eine relativ aufwendige Ermittlung. Da könnte es passieren, dass ich auch an einem Samstagabend einen Anruf erhalte, der mich ins Präsidium zwingt.«

»Das Risiko würde ich glatt eingehen. Oder gibt es eine Garantie, dass ich nächstes Wochenende Ihre ungeteilte Aufmerksamkeit genießen könnte?«

Sie ließ die Schultern sacken. Ihr langes Singledasein hatte sie unter anderem ihrem Job zu verdanken, der verlangte, dass sie ständig einsatzbereit war.

»Leider nicht.«

»Morgen um zwanzig Uhr?«, wiederholte er sein Angebot.

Rasch wog sie das Für und Wider ab. »Sie wären nicht sauer, falls ich noch bei der Vorspeise abhauen müsste?«

»Um das auszuschließen, verzichten wir einfach auf eine Vorspeise. Sollte Ihr Job Sie rufen, verzehre ich den von Ihnen bestellten Burger ebenfalls.«

Die direkte Art des Mannes gab den Ausschlag. Sie mochte keine Zauderer, weswegen er gerade Pluspunkte sammelte.

»Einverstanden. Sagen Sie mir die Adresse.«

***

»Prost!«

Christoph Engelhart hob sein Glas. Vor Stefan hingegen stand nur eine kleine Kaffeetasse mit einem doppelten Espresso.

»Lassen Sie es sich schmecken.«

»Oh, das werde ich.« Er trank mit einem einzigen Schluck das Pilsglas fast halbleer. »Herrlich«, stöhnte er. »Haben Sie meinen Auftritt verfolgt?«

»Ich habe eher aufs Publikum geachtet«, erwiderte Stefan.

»Wie war ich?«, fragte Christoph trotzdem.

»Das wird Ihre Agentin besser beurteilen können.«

»Die hat mir bereits eine Message aufs Handy geschickt und sich hocherfreut gezeigt. Sie meinte, ich hätte eine großartige Fernsehpräsenz.«

Die Weise, wie er darüber lachte, signalisierte Stefan, dass er die übertriebene Lobhudelei durchschaut hatte.

»Haben Sie sich vor der Kamera wohlgefühlt?«, wollte der Leibwächter wissen.

»Wohler als beim letzten Mal. Wahrscheinlich ist das auch bloß eine Frage der Erfahrung.«

»Nach den Ereignissen heute in der Bahn teile ich übrigens Kommissarin Traunsteins Einschätzung. Es wäre in Ihrem Sinne, sich aus der Öffentlichkeit zurückzuziehen.«

Christoph trank den nächsten Schluck und wischte sich anschließend mit dem Handrücken über den Mund. »An Ihrer Seite fühle ich mich total sicher«, schmunzelte er.

Ehe Stefan etwas erwidern konnte, sprach sein Klient weiter.

»Bis zu dieser Geiselnahme war ich ein Niemand. Ich habe ja nicht mal einen vernünftigen Job. Nichts, womit man Frauen beim Kennenlernen beeindrucken kann. Das Einzige, worin ich richtig gut bin, nämlich der Kampfsport, hat mir dann zu der unerwarteten Chance verholfen. Und die will ich unbedingt nutzen. Außerdem trete ich nur noch einmal auf. Gemeinsam mit Scherer. Danach hört die Öffentlichkeit erst wieder von mir, wenn das Buch erschienen ist.«

»Ist es Ihnen das wirklich wert?«

»Definitiv. Frau von der Strebe hat mich darauf hingewiesen, wie viel Glück ich gehabt habe. Hätte ich nicht Scherer gerettet, sondern ein ausländisches Kind, das von einem braunen Mob verfolgt wurde, hätte ich mich maximal einen Tag in den Nachrichten gehalten. Diese glückliche Fügung will ich nicht verschenken. Ich habe keine Lust mehr, unbekannt zu sein. Herrje, ich würde ins Dschungelcamp einziehen, wenn RTL mir das anbieten würde.«

Stefan nippte an seinem Espresso. »Fanden Sie die Situation im Zug unangenehm?«

Betont lässig winkte Christoph ab. »Das war ein Spinner. Einer der Neider, wie es sie in Deutschland so zahlreich gibt. Ich wäre auch allein mit ihm klargekommen. Ohne dass ich Ihren Einsatz schmälern will.«

»Soll ich Sie trotzdem zu Ihrem letzten Auftritt begleiten?«, vergewisserte sich Stefan.

»Logisch.« Christoph blickte über die Schulter, doch von den zwei Kellnern war nichts zu sehen. »Was ich mich die ganze Zeit frage: Würde ich Sie in einem sportlichen Wettkampf schlagen? Also im Kampfsport?«

»Ich hoffe nicht«, erwiderte Stefan. »Wobei ich meine Fähigkeiten schon lange nicht mehr bei Turnieren unter Beweis gestellt habe.«

»Früher?«

»Gelegentlich.«

»Irgendwelche Pokale gewonnen?«, hakte Christoph wissbegierig nach.

»Einige«, erinnerte sich Stefan. »Aber nie bei einer großen Veranstaltung.« Plötzlich dachte er an Eva und spürte den absurden Wunsch, mit ihren Leistungen anzugeben. »Meine Lebensgefährtin ist mehrfache deutsche Meisterin im Bogenschießen. So weit habe ich es nicht gebracht.«

»Ein sportliches Paar«, sagte Christoph amüsiert.

# 13

Julian Rost saß in einem Café und wartete. Wie üblich kam Linda zu spät. Er hasste Unpünktlichkeit über alles. Glaubte sie, das würde sie interessanter machen?

Ungeduldig trommelte er auf den massiven Holztisch. Den Ort hatte sie vorgeschlagen; offensichtlich erfreute er sich bei Studenten großer Beliebtheit. Julian war die Einrichtung allerdings zu karg. Na ja, zumindest schmeckte der Kaffee einigermaßen.

Er nippte ein weiteres Mal daran, als er sie durch die Fensterscheibe gemächlich näher kommen sah. Obwohl sie zwanzig Minuten zu spät war, hatte sie es anscheinend nicht nötig, sich zu beeilen. Sobald sie ihr Ziel erreicht hätten, würde er den Kontakt zu den anderen abbrechen.

»Hi, Linda«, begrüßte die Thekenfrau seine Komplizin.

»Hi, Su. Bringst du mir einen Latte und ein Stück Apfelkuchen?«

»Gerne.«

Linda nahm ihm gegenüber Platz und schaute ihn verwundert an. »Du machst ein Gesicht wie drei Tage Regenwetter. Was ist los?«

»Es ist zwanzig nach zwölf.«

»Oh, mein Gott. Hat der Herr etwa ein bisschen auf mich warten müssen? Entschuldige vielmals.«

»Hey, wir müssen uns aufeinander verlassen können, sonst funktioniert das alles nicht.«

Linda stöhnte theatralisch. »War ich schon zu irgendeinem

wichtigen Termin zu spät? Hab ich irgendetwas vermasselt?«

In diesem Moment kam die Kellnerin mit ihrer Bestellung.

»Wow, sieht der Kuchen gut aus«, sagte Julian. »Bringst du mir auch einen?«

»Klar.«

Da Julian keine Lust auf weitere fruchtlose Diskussionen hatte, wechselte er das Thema.

»Der Boss hat eine Nachricht geschickt. Wir gehen jetzt ins nächste Planungsstadium über.«

Linda nickte zufrieden. »Bald ist es so weit«, entgegnete sie. Ihr lag ein Lächeln auf den Lippen.

»Hast du keine Angst?«, bohrte er nach.

»Weswegen?«

»Da kann so viel schiefgehen.«

»Klar. Aber es ist mir egal. Hauptsache, die Bullen stoppen uns nicht. Ich werde nicht in den Knast wandern.«

Julian überlegte, ob er darauf etwas Sinnvolles erwidern konnte. Was wäre die Alternative zu einer Inhaftierung? Würden sie es nach erfolgreicher Durchführung schaffen, einfach unterzutauchen? Ihm erschien die Annahme naiv. Würde er lieber sterben, als lebenslänglich im Gefängnis zu sitzen? Meistens beantwortete er die Frage mit einem nachdrücklichen Ja.

Erneut kam die Kellnerin zu ihnen an den Tisch und stellte einen Dessertteller mit dem Apfelkuchen vor ihm ab. »Lass es dir schmecken.«

»Danke.«

»Unser Kontaktmann hat sich ebenfalls gemeldet«, erklärte Linda.

»Wann?«

»Gestern Nachmittag.«

Der Kopf ihrer Gruppe hatte irgendwann eindeutige Regeln festgelegt, wie die interne Kommunikation zwischen ihnen abzulaufen hatte. Julian beispielsweise durfte nur mit dem Boss und Linda kommunizieren. Linda hingegen mit ihm und ihrer Kontaktperson. Zwar verzögerte ein solches Vorgehen manchmal den Informationsaustausch, trotzdem hatten sie sich für diese Form der Verständigung entschieden, für den Fall, dass einer von ihnen verhaftet wurde.

»Gibt es Neuigkeiten?«

Linda nickte düster. »Betrübliche Neuigkeiten.«

***

Das Überwachungsteam hatte Traunstein Bescheid gegeben, dass sie den Verdächtigen Julian Rost bis zu einem Café verfolgt hatten, wo sie ihn aus sicherer Entfernung beobachteten. Nun wartete sie auf Fotos von Rost und der Frau, mit der er sich im Café getroffen hatte. Einer der Polizisten hatte die beiden fotografiert, die Bilddatei auf den Laptop gezogen und ihr übermittelt.

Endlich war der Download abgeschlossen. Traunstein klickte auf die angehängte Datei. Schon das erste Bild bestätigte ihre Vermutung.

Bei Rosts Begleitung handelte es sich um die Frau, die Christoph Engelhart im Hotel angegriffen hatte.

Die Kommissarin informierte das Team per Handy. Einer von ihnen musste die Frau im Auge behalten.

***

»Na, super«, brummte Polizeiobermeister Eger. »Was machen wir jetzt?«

Gerade eben hatte er das Telefonat mit der Hauptkommissarin beendet. Sie wollte ihnen Verstärkung schicken, doch die würde frühestens in einer halben Stunde bei ihnen eintreffen. Bis dahin wäre es zu spät, denn inzwischen waren Rost und die Unbekannte im Café aufgestanden und hatten sich voneinander verabschiedet. Rost hatte anschließend wieder Platz genommen, die Frau den Laden jedoch verlassen.

»Folg du ihr!«, beschloss der ranghöhere Kollege auf dem Beifahrersitz.

»Zu Fuß?«

»Wie sonst?«

»Und wenn sie irgendwo einen Wagen geparkt hat?«

»Dann ist das Pech. Los! Wir haben keine Zeit für sinnlose Diskussionen.«

Eger stieg aus und lief der Frau hinterher, die gerade in eine Seitenstraße bog.

»Fuck!«

Er beschleunigte seinen Schritt. Wenn er die Zielperson so frühzeitig aus den Augen verlor, konnte er sich auf eine gesalzene Strafpredigt von Traunstein gefasst machen. Als er um die Ecke bog, sah er sie allerdings einen kleinen Kiosk betreten. Sofort blieb er stehen und betrachtete scheinbar interessiert einen Sportwagen.

Die Frau kam nach einer Weile wieder aus dem Laden und zündete sich eine Zigarette an. Sie schaute in beide Richtungen, bevor sie ihren Weg fortsetzte, schien ihren Beschatter aber nicht bemerkt zu haben. Eger wartete und gab ihr etwas Vorsprung. Doch als sie sich der nächsten Kreuzung näherte, musste er sich wieder in Bewegung setzen. Wenn sie sich jetzt umdrehte, könnte er niemals rechtzeitig ein passables Versteck finden. Diese Verfolgung war an Amateurhaftigkeit nicht zu überbieten. Plötzlich hatte er eine Idee. Während sie auf dem Bürgersteig stehenblieb und einen Wagen vorbeiließ, holte er deutlich auf. In etwa zweihundert Metern Entfernung befand sich eine Straßenbahnhaltestelle. Er riskierte es; wenn sie einen anderen Weg einschlug, würde er für Kommissarin Traunstein einfach eine Ausrede erfinden.

Er trabte los und lief an ihr vorbei. Aus dem Augenwinkel bemerkte er, dass sie ihn flüchtig musterte. Als Eger die Haltestelle erreicht hatte, studierte er vorgeblich den in einem Schaukasten steckenden Fahrplan. Seine Position ermöglichte es ihm jedoch vor allem, die Frau zu beobachten. Tatsächlich folgte sie ihm zur Haltestelle und angelte ihr Handy aus der Jackentasche.

»Ich bin's«, sagte sie kurz darauf. »Ich fahre jetzt eben nach Hause und ziehe mich um, danach können wir uns gern treffen.«

Sie stand so nah, dass er jedes Wort verstand – trotz eines vorbeifahrenden Autos.

»In einer Stunde?«, fragte sie und lauschte kurz, ehe sie mit genervt klingender Stimme versicherte, auf keinen Fall länger als sechzig Minuten zu benötigen.

Eine Bahn kam angefahren, Eger registrierte die Liniennummer und stieg direkt hinter der Frau ein. Sie wandte sich nach links, er wählte einen Platz, der weit genug entfernt war, von dem aus er sie aber im Auge behalten konnte. Als die Straßenbahn losgefahren war, griff er seinerseits zum Handy und informierte den Kollegen im Wagen per WhatsApp-Nachricht.

*Sitze in Bahnlinie 15 Richtung Chorweiler. Organisier rasch einen zivilen Wagen. Sobald sie aussteigt, muss sich jemand an sie heften. Ich kann nicht, sonst fallen wir auf. Beeilt euch, ich vermute, sie wird nicht ewig unterwegs sein!*

# 14

Stefan Trapp betrat den Hausflur als Erster. Sie waren am späten Nachmittag am Kölner Hauptbahnhof eingetroffen, wo er sein Auto in einer der Tiefgaragen abgestellt hatte.

»Irgendwie fühle ich mich erledigt«, gestand Christoph. »War anstrengender als erwartet. Hat sich allerdings gelohnt. Die Agentin ist extrem zufrieden.«

»Und es ist nichts passiert«, brummte der Leibwächter zustimmend.

»Also rundum gelungen.« Engelhart trat an den Briefkasten und schloss die kleine Klappe auf. Ein einzelner Umschlag lag darin. Statt einer Adresse stand darauf in schwarzen Druckbuchstaben *Heldenpost* geschrieben.

»Was ist das?« Alarmiert nahm ihm Stefan den Brief ab und betastete ihn. Es schien sich jedoch nichts Ungewöhnliches darin zu befinden.

»Wir öffnen den erst oben«, beschloss er trotzdem.

In der zweiten Etage angekommen, überprüfte Stefan zunächst die Wohnungstür auf Einbruchsspuren. Vor allem das Türschloss und das Schloss, das den neu angebrachten Panzerriegel entsperrte, unterzog er einer peniblen Prüfung.

»Sorry, aber ich müsste mal pinkeln«, drängelte Christoph.

»Sie werden ja wohl ein wenig einhalten können.«

Sein Klient murmelte etwas Unverständliches, doch im nächsten Augenblick drückte Stefan bereits die Tür auf, deswegen fragte er nicht nach. Während Engelhart sofort Richtung Bad stürmte, verschaffte der Leibwächter sich einen raschen Überblick. Nichts in der Wohnung deutete darauf hin, dass jemand eingebrochen war. Vorsichtig trug Stefan das Kuvert ins Wohnzimmer und betastete es erneut. Dann griff er zu einem Kugelschreiber und ritzte den Umschlag auf. Im Inneren steckte ein einzelnes Stück Papier. Statt es direkt herauszuziehen, wartete er, bis Christoph zu ihm kam.

»Haben Sie eventuell Einmalhandschuhe? Oder etwas Vergleichbares? Ich möchte keine Fingerabdrücke hinterlassen.«

»Da haben Sie Glück. Warten Sie!« Christoph ging in die Küche und kehrte kurz darauf mit einer Packung Einweghandschuhe zurück. »Ich ekle mich davor, rohes Fleisch mit nackten Händen anzufassen«, erklärte er leicht verschämt.

Stefan zog ein Paar heraus und streifte sie über. Automatisch dachte er an Sophie, die in ihrer gemeinsamen Zeit einige seltsame Ticks entwickelt hatte. Da erschien ihm das Tragen von Einmalhandschuhen bei Kochvorbereitungen noch harmlos. Schließlich packte er das Papier an einer Ecke, entnahm es dem Kuvert und faltete es auseinander.

*Jetzt sitzt du also im Fernsehen und lässt dich für deine vermeintliche Heldentat feiern. Abschaum wie dich und deinesgleichen werden wir demnächst ausmerzen. Genieß deine fünfzehn Minuten Ruhm, bevor wir uns bald wiedersehen.*

»Oh Shit«, fluchte Christoph. »Warum geben die denn keine Ruhe?«

Stefan legte das Schreiben, das allem Anschein nach mit einem handelsüblichen Drucker erstellt worden war, auf den Tisch. »Wir müssen die Hauptkommissarin informieren.«

***

»Das ist übel«, seufzte Traunstein, nachdem sie den Inhalt des Briefes studiert hatte. »Die meinen es ernst.«

»Ach, ich weiß nicht«, winkte Engelhart ab. »Zugegeben, anfangs war ich auch geschockt. Je länger ich jedoch darüber nachdenke, desto unbedarfter kommt mir das Ganze vor.«

»Wie kommen Sie zu der Einschätzung?«, wollte der Bodyguard wissen.

»Wieso bedrohen die mich nur, ohne etwas zu unternehmen? Die wirken auf mich wie bellende Hunde. Wenn die mir wirklich schaden wollten, wären diese permanenten Warnungen doch kontraproduktiv. Nein, ich glaube, da erlaubt sich jemand einen Scherz.«

Traunstein wägte seine Vermutung ab. Unmöglich war das nicht. Doch im Licht der Informationen, die ihr zur Verfügung standen, wirkte die Lage deutlich gefährlicher. Die Kollegen hatten es in einer perfekt durchgeführten Überwachungsaktion geschafft, die Adresse der Frau, die Engelhart angegriffen hatte, herauszufinden. Danach hatte sie beim Polizeipräsidenten keine Schwierigkeiten gehabt, weiteres Personal bewilligt zu bekommen, denn nun galt es, zwei Verdächtige zu beschatten. Sollte sie die beiden darüber in Kenntnis setzen? Nachdem sie die Vor- und Nachteile abgewogen hatte, traf sie ihre Entscheidung. »Es gibt ein paar Entwicklungen, die Sie wahrscheinlich kennen sollten.«

Sofort wurde Trapp hellhörig. »Erzählen Sie!«, forderte er unmissverständlich.

»Dazu benötige ich erst Ihre Zusicherung, dass Sie die Informationen absolut vertraulich behandeln werden.«

»Selbstverständlich«, bestätigte Trapp postwendend.

»Klar«, sagte Engelhart zögerlicher.

»Herr Engelhart, ich meine das todernst«, beschwor Traunstein ihn. »Ich bin bereit, Ihnen Ermittlungsdetails zu nennen, die wir aus gutem Grund der Öffentlichkeit vorenthalten.«

»Schon gut«, entgegnete er leicht bockig. »Wem soll ich das überhaupt berichten? Ist ja nicht so, als würde ich ständig mit Leuten darüber quatschen.«

»Dann sollte es Ihnen nicht schwerfallen, der Kommissarin das gewünschte Versprechen zu geben«, fuhr ihn der Leibwächter an.

»Was habe ich denn wohl damit sagen wollen?«, verteidigte sich der Mann. »Ihre Ermittlungsergebnisse werde ich niemandem weitererzählen.«

Das reichte der Hauptkommissarin. In den folgenden Minuten informierte sie die beiden über die Ermordung Mangolds und die Beschattung eines Tatverdächtigen, der sich wiederum mit jener Frau getroffen habe, die Engelhart im Hotelzimmer attackiert hatte.

»Scheiße!«, flüsterte der Held aus dem Café zuletzt beeindruckt.

Endlich schien er den Ernst der Lage zu begreifen.

»Verstehen Sie nun, weswegen ich mir Sorgen mache?«

»Ja«, erwiderte er kleinlaut.

»Ziehen Sie sich aus der Öffentlichkeit zurück. Wir könnten Sie eine Weile in einer Schutzwohnung unterbringen.«

Nachdenklich legte er eine Hand vor den Mund. Doch als er den Kopf schüttelte, stand seine Entscheidung offensichtlich fest.

»Ich kann nicht. Nicht jetzt!«

»Wieso nicht?«

»Es steht nur noch ein Termin auf dem Plan. Der gemeinsame Auftritt mit Hubert Scherer. Scherer ist mein Idol. Der größte deutsche Schauspieler aller Zeiten. Das werde ich nicht absagen. Wenn ich danach weitere Drohungen bekomme, nehme ich Ihr Schutzangebot gern in Anspruch, bis Sie die Beteiligten verhaftet haben.« Mit jedem Wort klang er beherzter.

»Da ich Ihnen das nicht ausreden kann, rate ich Ihnen dringend, Herrn Trapp dauerhaft zu engagieren.«

Engelhart lachte spöttisch auf, was ihm einen kritischen Blick des Leibwächters einbrachte.

»Sind Sie unzufrieden mit mir?«, fragte er pikiert.

»Nein, aber es ist ausgeschlossen, dass ich Ihr Honorar langfristig bezahle. Ich bin kein Millionär. Begleiten Sie mich einfach zum letzten Auftritt; vorher wird mir bestimmt nichts passieren.«

# 15

»Das Handy auf dem Tisch stört Sie nicht?«, vergewisserte sich Andrea Traunstein.

Michael Ahnefeld zuckte mit den Schultern. »Solange Sie das Ding nicht ständig in die Hand nehmen und damit rumspielen, stört es mich überhaupt nicht.«

»Das hängt davon ab, wie unterhaltsam Sie sind«, erwiderte sie mit einem Augenzwinkern.

»Dann werde ich mir Mühe geben.«

Ein Kellner brachte ihnen die Speise- und Getränkekarte. »Möchten Sie die Karte studieren oder wünschen Sie eine Empfehlung?«

»Wir schauen in die Karte«, entschied Ahnefeld.

»Sehr gern.« Sofort zog sich der Mann zurück.

Traunstein schmunzelte amüsiert. »Eine Empfehlung im Burgerrestaurant. Verrückt!«

»Allerdings. Die Angestellten von Fast-Food-Restaurants sagen im Regelfall ja eher ›Ist die Siebzehn für Sie? Zwei Big Mäc?‹«

»›Pommes, Mayo‹, nicht zu vergessen.«

»Schön, dass es geklappt hat«, freute sich Ahnefeld.

»Loben Sie die Verabredung nicht vor dem Bezahlen«, entgegnete Traunstein. »Ein einziger Anruf, und ich bin weg. Alle Anwesenden würden glauben, Sie sind ein Perversling, der mich zu sehr bedrängt hat.«

»Wenn Sie gehen und mich allein sitzen lassen, rufe ich Ihnen fiese Sachen hinterher.«

»Was denn beispielsweise? Nur damit ich Bescheid weiß.«

»Ich will Ihnen die Überraschung nicht verderben, aber es könnte in die Richtung gehen, dass Ihre Schwester im Bett viel besser ist als Sie.«

»Da wären Sie nicht der Erste, der das behauptet.«

Sein überraschter Gesichtsausdruck war einfach köstlich.

»Bloß ein Spaß«, beruhigte sie ihn.

»Gott sei Dank«, atmete er erleichtert auf. »Ich hatte befürchtet, mein Talent für blöde Sprüche zur falschen Zeit hätte wieder zugeschlagen.«

»Darin sind Sie also talentiert? Erzählen Sie mehr!«

***

»Da haben wir wohl Glück gehabt«, stellte Michael Ahnefeld fest, nachdem der Kellner die Rechnung gebracht hatte. »Kein einziger Telefonanruf hat uns diesen wundervollen Abend ruiniert.«

»Glaub übrigens nicht, dass ich deine Aushorchversuche überhört hätte«, warnte ihn Andrea.

»Sorry, ich bin halt ein Gewohnheitstier«, erwiderte er schmunzelnd. Dann nahm er seine Geldbörse aus der Hosentasche, holte zwei Scheine heraus und legte sie auf die Rechnung.

»Wir können teilen«, schlug die Kommissarin vor.

»Vergiss es! Ich habe dich eingeladen, also zahle ich.«

»Vielen Dank, beim nächsten Mal geht es auf meine Kosten.«

»Gibt es ein nächstes Mal?«, vergewisserte er sich.

Zwar ließ sie ihn ein paar Sekunden zappeln, doch da sie sich großartig amüsiert hatte, wollte sie ihn schnellstmöglich wiedersehen.

»Ich sag das jetzt nur so. Montagmorgen lasse ich dich für Anrufe bei mir sperren. Als Kriminalkommissarin habe ich da so meine Möglichkeiten.«

»Tja, wenn dem so ist, melde ich mich am besten morgen. Ein Abschiedsgespräch.«

Der Kellner trat an ihren Tisch, steckte das Geld ein und wünschte ihnen noch einen angenehmen Abend.

»Wann hättest du denn wieder Zeit?«, versuchte Traunstein Nägel mit Köpfen zu machen.

»Die erste Hälfte der kommenden Woche ist bei mir ziemlich stressig. Ab Mittwochabend sieht es besser aus.«

»Also, bislang habe ich Mittwoch nichts vor. Mir kann jederzeit etwas dazwischenkommen, aber sollen wir den Tag erst einmal festhalten?«, fragte sie.

»Perfekt. Wir können ja Dienstag telefonieren und Details besprechen. Das nächste Restaurant suchst du aus.«

Mit den letzten Tropfen Wein besiegelten sie ihre Vereinbarung. Der Blick, den Michael ihr dabei zuwarf, wirkte verheißungsvoll.

# 16

Dienstagfrüh saß Hauptkommissarin Traunstein im Büro von Polizeipräsident Wöhler und setzte ihn persönlich in Kenntnis.

»Die Öffentlichkeit scheint die Geiselnahme für aufgeklärt zu halten. Da haben Sie gemeinsam mit der Pressestelle gute Arbeit geleistet«, lobte er.

»Danke.«

»Trotzdem wird sich der Name des Geiselnehmers nicht mehr lange verheimlichen lassen. Es häufen sich die Anfragen, warum wir das nicht freigeben. Danach besteht die Gefahr, dass der Mord an dessen Lebensgefährtin bekannt wird.«

»Ja, das fürchte ich auch.« Traunstein nippte an dem Espresso, den ihr Wöhlers Sekretärin serviert hatte.

»Was machen die Observationen?«

Sie berichtete, dass weder Julian Rost noch Linda Oehlrich sich seit Samstagabend mit irgendjemandem getroffen hatten.

»Für diese Erkenntnis betreiben wir einen sehr hohen Personaleinsatz.«

Als sie zum Widerspruch ansetzen wollte, hob er beruhigend die Hand.

»Ich weiß, dass das nicht Ihre Schuld ist. Dennoch müssen wir uns über die nächsten Schritte unterhalten. Meiner Meinung nach sollten Sie die beiden Verdächtigen verhaften.«

»Laut Funkzellenauswertung haben sich damals mehr als

drei Personen in Sogemeyers Wohnung aufgehalten«, erinnerte sie ihn.

»Leider gibt's keine Garantie, dass wir durch die Observationen auf weitere Hintermänner stoßen. Im Gegenteil. Beim Verhör bricht bestimmt eine der beiden Personen zusammen. Sie wissen doch, wie es läuft, wenn man zwei Verdächtige in Gewahrsam genommen hat. Mit Anspielungen, der andere würde singen, kocht man sie fast immer weich.«

»Ich soll also die Verhaftungen anordnen?«, vergewisserte sich Traunstein.

»Das wäre meine Empfehlung. Wobei Sie natürlich am Ende als leitende Kriminalkommissarin die Entscheidung treffen müssen.«

Prima, dachte sie frustriert. Wenn etwas dabei schiefgeht, schiebt er garantiert mir den Schwarzen Peter zu.

Linda saß vor dem PC und sah sich über ein Streamingportal das Staffelfinale ihrer aktuellen Lieblingsserie an, als ihr Handy piepend den Eingang einer Nachricht signalisierte. Zunächst war sie versucht, die Episode in Ruhe weiterzugucken, aber eine innere Stimme riet ihr, zum Telefon zu greifen. Sie betätigte den Pausenknopf und öffnete die Mitteilung.

*Du musst SOFORT verschwinden. Nutze die vereinbarte Route. Sie sind unterwegs.*

»Scheiße!«

Linda sprang auf und stopfte das Smartphone in die Hosentasche. Es war der einzige Gegenstand, den sie nicht zurücklassen durfte. Weder auf dem Computer noch auf ihrem Tablet befand sich verräterisches Material.

Obwohl es zusätzliche Zeit kostete, fuhr sie den PC normal

herunter. Die Bullen sollten keine Hinweise finden, dass sie überstürzt geflohen war. Dann eilte sie in die Diele, wo sie rasch ihre Jacke überwarf, eine Wollmütze aufsetzte und anschließend die Wohnung verließ.

***

Das Einsatzteam erreichte die Straße, in der die Verdächtige wohnte. Die insgesamt vier Mann, die bislang für die Überwachung zuständig gewesen waren, standen vor der Haustür – unter ihnen Polizeihauptkommissar Licke, der als ranghöchster Polizist vor Ort den Einsatz koordinierte.

Drei Beamte in voller Schutzkleidung verließen den Wagen und rannten auf ihre Kollegen zu.

»Die Frau hat seit gestern nicht mehr das Haus verlassen«, stellte Licke fest.

»Ob sie aufgeflogen sind?«, wollte der Wortführer des Einsatzkommandos wissen.

»Unwahrscheinlich. Die Autos wurden regelmäßig ausgetauscht und an immer neuen Stellen geparkt.«

»Okay. Hoffen wir, dass wir sie widerstandslos festnehmen können.«

Licke schaute sich um und sah die ersten Passanten, die bereits ihre Handys zückten. »Verdammte Gaffer!«, fluchte er.

***

Linda hetzte die Stufen hinunter. Im Erdgeschoss machte sie jedoch nicht halt, sondern lief weiter in den Keller. Das Gebäude verfügte über einen Trockenraum, den sich die Mieter mit den Bewohnern des Nachbarhauses teilten – weshalb es einen Zugang zu dem anderen Haus gab. Weil sie außer Atem war, gelang es ihr nicht sofort, den Schlüssel in das Schloss zu stecken; stattdessen fiel er laut klimpernd zu Boden.

»Fuck!«

Sie bückte sich, hob den Bund auf und traf im zweiten Versuch das Schlüsselloch.

Eine ältere Dame aus dem Nachbarhaus kam ihr im Keller entgegen.

»Haben Sie sich verlaufen?«, fragte sie misstrauisch.

»Nein, aber ich habe gerade meinen Exfreund vor unserer Haustür rumlungern gesehen. Dem will ich auf keinen Fall begegnen.«

»Oh. Sie Ärmste.«

»Irgendwann wird er wohl aufgeben.« Linda zuckte mit den Achseln und zwängte sich an der Nachbarin vorbei. Glücklicherweise begegnete sie niemand anderem mehr auf dem kurzen Weg bis zum Ausgang. Vorsichtig öffnete sie die Tür und spähte hinaus.

***

»Ist sie das?«, erkundigte sich Licke bei dem neben ihm stehenden Beamten.

»Wer?«

»Die Frau da!«

Während das Einsatzkommando die Haustür aufdrückte, bemerkte er eine Frau, die das Nachbargebäude verließ. Sie hatte eine gewisse Ähnlichkeit mit der Verdächtigen. Allerdings erschwerten der nach unten gerichtete Blick und eine dunkelrote Wollmütze die Identifikation.

»Falsches Haus, oder?«

»Vielleicht sind die beiden Gebäude miteinander verbunden.«

Zielstrebig ging die Person an den geparkten Autos entlang.

»Das ist sie!«, war er sich plötzlich sicher. »Komm mit!«

Sofort rannten sie ihr hinterher. Als die Frau einen hellblauen Polo erreichte, trat sie zwischen die Fahrzeuge, um zur Fahrerseite zu gelangen. In diesem Moment blickte sie über die Schulter nach hinten, wodurch Licke sie eindeutig identifizieren konnte.

Hektisch sprang die Zielperson in den Polo. Als sie den Motor startete, blieben die beiden Polizisten abrupt stehen. Sie hätten die Flucht nicht verhindern können. Schnell machten sie kehrt und sprinteten zu ihrem eigenen Wagen. Erst nachdem sie eingestiegen waren, informierte Licke die Kollegen.

»Die Verdächtige hat sich dem Zugriff entzogen. Sie ist aus dem Nachbargebäude geflohen. Wir nehmen die Verfolgung auf.« Ehe er die Verbindung trennte, gab er Autotyp, Farbe und Kennzeichen durch und forderte den Beamten am anderen Ende auf, herauszufinden, auf wen das Fahrzeug zugelassen war. Die Verdächtige verfügte laut Straßenverkehrsamt über keinen eigenen Pkw.

»Die Karre ist aufgemotzt!«, stellte der Kollege am Steuer fest. »So schnell beschleunigt kein Kleinwagen!«

Rücksichtslos raste die Frau die enge Einbahnstraße entlang. Sie näherten sich einer Kreuzung. Genau in der Sekunde, als die Ampel von Grün auf Gelb umsprang, überquerte der Polo die Haltelinie.

»Das schaffen wir nicht!«, befürchtete Licke.

»Müssen wir!«

Das Lichtsignal wechselte auf Rot. Es blieb keine Zeit mehr, das Blaulicht einzuschalten.

***

Julian Rost erhielt die Warnung, als er sich gerade auf dem Weg zum nahegelegenen Supermarkt befand. Er wusste seit Samstag, dass die Bullen ihn beschatteten, doch anfangs hatte es geheißen, mit einer Festnahme sei vorläufig nicht zu rechnen. Der Kopf ihrer Organisation wollte in Ruhe einen Fluchtplan schmieden, was sich nun erledigt hatte.

Er unterdrückte seinen ersten Impuls und sah nicht nach hinten. Würden sie ihm im Fahrzeug oder zu Fuß folgen? Natürlich hatte er keine Waffe dabei. Der Einsatz von Waffen gehörte nicht zur aktuellen Planung. Genauso wenig hatten sie jedoch vorhergesehen, dass man ihn mit dem Mord an Mangold in Verbindung bringen würde. Wahrscheinlich hatte er von allen Beteiligten derzeit am meisten zu verlieren. Sollte ihm das Untertauchen gelingen, müsste sich der Boss etwas einfallen lassen.

Als er den Supermarkt betrat, konnte er nicht anders. Er schaute flüchtig über die Schulter, ohne einen Zivilbullen zu entdecken.

***

»Der Verdächtige hat eben einen Supermarkt betreten«, informierte Polizeikommissar Basener die verantwortliche Hauptkommissarin. »Sollen wir reingehen?«

»Das Einsatzteam ist in zwei Minuten da. Sie folgen dem Mann, beobachten ihn aber lediglich. Zugriff nur dann, wenn keine Gefahr für Unbeteiligte besteht.«

»Verstanden!«

Basener und seine Kollegin Müller verließen gleichzeitig den Wagen und rannten auf den Eingangsbereich zu. Als sich die Automatiktür öffnete, erklang ein schriller Warnton.

»Was ist das denn?«, fragte Müller verdutzt.

»Ob eine Kassiererin Alarm ausgelöst hat?«

Im ersten Gang stießen sie auf eine Mitarbeiterin, die damit beschäftigt war, Nachschub in ein Regal einzuräumen. Sie wirkte trotz des nervenden Tons keineswegs beunruhigt.

»Woher kommt der Lärm?«, erkundigte sich Müller.

Die Angestellte schaute zu ihnen hoch. Basener hatte seinen Dienstausweis aus der Tasche gezogen und hielt ihn ihr entgegen.

»Vom Notausgang. Wird bestimmt gleich vom Filialleiter abgestellt.«

»Shit! Wo ist der Ausgang?«

»Geradeaus, am Ende des Gangs halten Sie sich rechts.«

Die Polizisten hechteten los. Vor Ort angekommen bemerkten sie sofort die offenstehende Tür und liefen ins Freie. Der Ausgang lag an einer viel befahrenen Straße. Zahlreiche Passanten liefen an ihnen vorbei. Hektisch überprüften sie alle Richtungen. Von dem Mordverdächtigen fehlte jede Spur.

***

»Verfluchte Scheiße!«, murmelte Traunstein.

Basener hatte ihr gerade eben mitgeteilt, dass es Rost gelungen war, sich abzusetzen. Ehe sie eine großangelegte Fahndung nach ihm angeleiert hatte, klingelte erneut ihr Handy.

»Traunstein!«

Fassungslos lauschte sie der nächsten Schreckensnachricht.

»Sind die beiden verletzt?«

»Den Kollegen geht es vergleichsweise gut. Licke hat wohl ein Schleudertrauma erlitten«, antwortete der Anrufer. »Aber der Fahrer des Wagens, der in sie reingekracht ist, musste mit schweren Verletzungen ins Krankenhaus gebracht werden.«

»Oh nein«, stöhnte Traunstein. »Das darf nicht wahr sein! In welches Krankenhaus wurde das Opfer eingeliefert?«

# 17

Traunstein hatte am späten Nachmittag das Krankenhaus aufgesucht, in dem der unbeteiligte Autofahrer behandelt wurde. Die Ärzte konnten zumindest ausschließen, dass er in Lebensgefahr schwebte. Ihm stehe ein etwa zweiwöchiger Krankenhausaufenthalt bevor, danach eine längere Reha, doch anschließend sei er voraussichtlich wieder vollständig hergestellt.

Lickes Verletzungen waren deutlich harmloser. Nachdem man ihm eine Halskrause angelegt und eine Krankschreibung für eine Woche ausgestellt hatte, konnte er nach Hause gehen. Der andere Beamte hatte glücklicherweise gar nichts abbekommen.

In dem ruhigen Krankenhausgang spürte die Hauptkommissarin bleierne Müdigkeit in den Knochen.

Vor einem Behandlungsraum setzte sie sich auf einen leeren Stuhl, beugte sich leicht nach vorn und legte ihre Stirn in die Handflächen.

Eine Frage pochte in ihrem Inneren: Warum waren die angeordneten Verhaftungen so furchtbar schiefgelaufen?

War eines der Teams durch eine Unachtsamkeit aufgeflogen, sodass sich die beiden Verdächtigen gegenseitig hatten warnen können? Aber irgendwie erschien ihr das unwahrscheinlich. Es kam ihr seltsam vor, dass Julian Rost und Linda Oehlrich seit Samstagabend zu Hause geblieben waren. Was war da passiert? Hatten sie von irgendjemandem die Information erhalten, dass sie überwacht wurden?

Traunstein war so in ihre Überlegungen versunken, dass sie erschrocken zusammenzuckte, als ihr Handy klingelte.

»Hallo?«, sagte sie misstrauisch. Weshalb meldete sich die Pressestelle bei ihr?

»Andrea, Volker hier. Hi.«

»Hallo, Volker.«

»Du bist noch im Krankenhaus, oder?«

»Woher weißt du das?«

»Wöhler hat mich informiert. Hör zu. Im Eingangsbereich warten ein paar Journalisten. Die wollen ein kurzes Statement wegen des Autounfalls. Der PP hielt es für sinnvoll, verlautbaren zu lassen, dass die hauptverantwortliche Kommissarin dem Unbeteiligten einen Krankenbesuch abstattet. Das wirkt empathisch, hast du gut gemacht.«

»Und jetzt soll ich …«, entfuhr es ihr viel zu laut, was ihr einen strafenden Blick von einer vorbeieilenden Krankenschwester einbrachte.

»Ist wirklich kein großes Ding«, beschwichtigte der Kollege aus der Presseabteilung sie. »Sag ihnen einfach, es sei eine Verkettung unglücklicher Umstände gewesen.«

»Sie wollen bestimmt weitere Informationen.«

»Halt dich so bedeckt wie möglich.«

»Super! Wie ich das hasse.«

»Du schaffst das. Ich seh's mir dann nachher im Fernsehen an.«

Sie schnaubte genervt. »Wer wartet da draußen alles?«

»RTL, WDR, *Express, Bild,* einige Radiofritzen. Die üblichen Verdächtigen. Das bringst du routiniert hinter dich.«

»Klar. Danke für die Vorwarnung.«

Kaum hatte sie aufgelegt, überlegte sie, durch einen Nebeneingang zu verschwinden, aber das würde Wöhler garantiert als feigen Akt werten.

Um sich ein wenig zu wappnen, blieb sie zehn Minuten sitzen, ehe sie sich schwerfällig erhob und Richtung Haupteingang schlich.

»Frau Hauptkommissarin!«, ertönte die aufgeregte Stimme des ersten Journalisten, der sie bemerkte. »Erklären Sie uns dieses Desaster! Wieso kommt ein unbeteiligter Autofahrer bei einer wilden Verfolgungsjagd zu Schaden?«

Frustriert presste sie die Lippen aufeinander. Unterstellte die Meute der Kölner Polizei Unfähigkeit?

»Das war eine Verkettung unglücklicher Umstände. Selbstredend kümmert sich die Polizeibehörde um alle entstandenen Kosten …«

»Mit Geld ist die Gesundheit eines Menschen nicht aufzuwiegen.«

»Nein, das habe ich auch gar nicht behauptet, aber …«

»Wen haben die Beamten durch Köln gejagt, als es zu dem Unfall kam?«, fragte der Reporter der *Bild*-Zeitung.

»Darauf kann ich aus Ermittlungsgründen keine Auskunft erteilen. Wir bereiten gerade einen Fahndungsaufruf vor, doch bis …«

»Steht das Ganze eventuell im Zusammenhang mit der Geiselnahme vor wenigen Tagen? Ein Fall, in dem Sie die Ermittlungen leiten?«, bohrte der Mann nach.

»Was?«, entgegnete sie überrumpelt.

»Sie haben noch immer nicht den Namen des Geiselnehmers preisgegeben«, fuhr er fort. »Wie rechtfertigen Sie diese katastrophale Informationspolitik?«

»Das eine …«

»Warum verschweigen Sie der Öffentlichkeit, dass einige Tage nach der Tat die Lebensgefährtin des Geiselnehmers ermordet wurde?«

»Woher wissen Sie das?«

Nun war die Katze aus dem Sack! Hätte sie bloß einen Seitenausgang benutzt!

»Wir haben recherchiert«, sagte der Reporter arrogant.

»Ich gebe keine weitere Stellungnahme ab«, erwiderte sie und lief an den Medienvertretern rasch vorbei.

***

»Oh, Hauptkommissarin Traunstein ruft an«, sagte Stefan nach einem Blick aufs Handydisplay.

»Ob sie die Hintermänner gefasst haben?«, überlegte Eva.

»Trapp!«, meldete er sich.

»Haben Sie Ihren Mund nicht halten können?«, beschuldigte sie ihn ohne Begrüßung.

»Wovon zum Teufel reden Sie?« Bei den letzten Begegnungen hatte er geglaubt, mittlerweile ein gutes Verhältnis zu ihr zu pflegen. Dieser telefonische Auftritt hingegen erinnerte ihn an die Schwierigkeiten, die sie bei der Jagd nach dem Serienmörder miteinander gehabt hatten.

»Jemand hat der Presse gesteckt, dass die Lebensgefährtin des Geiselnehmers umgebracht wurde. Je länger ich darüber nachdenke, desto logischer scheint es mir, dass Sie das Leck sind.«

»Ich?«

»Ist das Ihre verspätete Rache für die damalige Festnahme?«

»Beruhigen Sie sich, Frau Hauptkommissarin. Ich habe ganz sicher mit niemandem gesprochen. Warum sollte ich? Dazu besteht einfach keine Veranlassung.«

»Sie und Ihr Klient sind die einzigen Externen, die davon wussten.«

»Ich war es nicht, darauf gebe ich Ihnen mein Wort.«

»Was ist mit Engelhart?«, fragte sie deutlich ruhiger. Offensichtlich glaubte sie ihm.

»Ich hatte seit dem Wochenende keinen Kontakt zu ihm. Aber wieso sollte er? Diese Information zu verbreiten, bringt ihm nichts.«

»Na ja, vielleicht hat er den Schmeicheleien eines Journalisten nicht widerstehen können und wollte ihm etwas Exklusives mitteilen.«

»Die Pressekontakte laufen alle über die Agentin. Erkundigen Sie sich doch bei ihr, ob Engelhart dem betreffenden Journalisten ein Interview gegeben hat.«

»Das werde ich tun. Und Engelhart rufe ich …«

»Lassen Sie mich das machen«, schlug Stefan vor. »Mir wird er es eher beichten als Ihnen, schätze ich.«

»Könnten Sie das sofort erledigen?«

»Kein Problem. Ich melde mich, sobald ich ihn erreicht habe.«

»Einverstanden. Bis gleich.«

Stefan unterbrach die Verbindung.

»Wow!«, sagte Eva. »Die war ja auf hundertachtzig.«

»Nicht ganz zu Unrecht, falls Engelhart wirklich so dumm war.« Er fasste kurz den Inhalt des Telefonats zusammen.

»Glaub ich nicht«, meinte Eva schließlich. »Er müsste wissen, dass das die Bedrohungslage verschärft. Wenn sich die Hintermänner an ihm rächen wollen, sind sie nun endgültig unberechenbar geworden. Der Fahndungsdruck wird durch die Indiskretion ja ungleich größer. Und wenn die Polizei mehr Druck ausübt, hat das eventuell eine Gegenreaktion zur Folge. Ein einfaches Naturgesetz: Aktion und Reaktion.«

»Fürchte ich auch. Mal hören, was Engelhart zu sagen hat.«

Stefan scrollte in seiner Kontaktliste nach unten, bis er auf den Namen des Klienten stieß. Dann berührte er das Hörersymbol. Sekunden später erklang eine Mailboxansage.

»Hi, ich kann derzeit nicht ans Telefon gehen. Bitte hinterlasst mir eine Nachricht.«

»Stefan Trapp hier, guten Abend. Rufen Sie mich so schnell es geht zurück. Danke.«

Als Nächstes probierte er es auf dem Festnetzanschluss, wo nach einer Weile ebenfalls ein Anrufbeantworter dranging. Stefan hinterließ den gleichen Wortlaut wie zuvor.

»Frau von der Strebe versichert mir, dass kein Reporter der *Bild* ein Interview mit Engelhart geführt hat«, informierte ihn die Hauptkommissarin beim vereinbarten Rückruf. »Und sie ist hundertprozentig sicher, dass er diese Anfrage an sie weitergeleitet hätte.«

»Vermute ich ebenso«, bestätigte Stefan. »Irgendwie macht es mich unruhig, ihn nicht erreicht zu haben.«

»Geht mir genauso«, stimmte Traunstein zu.

»Okay. Ich fahre zu seiner Wohnung und sehe, ob ich ihn dort antreffe. Im schlimmsten Fall klingle ich ihn aus dem Bett, während er sich mit einem Groupie vergnügt.«

»Melden Sie sich anschließend«, bat die Polizistin.

Nirgendwo auf der Straße konnte er Engelharts Auto entdecken. Aber natürlich gab es dafür durchaus harmlose Erklärungen: Vielleicht besuchte er Freunde oder hatte einen lukrativen Nebenjob an Land gezogen. Trotzdem sagte Stefans Bauchgefühl, dass mehr dahintersteckte. Ungeduldig lief er auf den geschlossenen Hauseingang zu und klingelte bei Engelhart. Er wartete eine Minute und schellte dann Sturm. Schließlich öffnete sich ein Fenster im Hochparterre. Ein älterer Herr blickte genervt zu ihm hinunter.

»Was soll das?«

»Ich muss dringend mit Herrn Engelhart sprechen«, erklärte Stefan.

»Macht nicht den Eindruck, als wenn er zu Hause wäre, oder?«

»Haben Sie ihn heute schon gesehen?«

Der alte Mann überlegte kurz. »Nein. Was allerdings nichts heißen muss.«

»Danke.«

Stefan ging zurück zu seinem Auto und wählte dabei Traunsteins Nummer. »Trapp hier. Ich war gerade an seiner Wohnung. Er ist nicht da.«

»Scheiße! Ich hab ein ganz mieses Gefühl!«, sprach die Hauptkommissarin seine Sorgen aus. »Sollen wir in seinen vier Wänden nach dem Rechten sehen?«

»Sich Zutritt zu verschaffen, dürfte ohne Beschädigungen zu hinterlassen nicht funktionieren«, bedauerte Stefan. »Auf meinen Rat hin hat er einen Panzerriegel montiert.«

»Toll, was Sie für Tipps geben«, kommentierte Traunstein sarkastisch.

# 18

»Ich habe dich im WDR gesehen«, sagte Michael Ahnefeld, nachdem er Andrea Traunstein vor dem Eingang des mongolischen Restaurants zur Begrüßung umarmt hatte.

»Trotzdem triffst du dich mit mir? Das spricht für deinen Charakter.«

»Ach, komm, so schlimm war es nicht.«

»Scherzkeks! Es war schlimmer. Eine Katastrophe.«

»Da irrst du dich.«

Er lächelte ihr aufmunternd zu und ging dann voran. Den Tisch hatte er auf seinen Namen reserviert, und ein Kellner führte sie zu ihrem Platz.

»Die haben mich auseinandergenommen«, erinnerte ihn Traunstein.

Das konnte ihm nicht verborgen geblieben sein, auch wenn sie beim WDR – im Vergleich zu der verheerenden Zeitungsberichterstattung – noch halbwegs gut weggekommen war.

»Scheiß drauf«, erwiderte er.

»Das lässt sich so einfach sagen.«

Traunstein dachte an Wöhlers Reaktion. Er hatte ihr Vorhaltungen gemacht, weil geheime Informationen durchgesickert waren. Je länger sie darüber nachdachte, desto wahrscheinlicher erschien ihr die Variante, dass Engelhart geredet hatte. Doch da er weiterhin verschwunden war, konnte sie ihn nicht zur Rede stellen. Sie hatte sowohl mit Trapp als auch mit Wöhler vereinbart, morgen die Wohnungstür aufzubrechen und den Mann offiziell als vermisst anzusehen.

»Okay, bestimmt lässt du dich von deiner Meinung eh nicht abbringen. Unterhalten wir uns also über erfreulichere Dinge. Ich habe gestern einen großartigen Abschluss erzielt.«

»Erzähl!«, forderte sie ihn auf. Hauptsache, sie musste nicht an ihr eigenes berufliches Versagen denken.

***

Zwei Stunden später hielt er ihr die Tür zu seiner Wohnung auf.

»Zum Glück war meine Putzfrau heute hier«, meinte er schmunzelnd. »Sonst hätte ich dich unmöglich mitnehmen können. Was hättest du gern? Einen Café Crema oder einen Espresso? Zu mehr ist meine Maschine nicht in der Lage.«

»Ein Espresso reicht.«

Er schaltete das Licht in der länglichen Diele an. An den weiß gestrichenen Wänden hingen unzählige gerahmte Bilder.

»Fotofan?«, fragte sie unwillkürlich.

»Familienmensch«, antwortete er. »Ich habe drei Geschwister, vier Neffen, zwei Nichten. Ich bin der Spätstarter der Familie, so ganz ohne Nachwuchs. Meine Eltern machen sich wohl langsam Sorgen. Bei einer unserer letzten Familienfeiern meinte meine Mutter, wenn ich jemals in einen Mann verliebt wäre, könnte ich den selbstverständlich mitbringen.«

»Wie tolerant!«, erwiderte sie amüsiert.

»Ach, meine Eltern sind fantastische Menschen.«

Traunstein folgte ihm in eine modern eingerichtete Küche. Die schwarze Kochinsel in der Mitte entsprach genau ihrem favorisierten Stil. Für einen Moment spürte sie Nervosität in sich aufsteigen. Der Typ schien perfekt zu sein. Auch ihr ging die Familie über alles, er hatte Geschmack und war nun zum dritten Mal ein amüsanter Gesprächspartner gewesen. Hoffentlich verbockte sie es nicht. Zumindest machten ihm ihr Beruf und ihre derzeitigen Fehlschläge nichts aus.

Michael startete den Kaffeeautomaten, der surrend ansprang. Noch während die Bohnen gemahlen wurden, stellte er zwei weiße Espressotassen unter den Auslauf.

»Witzig, oder?«, meinte er. »Da treffe ich mich mit Frauen, die ich auf Kontaktplattformen kennengelernt habe, dabei musste ich einfach nur Hunger auf einen Burger haben.«

»Der nächste Gesundheitsapostel, der behauptet, Fast Food sei ungesund, wird von mir aufgeklärt«, versprach sie ihm.

Er trat dicht an sie heran. »Ich bin froh, dir begegnet zu sein.«

Die Geräusche des in die Tassen laufenden Kaffees übertönten ihre geflüsterte Antwort. Aber da er sie anschließend an sich zog und sie küsste, hatte er sie offenbar richtig verstanden.

»Ich muss bekennen, ein bisschen neugierig bin ich schon«, gestand Michael, als sie erschöpft in seinem Arm lag.

»Ob du mein bisher bester Liebhaber warst?«, neckte sie ihn. »Da fälle ich lieber erst ein anderes Mal ein Urteil. Vielleicht war das eben ein Glückstreffer.«

»Nein, das ist mir völlig egal. Hauptsache, ich komme auf meine Kosten.«

»Das gibt jetzt eindeutig Abzüge in der B-Note. Was willst du wissen? Ob ich gelegentlich meine Handschellen beim Sex benutze?«

»Du machst nicht den Eindruck, als würdest du Fesselspiele bevorzugen«, gab er lächelnd zurück. »Der Fall, an dem du gerade arbeitest, ist der nicht wahnsinnig faszinierend?«

Da er es zu ihrer Überraschung geschafft hatte, ihren Job

während des Essens komplett auszublenden, wollte sie nun die Stimmung nicht mit absoluter Verschwiegenheit ruinieren.

»Was soll daran faszinierend sein?«, erkundigte sie sich.

»Dieser Hubert Scherer, wie ist er?«

»Er wirkt verschlossen; nein, *distanziert* ist das passendere Wort«, überlegte sie. »Ich glaube, diese Superstars verlieren die Vorstellung davon, wie das wahre Leben funktioniert, weil ihnen von ihren Agenten, Managern und dergleichen alles abgenommen wird.«

»Hast du dir ein Autogramm geben lassen?«

»Natürlich nicht, das wäre höchst unprofessionell gewesen. Außerdem bin ich kein Fan. Klar, ich kenne ihn, hab Sachen mit ihm gesehen, aber meistens schaue ich mir amerikanische Produktionen an.«

»Und wie war der Typ, der den Geiselnehmer niedergestreckt hat? Engelhart heißt er, oder?«

»Genau. Ein Kampfsportler, der aktuell die Aufmerksamkeit der Medien genießt, obwohl er dadurch …« Traunstein hielt inne. Eigentlich durfte sie das nicht erzählen.

»Obwohl er was?«, hakte Michael nach.

»Einen Menschen getötet hat«, wich sie aus und beschloss, nicht zu erwähnen, dass er Drohungen erhielt.

»Vielleicht verdrängt er das. Darfst du mir etwas von ihm berichten? Wie er lebt? Was er so tut?«

»Da gibt es nichts Interessantes.«

»Was hat es denn mit dem Mord an der Lebensgefährtin des Geiselnehmers auf sich? Warum habt ihr das der Presse verheimlicht? Bestimmt wegen einer heißen Spur, richtig?«

»Manchmal ermittelt es sich leichter, wenn man gewisse Kenntnisse für sich behält.«

»Okay, den Wink verstehe ich«, erwiderte er schmunzelnd. »Wechseln wir das Thema. Wie fandest du mich?«

Er drehte sich zur Seite und schaute sie herausfordernd an. Seine Finger berührten zunächst ihren Oberschenkel, ehe sie weiter hinaufwanderten.

»Sorry«, murmelte er eine Weile später. »Ich habe nicht viele Macken, doch falls es dir nichts ausmacht, würde ich eben unter die Dusche schlüpfen. Geht ganz schnell.«

»Lass dir ruhig Zeit.«

Er küsste sie zärtlich, dann stand er auf und verließ das Schlafzimmer.

Ihr war es schwergefallen, den zweiten Akt unverkrampft zu genießen. Wieso erkundigte er sich nach den Ermittlungen? In einer Situation, die sie dafür als unpassend empfand? Ob er gehofft hatte, ihr in entspannter Atmosphäre Details entlocken zu können?

Sie hörte ihn die Badezimmertür schließen und kurz danach die Dusche aufdrehen.

Samstagabend hatten sie sich das erste Mal privat getroffen. Irgendwann zwischen Samstag und Dienstag war mindestens einem der beiden observierten Personen die Überwachungsmaßnahme aufgefallen. Oder waren sie gewarnt worden?

»Du leidest unter Paranoia«, flüsterte sie.

Dennoch beschloss sie, sich ein wenig umzusehen, und stieg aus dem Bett. Der einzige Raum, den sie bislang noch nicht betreten hatte, musste das Wohnzimmer sein. Leise öffnete sie die entsprechende Tür. An den Fenstern waren die Vorhänge zugezogen, sodass das Zimmer komplett im Dunkeln lag. Andrea Traunstein betätigte den Lichtschalter, wodurch eine matte Deckenbeleuchtung ansprang. In einer Ecke des bestimmt fünfunddreißig Quadratmeter großen Raumes befand sich ein walnussfarbener Schreibtisch, auf dem einige Papiere unordentlich abgelegt worden waren. Sie inspizierte sie flüchtig, ohne etwas Auffälliges zu entdecken. Gerade als sie die oberste Schublade eines neben dem Schreibtisch stehenden Rollcontainers öffnete, stoppte der Wasserfluss. Rasch schloss sie die Schublade wieder und huschte zurück ins Schlafzimmer.

»Du ziehst dich an?«, fragte er verwundert, als er mit einem Bademantel bekleidet in der Tür erschien.

»Ja, beim ersten Mal übernachte ich nicht«, erwiderte sie und zwinkerte ihm zu.

»Dürftest du ruhig.«

»Vielleicht nach einer Wiederholung. Wobei ich wegen der neuesten Entwicklungen nicht weiß, wann wir uns wiedersehen können.«

»Samstagabend?«

Sie zog ihren zweiten Schuh an und ging auf ihn zu. Er sollte ihr nichts anmerken. »Würde mich sehr freuen, denn mir hat es richtig gut gefallen.« Sie gab ihm einen zärtlichen Kuss. »Ich melde mich, einverstanden?«

»Wehe, du brichst dein Versprechen.«

***

Am nächsten Morgen hatte sich ihr ungutes Gefühl eher verstärkt. Wenn sie Engelhart als Informationsleck ausschloss, schien Michael die naheliegendste Variante zu sein. Doch wie hätte er von der Überwachung erfahren sollen? Ihr fiel nur eine Lösung ein. Nachdenklich betrachtete sie ihr Handy, das sie den ganzen Samstag nicht aus den Augen gelassen hatte. Während des Essens hatte es allerdings permanent auf dem Tisch des Restaurants gelegen. Ob es möglich war, ihr über Bluetooth unbemerkt eine Software aufzuspielen, sodass man anschließend ihre Telefonate mithören konnte? Wegen der

Freisprecheinrichtung im Auto hatte sie die Bluetoothfunktion ständig aktiviert. Oder wäre so etwas bloß in einem schlechten Agentenfilm denkbar?

Schließlich griff sie zu ihrem Telefon und wählte die Nummer eines EDV-Spezialisten. Nachdem er sich gemeldet hatte, erklärte sie ihm das Problem.

»Unwahrscheinlich«, meinte er. »Aber bringen Sie mir das Handy vorbei, dann überprüfe ich es. Dauert keine fünf Minuten.«

# 19

Am Donnerstagmorgen klingelte Stefan Trapps Handy und übertrug Christoph Engelharts Rufnummer.

»Trapp«, meldete er sich.

»Engelhart hier. Sie haben versucht, mich zu erreichen. Was gibt's?«

Stefan setzte sich im ehemaligen Gästezimmer, in dem er kurz zuvor seine Gymnastikübungen absolviert hatte, auf einen Hocker und wischte sich mit einem Handtuch Schweiß von der Stirn.

»Wo sind Sie? Frau Traunstein wollte dringend mit Ihnen sprechen.«

»Oh ja, den verpassten Anruf habe ich ebenfalls bemerkt. Ist was passiert?«

»Sie haben die Hauptkommissarin noch nicht gesprochen?«

»Nein, Sie zu kontaktieren erschien mir wichtiger. Sorry, ich bin gerade nicht in Köln.«

»Wo denn dann?«

»In Holland, an der Küste.«

»War das geplant?«

»Nein.« Er lachte verlegen. »Ich habe jemanden kennengelernt, und wir haben spontan entschieden, wegzufahren.«

»Eine unbekannte Frau?«, vergewisserte sich Stefan.

»Als ›unbekannt‹ würde ich Tanja mittlerweile nicht mehr bezeichnen.« Wieder lachte er. »Ich habe sie Samstagabend in einer Kneipe getroffen. Irgendwie hat es sofort gefunkt.«

»Sie sind nach den Erfahrungen im Hotel das Risiko erneut eingegangen?«

»Soll ich für den Rest meines Lebens auf Frauenbekanntschaften verzichten?«

»Wenigstens so lange, bis Sie aus dem Licht der Öffentlichkeit verschwunden sind«, schlug Stefan vor.

»Ich versichere Ihnen, Tanja hat nicht probiert, mir eine Vase über den Kopf zu schlagen. Insofern ist doch alles okay. Was ist denn in Köln vorgefallen?«

Stefan fasste die Ereignisse der vergangenen Tage grob zusammen.

»Und wieso glauben Sie, dass sich deswegen die Bedrohungslage geändert hat?«, fragte Christoph. Er klang eher unbeeindruckt.

»Die Hintermänner der Geiselnahme wissen nun, dass sie aufgeflogen sind. Das wird ihre Bereitschaft, Risiken einzugehen, erhöhen.«

»Na ja. Hier in Holland fühle ich mich sicher.«

»Wie lange bleiben Sie noch dort?«

»Wahrscheinlich bis Sonntag.«

»Hauptkommissarin Traunstein wird es Ihnen vermutlich auch noch mitteilen. Wir halten es beide für sinnvoller, den letzten Termin abzusagen.«

»Unter keinen Umständen«, entgegnete Christoph. »Das ist der Höhepunkt. Ein gemeinsamer Auftritt mit meinem Idol. Nein. Niemals.«

»Herr Engelhart, Sie riskieren Ihr Leben.«

»Ach Quatsch! Na ja. Ich hätte einen anderen Vorschlag: Wir sind hier in einer sehr preiswerten Appartementanlage untergekommen. Wer fährt schon im November an die Nordsee? Wäre Ihnen wohler zumute, wenn ich erst am Donnerstag nach Köln zurückkehren würde?«

»Also am Vortag der Sendung?«

»Genau.«

Stefan hielt es für unwahrscheinlich, dass die Hintermänner Engelhart im Ausland aufspüren würden – ausschließen konnte er es allerdings nicht. Trotzdem war es ein annehmbarer Kompromiss. »Meinetwegen. Ich würde Ihnen übrigens raten, Ihr Handy ausgeschaltet zu lassen. Falls Sie das wünschen, könnte ich Hauptkommissarin Traunstein Bescheid geben.«

»Oh, perfekt! Danke. Ich melde mich, sobald ich zurück bin.«

# 20

»Scheiße!«, fluchte Andrea Traunstein, nachdem sie gesehen hatte, wer auf ihrem Handy anrief. Wie sollte sie nun reagieren? Ehe die Mailbox ansprang, entschied sie sich. »Hi!«, begrüßte sie ihn knapp.

»Hey«, antwortete Michael. »Nach der umwerfenden Nacht gestern schmeiße ich freiwillig meinen Vorsatz über Bord, mich nicht direkt am nächsten Tag zu melden.«

Traunstein lachte und hoffte, dass es nicht zu künstlich klang.

»Wie geht's dir?«, fragte er.

»Ich bin gestresst«, erwiderte sie ehrlich.

»Bist du noch bei der Arbeit? Es ist kurz nach zehn.«

»Ich weiß«, seufzte sie. »Aber bei unserem Fall haben sich die Ereignisse überschlagen. Na ja, am Telefon darf ich natürlich nicht darüber sprechen. Eigentlich sogar überhaupt nicht mit Zivilisten.«

»Zivilisten?«, wiederholte er amüsiert. »Das klingt nicht sonderlich romantisch.«

Traunstein erhob sich von ihrem Fernsehsessel, auf dem sie die letzte Stunde grübelnd gesessen hatte, und ging zum Wohnzimmerfenster. »Du weißt, wie ich es meine, oder?«

»Klar«, beruhigte er sie. »Ich frage erst gar nicht nach. Versprochen.«

»Sehr rücksichtsvoll.«

»Ich will dich nicht lange stören, wenn du noch im Büro bist. Wie sieht es denn am Wochenende bei dir aus? Hast du Freitag, Samstag, Sonntag Zeit?«

»Michael, das ist jetzt saublöd, aber ich weiß es momentan nicht. Mein Vater ist heute Mittag wegen Herzbeschwerden ins Krankenhaus gekommen. Ein weiterer Grund, warum sich mein Arbeitstag so in die Länge zieht. Ich habe ihn am Nachmittag besucht und mir eine zweistündige Auszeit gegönnt.«

»Das tut mir leid. Ist es etwas Ernstes?«

»Die Ärzte stochern derzeit im Dunkeln. Eventuell ist es nur eine harmlose Herzrhythmusstörung, aber mein alter Herr hatte vor ein paar Jahren einen Herzinfarkt, deswegen sind die Ärzte übervorsichtig.«

»Das klingt vernünftig.«

»Könnte also sein, dass ich meine Mutter unterstützen muss. Deswegen möchte ich keine Verabredung fürs Wochenende treffen.«

»Versteht sich von selbst. Meldest du dich einfach bei mir, sobald es passt?«

»Ja, mach ich.«

»Hundertprozentig?«, fragte er unsicher.

»Natürlich. Ich fand es total schön gestern«, versicherte sie ihm.

»Ich auch. Bis bald.«

»Bis dann.« Sie trennte die Verbindung und achtete penibel darauf, dass das Gespräch beendet war. »Du hinterfotziges Arschloch«, zischte sie wütend.

Der Techniker hatte zu seiner großen Überraschung tatsächlich ein Programm auf ihrem Handy gefunden, mit dessen Hilfe sich ihre Telefonate mithören ließen. Er hatte zwar bezweifelt, dass sich die Software mittels Bluetooth hatte überspielen lassen, allerdings war es die einzig logische Erklärung.

Michael Ahnefeld hatte sie ausspioniert.

Zumindest stimmte sein Name; ob der Rest seiner Angaben richtig war, würde sich noch herausstellen. Sie hatte zwei

Beamte angesetzt, ihn zu beschatten. Wöhler wusste bislang nichts davon, denn wahrscheinlich würde er ihr wegen des Spähprogramms Vorwürfe machen. Traunstein wollte zusätzliche Infos sammeln, bevor sie den Polizeipräsidenten ins Boot holte.

»Oh nein!«, sagte sie, als ihr plötzlich klar wurde, welchen Fehler sie gerade begangen hatte.

Ein Familienmitglied hätte ihr bestimmt per Handy Bescheid gegeben, wenn ihr Vater ins Krankenhaus eingeliefert worden wäre. Einen solchen Anruf hatte sie den Tag über aber natürlich nicht erhalten.

Zwar bestand auch die Möglichkeit, dass man sie auf der Büronummer erreicht hatte. Dennoch, Ausreden, die sie spontan aus dem Ärmel zauberte, hatten meistens Schwachstellen. Es führte kein Weg daran vorbei. Sie musste morgen ihre Eltern einweihen und wenigstens ein oder zwei Fake-Gespräche führen. Hoffentlich nahm ihr Vater ihr die Notlüge nicht übel.

***

Polizeimeister Nordmark schaute gelangweilt auf die Uhr in seinem Fahrzeug. Es war erst Viertel vor elf – dabei hatte er den Eindruck, dem Verdächtigen bereits seit Stunden hinterherzufahren. Beziehungsweise auf ihn zu warten, denn das war seine derzeitige Hauptbeschäftigung.

Montag war er ins Boot geholt worden. Eine Person, die möglicherweise zu den Hintermännern der spektakulären Geiselnahme gehörte, musste mit wenig Personalaufwand lückenlos überwacht werden. Was anfangs aufregend klang, hatte sich zu einer stupiden Routinetätigkeit entwickelt. Der vierte Tag in Folge, und der Typ fuhr während Nordmarks Schicht, die von sieben bis neunzehn Uhr dauerte, lediglich von einem Geschäftstermin zum nächsten.

Wenn er die Protokolle für die Hauptkommissarin schrieb, konnte der Polizist bloß Adressen vermerken und die jeweilige Zeitspanne, die der Verdächtige dort verbracht hatte.

Irgendwie hatte Nordmark sich mehr Action versprochen.

Er gähnte und griff nach dem Thermosbecher. Nachdem er den letzten Schluck Kaffee getrunken hatte, schweifte sein Blick umher. Nur wenige Meter von seinem Parkplatz entfernt befand sich ein Café. Nordmark spürte zunehmend das Bedürfnis, eine Toilette aufzusuchen; außerdem konnte es nicht schaden, Kaffeenachschub und etwas zu essen zu besorgen. Aber was, wenn die Zielperson ausgerechnet in diesem Moment das Gebäude verließ und er das nicht mitbekam?

Schließlich ließ ihm der stetig steigende Blasendruck keine Wahl. Rasch stieg er aus und eilte auf den Eingang zu.

Als ihm die Verkäuferin den Kaffee in seinen Thermosbehälter umgefüllt hatte, drehte er sich um und wäre beinah dem Verdächtigen in die Arme gelaufen. Der hatte mittlerweile unbemerkt den Laden betreten und stand zwei Schritte hinter ihm.

Nordmark starrte ihn überrascht an – und der Mann erwiderte den Augenkontakt. Um sich nicht noch auffälliger zu verhalten, schaute der Polizist schnell zu Boden und lief nach draußen.

»Was für ein Pech!«, fluchte er, während er seine Wagentür entsperrte. »Hoffentlich hat der mich nicht bemerkt.«

Sollte er die Hauptkommissarin informieren und um Ablösung bitten? Ob ein solcher Vorfall in der Personalakte vermerkt würde? Nordmark hatte die Ausbildung erst im Frühling erfolgreich abgeschlossen. Eine negative Beurteilung würde bestimmt seine Aufstiegschancen schmälern.

Nach einer Weile kam die Zielperson aus dem Café und blickte kurz in beide Richtungen. Der Polizist rutschte automatisch auf seinem Sitz ein Stück nach unten. Der Mann ging seelenruhig zu seinem Wagen und trank dabei einen Schluck Kaffee. Er stieg ein, doch es dauerte überraschend lange, bis er losfuhr. Sofort nahm Nordmark die Verfolgung auf, bemühte sich aber darum, Abstand zu halten. Nachdem sie eine stadteinwärts führende Hauptverkehrsstraße erreicht hatten, sorgte er dafür, dass sich zwischen ihm und dem Fahrzeug des Verdächtigen mindestens drei andere Autos befanden.

Nach einer ungefähr zehnminütigen Fahrt setzte die Zielperson den Blinker und bog in eine Seitenstraße. Am Ende der Sackgasse befand sich ein Parkhaus. Der Mann steuerte darauf zu.

Nordmark bremste ab und wartete, bis sich hinter dem Verdächtigen die Schranke schloss. Dann folgte er ihm.

Ein Parkhaus stellte eine besondere Schwierigkeit dar. Als Verfolger fiel man schnell auf, gleichzeitig gab es meistens mehrere Ausgänge. Der junge Polizist fühlte sich überfordert. Er musste allerdings eine spontane Entscheidung treffen, denn wenn er nun zunächst die Hauptkommissarin kontaktierte, hatte der Mann möglicherweise das Gebäude bereits verlassen.

Er beschloss, hinterherzufahren. Kaum hatte er die Parkkarte angefordert, öffnete sich die Schranke. Im ebenerdigen ersten Geschoss konnte er das gesuchte Auto nicht entdecken. Nordmark nahm die Auffahrt, doch auch auf der bloß spärlich gefüllten zweiten Ebene hatte die Zielperson den Wagen nicht abgestellt. Ebenso wenig auf der dritten, obwohl hier nur fünf Fahrzeuge geparkt waren. Als Nordmark schon glaubte, einen großen Fehler gemacht zu haben, sah er den Pkw des Verdächtigen in der obersten Etage stehen. Im Schritttempo rollte er daran vorbei. Der Fahrer hielt sich nicht im Inneren auf.

»Scheiße!«

Er fuhr eine Ebene tiefer und belegte einen der Stellplätze. Irgendwann musste der Kerl das Parkhaus wieder verlassen, und dann würde ihm Nordmark erneut hinterherfahren. Um es bequemer zu haben, löste er den Sicherheitsgurt und stellte die Lehne in eine etwas schrägere Position.

Nach einer Weile bemerkte er seinen Denkfehler. Wenn er dem Mann bei der Ausfahrt folgen würde, hätte der die Parkgebühr schon bezahlt, während er das noch erledigen müsste. Die Wahrscheinlichkeit, ihn währenddessen aus den Augen zu verlieren, war groß. Daher entschied er, die verantwortliche Beamtin zu informieren. Er griff zu seinem Handy und wählte die Mobilfunknummer, die sie ihm gegeben hatte. Ehe sich die Verbindung aufgebaut hatte, wurde plötzlich die Autotür aufgerissen.

Nordmark zuckte erschrocken zusammen, sein Kopf ruckte nach links. Zwei kräftige Hände packten ihn und zogen ihn aus dem Wagen. Der Polizist blickte hoch. Der Verdächtige beugte sich mit wutverzerrtem Gesicht über ihn. Um sich zu schützen, tastete Nordmark nach dem Schulterhalfter, in dem seine Dienstwaffe steckte.

# 21

»Ich mache auf, das wird Engelhart sein«, rief Stefan und lief in die Diele.

»Okay«, erwiderte Eva, die im Arbeitszimmer für die nächste Auftragsarbeit eine Tabelle potenzieller Interviewpartner zusammenstellte, die sie der Reihe nach anschreiben würde.

Tatsächlich irrte er sich nicht. Sein Klient stand vor der Tür und begrüßte ihn mit einem breiten Grinsen.

»Herr Trapp, wie Sie sehen, lebe ich noch.«

»Sehr erfreulich. Kommen Sie rein!«

Engelhart wirkte entspannt und zufrieden.

»Hatten Sie eine gute Zeit?«, fragte Stefan, um ein bisschen Smalltalk zu betreiben.

»Definitiv. Tanja hat nicht einmal ansatzweise versucht, mir irgendetwas über den Kopf zu schlagen.«

»Vielleicht bestand ihre Taktik ja darin, Sie bis zum Herzinfarkt zu beglücken.«

Nun lachte Engelhart laut. »Das wäre ihr sogar beinahe gelungen.«

»Setzen wir uns ins Wohnzimmer.« Stefan ging voraus und deutete auf den Sessel. »Bitte nehmen Sie Platz. Möchten Sie etwas trinken?«

»Nein, danke. Ich muss gleich weiter zu meiner Agentin.«

»Ich habe heute bereits mit ihr telefoniert«, informierte Stefan ihn.

»Das hat sie gar nicht erwähnt.«

Die beiden setzten sich. In diesem Moment piepte Engelharts Handy. Er zog es aus der Hosentasche und las schnell die eingetroffene Nachricht, ehe er das Gerät auf den Tisch legte.

»Sorry«, sagte er lächelnd. »Tanja.«

»Schwer verliebt, was?«

»Könnte sein. Sie würde gern morgen mitkommen.«

»Bitte nicht«, widersprach Stefan.

Engelhart winkte lässig ab. »Keine Sorge, das hatte ich ihr eigentlich schon ausgeredet. Muss ich wohl erneut drauf hinweisen. Den morgigen Tag will ich Scherers Aufmerksamkeit allein genießen.«

»Vernünftig. Die Aufzeichnung findet ja in Hamburg statt. Ich habe mit Ihrer Agentin besprochen, dass wir mit dem Auto anreisen. Der Sender bezahlt einen komfortablen Leihwagen, den ich morgen am Hauptbahnhof abhole, bevor ich mich auf den Weg zu Ihnen mache.«

»Wann werden Sie bei mir sein?«

»Gegen elf. Dann dürfte der Verkehr im Großraum Köln einigermaßen fließen, sodass wir zwischen sechzehn und siebzehn Uhr im Hotel eintreffen sollten. Im Fernsehstudio werden wir zwei Stunden später erwartet. Die Sendung beginnt um einundzwanzig Uhr.«

»Mein letzter Auftritt für die nächsten paar Monate«, bedauerte Engelhart.

»Glauben Sie mir, es ist besser so.«

Sein Klient presste die Lippen aufeinander, erwiderte aber nichts.

***

Plötzlich wurde ihre Bürotür aufgerissen, und zwei Männer stürmten herein. Der eine wirkte seltsam bedrückt, der andere hingegen fuchsteufelswild.

»Was sollte das, Andrea?«, fragte Michael Ahnefeld.

Von der unerwarteten Situation überfordert, konzentrierte sich Traunstein auf den Polizeibeamten Nordmark.

»Erklären Sie es mir!«

Doch ehe Nordmark etwas sagen konnte, ergriff Ahnefeld wieder das Wort.

»Heute früh fiel mir auf dem Weg zu meinem ersten Geschäftstermin ein Auto auf, das exakt die gleiche Strecke fuhr wie ich. Kann ja passieren, und ehrlich gesagt dachte ich mir nichts weiter dabei. Demselben Typen begegne ich einige Stunden später in einem Café, und er scheint bei meinem Anblick zu erschrecken. So als hätte ich ihn erwischt. Das hat mich misstrauisch gemacht. Also wollte ich wissen, ob ich unter Verfolgungswahn leide oder nicht. Ich fuhr in eine Tiefgarage, und er blieb mir dicht auf den Fersen.«

Traunstein betrachtete während der Schilderung den jungen Polizisten, dessen Gesichtsausdruck verriet, dass es sich genau so oder zumindest ähnlich abgespielt haben musste.

»Wovon ich dir bislang nichts erzählt habe, ist eine verdammt unangenehme Erfahrung in meiner Vergangenheit«, fuhr Michael fort. »Ich hatte mal mächtig Ärger mit dem Exfreund einer neuen Flamme. Vom Allerfeinsten. Inklusive zerstochener Reifen, zerkratzten Lacks und nächtlichen Telefonterrors. Das ist der Grund, warum ich seit Jahren Selbstverteidigung beherrsche. Und weil ich irgendwann beschlossen habe, nie wieder die Opferrolle einzunehmen, habe ich deinen Kollegen aus dem Fahrzeug gezogen und zu Boden geworfen.«

»Du hast einen Polizisten tätlich angegriffen?«, vergewisserte sie sich.

»Woher sollte ich wissen, dass er Bulle ist? Plötzlich zog er eine Waffe, und ich dachte, mein letztes Stündlein hätte geschlagen. Der hätte mich fast abgeknallt.«

»Nein!«, widersprach Nordmark. »Hätte ich nicht. Ich wollte mich verteidigen.«

Ahnefeld schnaubte. »Was sollte das, Andrea?«

»Lassen Sie uns allein«, bat Traunstein den Beamten.

Der nickte und verließ mit hängenden Schultern eilig das Büro. Sie wartete, bis er die Tür geschlossen hatte.

»Ich musste mich leider vergewissern, ob du der bist, für den du dich ausgibst.«

»Was?«

Wie viel durfte sie ihm anvertrauen? »Ich stecke in komplizierten Ermittlungen«, begann sie vorsichtig. »Nach denen du dich übrigens sehr auffällig erkundigt hast.«

»Ich habe dich im Fernsehen gesehen«, verteidigte er sich. »Und fand das total interessant. Ihr Frauen werft uns Männern doch sonst vor, nicht genug Interesse zu zeigen.«

»Wir suchen Hintermänner, deren Ergreifung uns noch nicht gelungen ist.«

»Also hast du geglaubt, unser erstes Zusammentreffen sei kein Zufall gewesen.«

»Genau.«

»Das finde ich krank.«

»Entschuldige, wenn ...«

»Nein«, unterbrach er sie. »Du hast ja nur deinen Job gemacht.«

»Oh, ich bin froh ...«

»Trotzdem will ich dich zukünftig nicht mehr sehen. Egal wie schön das mit uns war.«

»Wieso?«, fragte sie schockiert. »Ich habe versucht, meine Beweggründe darzulegen.«

»Seien wir ehrlich«, erwiderte er. »Nur weil mir dein Kollege aufgefallen ist und ich hier wütend auftauche, darfst du mich noch lange nicht von der Verdächtigenliste streichen.«

»Michael, ich bekenne, dass ich vielleicht ein wenig zu misstrauisch war.«

»›Vielleicht‹. Das Wörtchen trifft es. Du würdest bis zur Aufklärung des Falles immer an mir zweifeln. Was machst du dann als Nächstes? In meinen Sachen wühlen? Mein Telefon anzapfen? Nein, danke, kein Bedarf.«

Ihr Diensttelefon klingelte und übertrug Wöhlers Rufnummer.

»Können wir in Ruhe darüber reden?«, bat sie ihn.

»Da gibt es nichts zu besprechen. Ich wünsche dir ein schönes Leben.« Er wandte sich ab und verließ den Raum.

Hin- und hergerissen zwischen ihrem Pflichtgefühl und der Gewissheit, einen schrecklichen Fehler begangen zu haben, starrte sie zur Tür. Schließlich entschied sie sich. Viel zu oft hatte sie schon ihr Privatleben dem Beruf geopfert. Statt zum Hörer zu greifen, lief sie Michael hinterher. Um möglichst wenigen Kollegen ein willkommenes Schauspiel zu liefern, wartete sie allerdings, bis er das Gebäude verlassen hatte. Erst draußen angekommen, rief sie seinen Namen.

»Michael!«

Überrascht drehte er sich um. Sein Gesichtsausdruck wirkte nicht mehr allzu feindselig.

»Was willst du?«

»Dir vertrauen«, sprach sie den ersten Gedanken aus, der ihr durch den Kopf ging.

»Bitte?«

»Gib mir die Chance, dir zu vertrauen.« Mittlerweile standen sie bloß noch zwei Schritte voneinander entfernt.

»Du hattest diese Chance«, erinnerte er sie.

»Hat man nicht manchmal eine zweite Chance verdient? Genau darum bitte ich dich.«

Sie registrierte, wie seine Gesichtszüge weicher wurden.

Gleichzeitig wich er ihrem Blick aus. »Das war echt schön mit uns.«

»Fand ich auch.« Obwohl ein Streifenpolizist an ihnen vorbeiging, griff sie nach Michaels Hand – was er sich gefallen ließ.

»Wie lange dauern diese Ermittlungen noch?«, fragte er leise. »Ich würde dein Misstrauen nämlich nicht ertragen.«

»Ich hoffe, sie bald abschließen zu können.«

»Okay, dann ruf mich an, sobald du die bösen Jungs verhaftet hast.«

Er drückte ihr einen schnellen Kuss auf die Lippen, ehe er sich abwandte und zu seinem Wagen ging.

***

»Ich habe mit meinen beiden Klienten gesprochen«, sagte Caroline von der Strebe am Telefon zu Stefan. »Herr Engelhart hat mir den von Ihnen gewünschten Ablauf für morgen präsentiert.«

»Stört Sie an den Planungen etwas?«, erkundigte sich der Leibwächter. Er hielt sich im Schlafzimmer auf und packte die kleine Reisetasche, die er wegen der Hotelübernachtung benötigen würde.

»Nein, nein«, versicherte sie schnell. »Im Gegenteil.«

»Verstehe ich nicht.«

»Herr Scherer hat heute ohnehin beruflich in Köln zu tun, weswegen er bereits angereist ist. Da kam der Gedanke auf, ob Sie ihn nicht gemeinsam mit Herrn Engelhart nach Hamburg chauffieren könnten.«

»Scheint mir für jemanden wie Herrn Scherer eine zu unspektakuläre Form der Anreise zu sein.«

»In dieser Hinsicht ist er wirklich pflegeleicht.«

»Will er beschützt werden?«, fragte Stefan geradeheraus.

Die Agentin kicherte verlegen. »Nicht direkt beschützt. Er würde sich jedoch ganz wohl fühlen, wenn Sie in seiner Nähe wären. Seit den furchtbaren Ereignissen hat er sich sehr zurückgezogen. Die ganze Sache hat ihn stärker berührt, als ich vermutet hätte.«

»Na ja, ohne Engelharts Eingreifen hätte man ihn möglicherweise …«

»Ich weiß. Trotzdem wundert es mich. Ich kenne ihn so lange.«

»Manche Menschen lernt man erst in Extremsituationen richtig kennen.«

»Würden Sie das denn machen?«

»Engelhart ist mein Klient, das muss Herrn Scherer bewusst sein. In einer Gefahrensituation würde ich mich zunächst um ihn kümmern.«

»Kein Problem. Es wird ja eh nichts passieren.«

»In welchem Hotel ist Herr Scherer abgestiegen?«

***

Zusammen mit ihrem Vater saß Andrea Traunstein in der Küche. Die beiden tranken einen herrlichen Rotwein, und sie hatte ihn über die Ereignisse des Tages informiert.

»Du darfst das Hauptproblem nicht aus dem Blick verlieren.«

»Welches?«, wunderte sie sich.

»Jemand hat dir diese Software aufs Handy geschmuggelt.«

»Und ich habe keine Ahnung, wer es war«, gestand sie.

»Diesen Michael schließt du hundertprozentig aus?«

»Ja.«

»Hast du dein Smartphone jemals unbeobachtet gelassen?«

»Nein. Niemals.«

»Auch nicht im Büro?«

Sie dachte kurz nach. »Scheiße, ich weiß es nicht«, flüsterte sie.

»Das habe ich mir gedacht.«

»Klar, wenn der Polizeipräsident dringend mit mir sprechen will, kann ich nicht ausschließen, dass ich mal zu ihm geeilt bin, ohne darauf zu achten, wo mein Telefon liegt.«

»Hast du in den letzten Tagen einen Unbefugten in deinem Büro überrascht?«

»Nein.«

»Trotzdem ist es die logischste Erklärung, oder?«

»Ein Polizist? Ein Kollege, der mit den Hintermännern zusammenarbeitet? Schwer vorstellbar.«

»Wieso?«

»Weil …« Traunstein hielt inne und schnippte mit dem Zeigefinger gegen das Weinglas.

»Weil nicht sein kann, was nicht sein darf?«

»Genau«, erwiderte sie trotzig.

Sie leerte ihr Glas. Als ihr Vater nachschenken wollte, deckte sie es jedoch mit einer Hand ab. »Ich muss nachdenken, ob in deiner Theorie ein Fünkchen Wahrheit stecken könnte.« Sie stand auf, gab dem alten Mann einen Kuss auf die hohe Stirn, verließ die Küche und lief die Treppe hoch in ihre Dachgeschosswohnung.

# 22

»Ich breche jetzt auf«, sagte Stefan und nahm Eva zärtlich in den Arm.

Gemeinsam hatten sie bereits den Mietwagen abgeholt, waren danach aber noch einmal nach Hause gefahren.

»Was bin ich froh, wenn Engelhart nicht mehr dein Klient ist«, murmelte sie an seinem Hals. »Irgendwie habe ich bei der ganzen Geschichte ein ungutes Gefühl.«

»Wird schon schiefgehen«, beruhigte er sie und schob sie ein Stück von sich weg, um sie anzusehen. »Bist du fit für die Meisterschaft?«

Eva hatte sich eine Erkältung eingefangen, trotzdem wollte sie an ihrer Zusage festhalten, in ein paar Stunden gemeinsam mit den Vereinskollegen die gemietete Halle für den morgigen Bogenschieß-Wettbewerb herzurichten.

»Ist ja nur eine Kreismeisterschaft«, entgegnete Eva. »Da wird mich der kleine Schnupfen nicht sonderlich behindern.«

»Falls du dich heute Abend zu schlapp fühlst, musst du Walter für den Hallenaufbau absagen«, schlug er vor.

»Das kann ich nicht machen. Die zählen auf mich. Es helfen eh immer zu wenig Leute.«

Stefan atmete hörbar durch die Nase aus, um sein Missfallen kundzutun. Doch er wusste, dass sie sich ohnehin nicht davon abbringen lassen würde.

Knapp zwanzig Minuten später erreichte er das Hotel, in dem Hubert Scherer residierte. Agentin von der Strebe hatte dem

Leibwächter am frühen Vormittag mitgeteilt, dass er dort sowohl den Schauspieler als auch Engelhart einsammeln könne. Stefan hatte darauf verzichtet, zu erwähnen, dass es seiner Ansicht nach klüger wäre, wenn er seinen Klienten zu Hause abholen würde. Engelhart hätte die Gelegenheit eines möglichst frühzeitigen Zusammentreffens mit seinem Idol niemals ausgelassen – unabhängig davon, ob er dadurch vermeidbare Risiken einging.

Stefan parkte den Oberklassewagen in einer Kurzparkzone, die an- und abreisenden Gästen vorbehalten war. Er betrat die Eingangshalle und wandte sich direkt nach links zur hoteleigenen Bar. Die Agentin, die zusammen mit den beiden Männern einen Tisch belegte, entdeckte ihn zuerst und winkte ihn herbei.

»Herr Trapp, hier sind wir!«, rief sie überflüssigerweise.

Christoph, der mit dem Rücken zu ihm saß, drehte sich um. Er musterte ihn mit einem amüsierten Grinsen.

»Schwarzer Anzug, weißes Hemd. Fehlt nur noch eine Verkabelung im Ohr und eine Sonnenbrille, dann könnte man Sie für einen Secret-Service-Agenten halten.«

»Die Sonnenbrille liegt im Auto«, entgegnete Stefan humorlos. »Guten Morgen.«

Der Prominente nickte ihm zu, ohne ein Wort zu sagen. Neben den Männern standen zwei Trolleys.

»Aufbruchbereit?«, erkundigte sich der Leibwächter.

»Jederzeit«, sagte Engelhart. »Die Waffe steckt unter dem Sakko, richtig?«

Ein unbeteiligter Hotelgast schaute skeptisch zu ihnen herüber.

»Lassen Sie uns fahren«, meinte Stefan. »Außerdem wäre ich dankbar für ein wenig Diskretion, Herr Engelhart.«

»Ups, sorry.«

Aus dem belustigten Tonfall schloss Stefan, dass sein Auftraggeber die ganze Situation nicht sonderlich ernst nahm.

***

Bis sie die Autobahn erreichten, achtete Stefan penibel darauf, ob ihnen ein Fahrzeug folgte. Er wechselte mehrfach die Spuren, fuhr manchmal schneller als die zulässige Höchstgeschwindigkeit, manchmal deutlich langsamer. Einmal bog er von der Hauptstraße ab und kurvte durch kleinere Nebenstraßen, ehe er mit einem Zeitverlust von zwei Minuten zur alten Strecke zurückkehrte. Christoph beobachtete das Manöver interessiert, während Scherer in einem Drehbuch blätterte.

Als sie sich endlich auf der A 1 Richtung Norden befanden und es keine Anzeichen dafür gab, dass ihnen jemand folgte, entspannte sich Stefan.

»Trotz der famosen Bezahlung wäre Ihr Job nichts für mich«, bekannte Engelhart. »Ständig in Lebensgefahr schweben, immer aufmerksam sein müssen. Wie schaffen Sie das?«

»Training, Routine, ein Gespür für ungewöhnliche Situationen«, antwortete der Leibwächter. »Dafür könnte ich mir beispielsweise keine langen Texte merken.«

»So hat jeder sein Talent«, murmelte Scherer.

»Wann haben Sie eigentlich gemerkt, dass Ihnen die Schauspielerei im Blut liegt?«, wollte Engelhart von ihm wissen.

Im Innenspiegel sah Stefan, wie Scherer die Augenbrauen hochzog. Wahrscheinlich hätte er lieber in Ruhe weitergearbeitet, andererseits schien er sich daran zu erinnern, dass er in der Schuld des jungen Mannes stand.

»Das war in der sechsten Klasse«, sagte er und klappte das Skript zu. »Wir hatten eine Schulaufführung.«

»Welches Stück?«, hakte Engelhart nach.

»Don Camillo und Peppone.« Scherer lächelte wehmütig.

»Sie waren bestimmt der Priester.«

»Eigentlich sollte ich nur eine Nebenrolle spielen. Doch vier Tage vor der Aufführung brach sich der Schulkamerad, der für die Hauptrolle ausgewählt worden war, ein Bein. Weswegen er unmöglich auftreten konnte. Im wahrsten Sinne des Wortes. Der Lehrer, der die Schauspiel-AG leitete, wollte den Termin verschieben, doch dann habe ich behauptet, die Dialoge könnte ich innerhalb von drei Tagen auswendig lernen. Das war gerade rechtzeitig für die Generalprobe. Der Lehrer gab mir die Chance, und ich paukte fast ohne Unterlass. Tatsächlich überzeugte ich zunächst ihn bei der Generalprobe und später das Publikum bei der Aufführung. Danach hat mich die Sehnsucht nach dem Rampenlicht nicht mehr losgelassen.«

»Agieren Sie lieber auf der Bühne vor Live-Publikum, oder bevorzugen Sie die Fernsehkameras?«

»Jahrzehnte habe ich mich aufs Fernsehen und auf interessante Kinorollen konzentriert, mittlerweile spüre ich aber immer stärker den Wunsch, zurück ans Theater zu gehen.«

»Trotz des Serienangebots, das Sie bekommen haben?«

»Ja«, bekannte Scherer. »Die Sache im Café hat mir gezeigt, dass meine verbleibende Zeit endlich ist. Die nächsten Jahre bin ich mit der Serienproduktion beschäftigt, anschließend werde ich mich um ein Engagement an einem renommierten Schauspielhaus bemühen.«

Engelhart stellte weitere Fragen, die Scherer zunehmend einsilbig beantwortete. Irgendwann teilte er seinem Lebensretter mit, dass er weiter in dem Drehbuch lesen müsse.

»Kein Problem«, entgegnete Engelhart. »Vielleicht ist ja meine Süße inzwischen aufgewacht.« Er griff zu seinem Handy und tippte eine Nachricht.

»Ist sie Langschläferin?«, erkundigte sich Stefan.

»Studentin.«

»Wie alt ist sie denn?«

»Einundzwanzig.« Er zwinkerte Stefan zu. »Sie hat gestern Abend gekellnert, danach schläft sie meist bis in die Puppen.«

»Haben Sie sie erst kürzlich kennengelernt?«, mischte sich Scherer ein, ohne vom Skript aufzusehen.

»Ja. Das ist alles noch total frisch.«

»Lassen Sie sich von einem alten Mann warnen: Machen Sie nicht den Fehler und verlieben sich in ein Groupie. Die wollen nicht Sie, sondern einfach gemeinsam mit Ihnen im Scheinwerferlicht stehen.«

»So eine ist Tanja nicht«, sagte Engelhart im Brustton der Überzeugung.

Scherer schnaubte abfällig. »Jeder hat natürlich das Recht auf seine eigenen Fehler.«

»Welche haben Sie gemacht?«, fragte der Jüngste im Wagen provozierend.

»Eine Menge, mein Lieber. Eine Menge. Ganz viele Sachen, die mich nicht mit Stolz erfüllen.«

Überrascht bemerkte Stefan, dass sein Klient nicht nachforschte und stattdessen erneut auf seinem Display herumtippte. »Ich bin mir sicher, alles richtig zu machen«, murmelte Engelhart.

Der Prominente lächelte leicht abfällig, legte das Skript beiseite, lehnte seinen Kopf an den Türrahmen und schloss die Augen.

# 23

Aus dem harmlosen Schnupfen schien sich eine handfeste Erkältung zu entwickeln. Nachmittags um vier hatte Eva das Bedürfnis, sich zumindest kurz hinzulegen. Als sie irgendwann völlig verschwitzt wieder aufwachte, war es bereits halb sieben.

»Oh Shit«, krächzte sie nach einem Blick auf den Wecker. Ihr anschließendes Räuspern ging in Husten über.

Mieses Timing, dachte sie frustriert. Eine Kreismeisterschaft stellte zwar keine besondere Herausforderung dar, und selbst wenn sie nicht gewinnen sollte, würde ihr das nichts ausmachen, doch die Vorstellung, gleich stundenlang in der Halle zu stehen, um gemeinsam mit ein paar anderen Vereinsmitgliedern den Wettkampf vorzubereiten, bereitete ihr Kopfzerbrechen.

Sie quälte sich aus dem Bett und beschloss, erst ein Erkältungsbad zu nehmen, ehe sie eine Entscheidung traf.

Nach dem Bad fühlte sie sich munter genug, um nach Leverkusen zu fahren, und traf dort nur wenige Minuten verspätet ein. Neben Walters Auto und dem von Ralf organisierten Transporter entdeckte sie auf dem Parkplatz noch einige andere Fahrzeuge. Sie lief in die Halle, wo sie auf dem Gang dem Vereinsvorsitzenden Walter Brunner begegnete.

»Hallo, Eva. Das Training der Badmintongruppe dauert noch etwa zehn Minuten. Es gab wohl anfangs Probleme mit der Beleuchtung.«

»Na, super«, erwiderte sie mit angeschlagener Stimme.

»Geht's dir nicht gut?«, fragte er besorgt.

»Bisschen erkältet. Nix Tragisches.«

Er trat zu ihr und reichte ihr einen der Hallenschlüssel. «Entschuldige, falls ich zu direkt bin, aber du siehst echt be... scheiden aus. Willst du nicht lieber nach Hause fahren? Nicht dass du morgen ausfällst.«

»Ach, klappt schon«, behauptete sie. »Wer ist denn alles da?«

»Lass uns in die Halle gehen, dann siehst du's ja. Die anderen sitzen am Rand auf Bänken, um die Badmintonspieler zur Eile anzutreiben.«

Eva folgte ihm und zählte insgesamt acht Sportkameraden, die sie mit Kopfnicken oder einem leise gemurmelten »Hi« begrüßten.

Sie setzte sich neben Ralf, der sie kritisch musterte und ein Stück von ihr wegrutschte.

»Bist du sicher, dass du hier richtig bist? Du siehst aus, als würdest du eher ins Bett gehören.«

»So schlimm fühle ich mich gar nicht«, entgegnete sie. »Außerdem wirst du dich kaum anstecken, nur weil ich mich zu dir gesetzt habe.«

»Vorsicht ist die Mutter der Porzellankiste. Deine Konkurrentinnen werden sich freuen. Endlich eine Chance, die unübertroffene Haller zu schlagen.«

»Pah! Ich stopfe nachher einen Tablettencocktail in mich hinein, dann bin ich morgen früh wieder topfit.«

»Hast Glück, dass nach Kreismeisterschaften keine Dopingprobe verlangt wird«, sagte er schmunzelnd.

***

»Herr Scherer, es ist mir eine Freude, Sie kennenzulernen.«

Nachdem sie sich am Empfang angemeldet hatten, hatte der

Pförtner sie gebeten, im Wartebereich Platz zu nehmen. Anschließend hatte er ihren Besuch telefonisch angekündigt, woraufhin es weniger als zwei Minuten dauerte, bis ein Mitarbeiter des Senders auftauchte. Stefan schätzte ihn auf maximal dreißig. Er trug eine Designerjeans und ein schwarzes, tailliert geschnittenes Hemd. Seine langen braunen Haare hatte er zu einem Pferdeschwanz zusammengebunden.

»Ich bin Aaron Buchholz, verantwortlicher Redakteur unserer schönen Talkshow.«

Die beiden Männer schüttelten sich die Hand.

»Sehr erfreut«, sagte der Schauspieler, wirkte dabei aber eher gelangweilt.

Wahrscheinlich war er im Laufe seiner Karriere schon zu vielen Menschen begegnet, um noch echtes Interesse an einer neuen Bekanntschaft zu haben.

»Sie sind der Held des Geiseldramas, richtig? Christoph Engelhart?«, wandte sich Buchholz an die zweite Person.

»Genau.«

Erneutes Händeschütteln.

»In der heutigen Talkshow werden Sie ausreichend Gelegenheit bekommen, davon zu berichten. Ach, das ist alles so spannend. Dass Sie sich das getraut haben!«

Statt Engelhart die Chance zu einer Erwiderung zu geben, nahm Buchholz nun Stefan in Augenschein. »Sie müssen der Personenschützer sein. Stefan Trapp.«

Zumindest war er gut vorbereitet.

»So ist es.«

Der Pförtner trat zu ihnen und händigte dem Redakteur drei Ausweise aus, die an blauen Bändern befestigt waren. Buchholz nahm sie ohne jegliches Zeichen von Dankbarkeit entgegen.

»Hier haben wir drei Besucherausweise. Tragen Sie die bitte

bis kurz vor der Sendung, damit es keine Schwierigkeiten mit der Security gibt. Wenn Sie nichts dagegen haben, führe ich Sie jetzt in mein Büro, wo wir den Ablauf in Ruhe durchgehen können. Kommen Sie!«

Das Büro war riesig. An den Wänden hingen gerahmte Poster von den Auftritten renommierter Künstler in der Talkshow. In der Mitte des Raumes stand ein gläserner Schreibtisch. Doch Buchholz deutete direkt zu einer Sitzgruppe in der Ecke.

»Nehmen wir dort Platz«, schlug er vor. »Frau Weingaart ist bereits über Ihre Ankunft informiert. Sie wird gleich zu uns stoßen. Was möchten Sie trinken?«

Die hektische Art des Mannes machte Stefan unruhig. »Einen doppelten Espresso«, bat er. Nicht das ideale Getränk, um ruhiger zu werden, aber er würde bis zum Ende der Aufzeichnung hellwach sein müssen.

»Haben Sie einen Single Malt Whisky?«, fragte Scherer.

»Selbstredend«, erwiderte Buchholz. »Mit einem sechzehn Jahre alten Lagavulin kann ich Ihnen bestimmt eine Freude machen, oder?«

Scherers Miene erhellte sich. »Definitiv.«

»Mir reicht ein Wasser«, sagte Engelhart.

»Still?«, hakte Buchholz nach.

»Das wäre perfekt.«

Der Redakteur ging zu einer Minibar, auf der Stefan auch einen Kaffeeautomaten entdeckte.

Ein paar Minuten später waren sie mit Getränken versorgt, die Moderatorin hatte sich jedoch noch nicht blicken lassen.

»Wie immer haben wir vier Gäste eingeladen«, erklärte Buchholz. »Sie, Herr Scherer, und Sie, Herr Engelhart, erhalten zusammen einen besonders großen Redeanteil in den anderthalb Stunden.«

»Wer sind die anderen Gäste?«, wollte Scherer wissen.

»Unsere Weltmeisterin im Stabhochsprung Yvonne Oschen, die Favoritin für die Wahl zur Sportlerin des Jahres ist, und der Buchautor Felix Fröbel.«

»Kenne ich beide nicht, wenn ich ehrlich sein darf«, meinte der Schauspieler.

»Dann werden Sie ja vielleicht interessante neue Menschen kennenlernen«, entgegnete Buchholz gut gelaunt. »Wir beginnen mit Frau Oschen, zeigen ein paar Einspieler von der Weltmeisterschaft, reden über Training, Privatleben et cetera pp. Danach sind Sie an der Reihe. Bei Ihnen geht es erst einmal natürlich um die morgige Ehrung Ihres Lebenswerkes. Um die Serie, die exklusiv für das Streamingportal gedreht wird. Frau Weingaart wird zudem drei, vier alte Rollen erwähnen, die ihr besonders gefallen haben. Darauf spricht sie Sie gleich wahrscheinlich selbst an. Anschließend kommt Herr Engelhart ins Spiel.«

Die Tür zum Büro öffnete sich, und die Moderatorin der Sendung, Franziska Weingaart, kam hereingestürmt.

»Hubert, mein Schatz«, rief sie energisch. »Ich bin so froh, dich zu sehen.«

Innerlich verdrehte Stefan die Augen. Die Oberflächlichkeit der vermeintlichen Gefühle war zu deutlich zu spüren.

»Franziska, meine Liebste.« Scherer stand auf, gab der Moderatorin zwei Wangenküsse und nahm sie für einen flüchtigen Moment in die Arme. »Gut schaust du aus.«

»Danke. Du aber auch. Über dein Fitnessgeheimnis müssen wir in der Sendung unbedingt quatschen. Du siehst ja keinen Tag älter als fünfzig aus.«

»Du Charmeurin.«

»Wer sind die beiden attraktiven Herren an deiner Seite? Sorry, Aaron, ich meinte jetzt nicht dich.«

Pflichtschuldig sprang Engelhart auf und stellte sich vor.

»Ihnen habe ich es also zu verdanken, dass die Sendung in dieser Form überhaupt stattfinden kann. Darüber werden wir sprechen.«

Sie schüttelte ihm kurz die Hand und wandte sich dann Stefan zu. »Gehe ich recht in der Annahme, dass Sie der Bodyguard meiner beiden Gäste sind?«

»So ist es. Stefan Trapp.«

»Ihre Ausstrahlung sorgt tatsächlich dafür, dass ich mich sofort viel sicherer fühle«, sagte sie augenzwinkernd. »Aaron, darf ich dir Hubert und den Helden des Tages entführen? Ich würde gern mit ihnen ein paar Sachen in meinem Büro klären. Du kannst ja unterdessen mit Herrn Trapp sicherheitsrelevante Fragen besprechen.«

»Nur zu.«

»Folgt mir. Aaron, ich bringe sie dir in zehn Minuten zurück.«

Als sich die Tür geschlossen hatte, seufzte der Redakteur theatralisch. »Die ist ja heute wieder aufgedreht.« Er trank einen Schluck Vitaminsaft, ehe er seine Aufmerksamkeit Stefan schenkte.

»So, kommen wir zu den Aspekten, die Sie interessieren. Was wollen Sie wissen?«

»Zuerst das Allerwichtigste«, meinte Stefan. »Ich muss in der Nähe meiner Klienten sitzen.«

»Wir könnten Sie in der ersten Zuschauerreihe platzieren. Führt allerdings automatisch dazu, dass Sie im Fernsehen zu sehen sein werden. Stört Sie das?«

»Das ist mir egal.«

Er lüftete sein Jackett, und Buchholz betrachtete fasziniert die Waffe.

»Oha! Ist die geladen?«

»Was glauben Sie denn? Haben Sie eigene Security-Leute vor Ort?«

»Ja, jedoch nur so lange, bis sich die Studiotüren schließen. Danach warten sie draußen. Außerdem ist von denen niemand bewaffnet.«

»Mir ist es ganz recht, wenn ich der einzige Bewaffnete im Raum bin«, gestand Stefan. »Führen Sie beim Einlass irgendwelche Kontrollen durch?«

»Na ja, die Verantwortlichen überprüfen die Eintrittskarten.«

»Dürfen die Gäste Taschen mitbringen?«

»Handtaschen«, konkretisierte Buchholz. »Also in einem Format, das man problemlos unter den Stuhl schieben kann.«

»Die werden nicht kontrolliert?«, wunderte sich Stefan.

»Dafür gab es in den letzten Jahren keinen Grund.«

»Könnten Sie das kurzfristig organisieren?«

Zweifelnd blickte Buchholz auf seine klobige Armbanduhr.

»Im Idealfall inklusive Leibesvisitation.«

»Wir sollen unsere Gäste abtasten?«

»Man könnte es mit den Vorkommnissen im Café rechtfertigen.«

Buchholz trommelte mit den Fingerspitzen auf die Tischplatte. »Ich guck mal, ob wir das noch hinkriegen.«

Er stand auf und griff zu seinem Smartphone.

»Robert!«, sagte er kurz darauf. »Wir müssen heute den üblichen Ablauf ändern. Ich will, dass beim Einlass Personenkontrollen durchgeführt werden.«

Buchholz redete auf seinen Gesprächspartner ein, der mit der Maßnahme nicht einverstanden zu sein schien. Doch schließlich war der Security-Chef überzeugt.

»Ich danke dir.« Der Redakteur beendete das Gespräch.

»Sie haben es ja gehört. Begeisterungsstürme hat das nicht ausgelöst.«

»Aber Sie haben es geschafft. Sehr gut! Kommen wir zum nächsten Punkt, den ich gern geklärt haben möchte. Haben Sie eine Liste der Zuschauer? Vor allem interessiert mich, wann die ihre Karten erworben haben.«

»Das größte Kontingent geht immer mehrere Monate vorab an registrierte Personen raus«, erklärte der Mann.

»Also lange, bevor die überhaupt wissen, wer in der Sendung Gast sein wird?«

»Genau. Zwanzig Karten vergeben wir stets über unsere Homepage, sobald bekannt ist, wer neben Frau Weingaart Platz nehmen wird. Sozusagen für Hardcore-Fans, die die Gelegenheit haben wollen, ihren Stars in der Atmosphäre einer lockeren Fernsehsendung nah zu sein.«

»Können Sie mir die Namen dieser Leute geben?« Stefan fragte sich, ob er Traunstein noch telefonisch erreichen könnte, um mit ihr eine solche Liste durchzusprechen.

# 24

Siebzig Minuten vor Beginn der Live-Übertragung und fünfzig Minuten vor Beginn des Warm-ups wurden die Gäste ins Studio gelassen. Da Stefan weder für den Fernsehsender noch für den zuständigen Sicherheitsdienst arbeitete, positionierte er sich etwas seitlich vom Eingang und beobachtete, wie mitgebrachte Handtaschen kontrolliert und die Zuschauer abgetastet wurden. Einige fragten nach dem Grund der Maßnahme, und die Sicherheitsleute antworteten ehrlich, dass dies mit der Geiselnahme in Köln zusammenhänge. Die meisten Besucher akzeptierten die Leibesvisitation jedoch völlig kommentarlos. Wahrscheinlich gab es ihnen ein Gefühl von Sicherheit, und so nahmen sie die Unannehmlichkeit gerne in Kauf. Waffen wurden dann auch keine entdeckt.

Nachdem die letzte Karte abgerissen und der entsprechende Platz zugewiesen worden war, wurden die Studiotüren geschlossen.

»Herzlich willkommen«, erklang eine Stimme aus den Lautsprechern. »Schön, dass Sie bei uns sind. Damit Ihnen die Wartezeit bis zum Warm-up nicht zu lang wird, können Sie gleich den Servicekräften Ihre Getränkewünsche mitteilen. Bitte haben Sie Verständnis, wenn wir die Türen zu den Toiletten in einigen Minuten aus produktionstechnischen Gründen schließen müssen. Stellen Sie es sich wie die Start- oder Landephase bei einem Flug vor.«

Ein paar der Anwesenden lachten über den Vergleich, andere tuschelten mit ihren Sitznachbarn.

Stefan hingegen erhob sich von seinem Platz und überprüfte ein weiteres Mal die Toilettenräume. Doch er fand nichts, was in seinen Augen eine Bedrohung darstellte. Als er zurück zu seinem Sitz ging, fragte ihn eine junge Kellnerin, ob er etwas trinken möchte.

Er verneinte, und in dem Moment wurde ihm bewusst, dass er die Servicemitarbeiter nicht in seine Überlegungen einbezogen hatte, denn niemand hatte ihn vorab über den Getränkeausschank informiert.

Er blickte zur Studiouhr. Ihm blieb genügend Zeit, diese Nachlässigkeit auszubügeln. Rasch stand er erneut auf und lief in den hinteren Teil des Studios, wo es einen Zugang zu den Umkleidekabinen und Büros gab. Er klopfte an Buchholz' Bürotür, während der gerade telefonierte. Trotzdem wurde er aufgefordert, einzutreten.

»Tom, ich muss dich abwürgen. Sorry. Hier wartet Arbeit. Schau dir die Show an. Das wird ein Knaller.«

Der Gesprächspartner schien etwas zu erwidern, Buchholz nickte und trommelte dabei ungeduldig auf den Schreibtisch.

»Du dramatisierst. So gefährlich ist das nicht«, sagte der Redakteur.

Stefan wurde hellhörig. Hatte das Telefonat einen Bezug zur Sendung?

»Wir reden morgen, okay? Ich muss wirklich arbeiten. Bis dann.«

Buchholz beendete das Gespräch und seufzte. »Mein Bruder. Er ist der Meinung, unser Vater würde seine Gesundheit leichtfertig riskieren, wenn er einen Tandemfallschirmsprung macht. Der alte Herr arbeitet derzeit seine persönliche Bucket-Liste ab. Sie verstehen? Dinge, die er …«

»… vor dem Tod unbedingt noch erledigen möchte«, unterbrach ihn Stefan. »Erinnern Sie sich, dass wir über die an der Talkshow beteiligten Personen gesprochen haben?«

»So vergesslich bin ich glücklicherweise nicht.«

»Warum haben Sie die Servicekräfte nicht erwähnt, die momentan Getränkewünsche entgegennehmen?«

»Was?«

»Fünf Mitarbeiter, alle in schwarzer Hose …«

»Ich weiß, was Servicemitarbeiter sind. An die habe ich nicht gedacht, 'tschuldigung.«

»Gehören die zum Sender?«

»Natürlich nicht. Für den Getränkeausschank ist eine Cateringfirma zuständig, die uns seit Jahren unterstützt.«

»Immer mit den gleichen Leuten?«

»Nein, die wechseln regelmäßig.«

»Scheiße!«, fluchte Stefan. »Ich brauche einen Kontakt zu der Firma.«

»Jetzt?«, wunderte sich Buchholz.

»Morgen wohl eher nicht«, antwortete der Leibwächter gereizt.

»Wie soll ich das organisieren?«

»Sie werden doch einen Ansprechpartner haben für den Fall, dass beim Catering etwas schiefgeht.«

Der Redakteur wandte sich stöhnend dem PC zu. Ein paar Mausklicks später hatte er offenbar die Nummer eines Verantwortlichen gefunden.

»Und nun?«, wollte er wissen.

»Rufen Sie ihn an. Erkundigen Sie sich, welche Mitarbeiter er heute eingesetzt hat. Wie lange die bereits dabei sind.«

»Drei Männer, zwei Frauen«, erklärte Buchholz nach dem Telefonat.

»Das habe ich schon selbst festgestellt.«

»Die erfahrenste Aushilfe ist seit sechs Monaten dabei, die unerfahrenste seit drei Wochen.«

»Das ist nicht Ihr Ernst!«, entfuhr es Stefan. »Wie können Sie die an Ihre Gäste lassen?«

»Mein Gott, die verteilen Getränke. Dazu braucht man keine langjährige Ausbildung.«

»Wäre es nicht peinlich, wenn einem Ihrer Talkshowstars ein Pils übers Jackett geschüttet wird?«

»Hören Sie, wir entlohnen den Caterer nicht wirklich gut. Wird schließlich alles von den Gebührengeldern finanziert. Folglich zahlt er auch maximal den Mindestlohn.«

»Maximal? Das ist eine gesetzliche Vorgabe.«

Buchholz schmunzelte spöttisch. »Sie Träumer! Wie auch immer, wer wenig zahlt, hat eine entsprechende Fluktuation. Das werden wahrscheinlich alles Studenten sein. Die kommen und gehen.«

»Wir müssen Sie nach Waffen abtasten.«

»Die Show beginnt gleich, und momentan kümmern die sich alle um die Getränke.«

»Mir egal.«

»Ich fasse es nicht! Sie sind ja paranoid.«

***

Begleitet von drei männlichen Vereinskameraden schlenderte Eva nach dem Ende der Vorbereitungen zu ihrem Auto.

»Mach dir heiße Milch mit Honig«, schlug Ralf vor. »Hilft bei mir immer.«

»Hab ich schon mal meine Laktose-Intoleranz erwähnt?«

»Wirklich? Du Arme!«

Eva zuckte mit den Achseln. In ihren Augen gab es Schlimmeres, zumal sie ohne Probleme Käse, Joghurt, Sahne und Eis essen konnte – vorausgesetzt, sie übertrieb es nicht. »Ach, ich geh einfach direkt in die Federn.«

»Gute Besserung«, wünschten ihr die Männer.

»Danke.«

Sie stieg in ihr Auto. Bevor sie den Motor startete, überprüfte sie ihr Handy nach eingegangenen Nachrichten. Während des Aufbaus hatte es mehrfach vibriert, doch sie hatte sich nicht die Zeit genommen, die Arbeit deswegen zu unterbrechen.

Die Nachrichten waren allesamt von Stefan. Lächelnd überflog sie sie. Als sie die letzte las, geriet ihr Entschluss, sofort ins Bett zu fallen, ins Wanken.

*Die Sendung beginnt jetzt gleich. Ich sitze in der ersten Zuschauerreihe. Wenn die Kamera Scherer oder Engelhart einfängt, dürftest du mich sehen. Ich liebe dich, Süße. Bis später.*

Glücklicherweise hatte sie daran gedacht, den Festplattenrekorder zu programmieren. Auf der fünfundzwanzigminütigen Fahrt nach Hause fiel es ihr immer schwerer, sich wachzuhalten. Als sie schließlich vor ihrem Tor anhielt, blieb sie noch einen Moment sitzen und schloss kurz die Augen.

»Oh, bin ich fertig.«

Um nicht im Auto einzuschlafen, öffnete sie die Tür und ließ ein wenig frische Luft herein.

»Wie soll ich das morgen bloß durchstehen?«

Eva erinnerte sich an ein Turnier vor einigen Jahren, bei dem es ihr ähnlich schlecht gegangen war. Sie hatte ein für ihre Verhältnisse absolut unterdurchschnittliches Ergebnis erzielt und dadurch die Qualifikation zur Landesmeisterschaft verpasst. Glücklicherweise ging es morgen nur darum, anzutreten und mindestens einen Schuss abzugeben. Sollte sie sich zu schwach fühlen, würde sie den Wettkampf einfach mittendrin abbrechen.

Sie raffte sich auf, löste den Gurt und kletterte schwerfällig aus dem Wagen. Nachdem sie das Tor aufgesperrt und zur Seite geschoben hatte, wandte sie sich um.

Und erschrak.

Eine maskierte Gestalt kam auf sie zugerannt. Im ersten Moment glaubte Eva, ihre Sinne würden ihr einen Streich spielen. Doch der Maskierte war echt. Er packte sie, drehte sie einmal um die eigene Achse und hielt ihr den Mund zu. Sie versuchte zu schreien. Gleichzeitig wollte sie sich aus dem Klammergriff befreien, aber der Gegner war zu stark. Er drückte ihr einen Lappen auf die Nase. Sie inhalierte den künstlich-süßen Geruch, der ihr das Gehirn vernebelte, dann glitt ihr der Schlüsselbund aus der entkräfteten Hand. Ihr letzter bewusster Gedanke galt Stefan.

***

Die Moderatorin Weingaart betrat unter lautem Beifall das Studio. Die Stimme aus dem Off hatte sie angekündigt und um den Applaus gebeten. Unruhig rutschte Stefan auf dem Sessel hin und her. Keiner der Servicemitarbeiter hatte eine Pistole am Körper getragen, doch während er in Buchholz' Büro gewesen war, hatte der Leibwächter den großen Raum mehrere Minuten nicht im Auge gehabt. In dieser Zeit hätte alles Mögliche passieren können.

»Willkommen zu einer großartigen Show, so viel kann ich Ihnen vorab schon einmal versprechen«, lauteten Weingaarts erste Worte. »Wer von Ihnen kennt einen oder mehrere Filme unseres Gastes Hubert Scherer? Schämen Sie sich nicht, aufzuzeigen. Ich werde keinen von Ihnen drannehmen.«

Das Publikum lachte, während ausnahmslos alle Gäste eine Hand hoben. Nur Stefan hielt sich zurück. Er ließ seinen Blick schweifen, entdeckte jedoch niemanden, der sich verdächtig verhielt. Ob Buchholz recht hatte? War er paranoid?

Souverän und charmant stimmte die Moderatorin auf die folgende Sendung ein. Sie bat zuerst Scherer auf die Bühne, dann erinnerte sie an die Geiselnahme, die ein »mutiger Held« beendet habe. Christoph Engelhart wurde aufgefordert, hereinzukommen, und Stefan sah ihm an, wie sehr er das Rampenlicht genoss, während er gleichzeitig an Lampenfieber zu leiden schien. Es hätte nicht viel gefehlt, und er wäre wenige Schritte von Weingaart entfernt gestolpert. Nachdem sein Klient neben Scherer Platz genommen hatte, wurden die Stabhochspringerin Yvonne Oschen und der Buchautor Felix Fröbel angekündigt und hereingebeten. Danach erklärte Weingaart den Ablauf der bevorstehenden neunzig Minuten.

***

»Nun wirst du morgen im Rahmen einer von unserem Sender ausgestrahlten Gala für dein Lebenswerk ausgezeichnet«, sagte Weingaart.

»Ein seltsames Gefühl«, erwiderte Scherer. »Als wenn man mich in Rente schicken wollte. ›Hubert, das hast du gut gemacht, aber jetzt tritt endlich ab.‹«

Das Publikum lachte amüsiert.

»Ganz im Gegenteil«, behauptete die Moderatorin. »Ehrlich gesagt hoffen deine Fans, zu denen ich ja bekanntlich auch gehöre, dass es eher eine Auszeichnung für deine erste Lebenshälfte ist.«

»Ich gebe mir Mühe.«

»Die zweite Hälfte könnte dann im Zeichen einer neuen Entwicklung stehen, nämlich des Videostreamings«, fuhr Weingaart fort.

Während sie den älteren Zuschauern erläuterte, was man darunter verstand, musterte Stefan erneut jeden einzelnen Gast – doch nach wie vor verhielt sich niemand auffällig.

»Gewisse Ereignisse in Köln hätten dieses ambitionierte Vorhaben beinahe zunichtegemacht«, sagte Weingaart nach einer Weile. »Das Eingreifen eines sehr mutigen Mannes hat jedoch das Schlimmste verhindern können.«

»So ist es«, bestätigte Scherer.

Plötzlich applaudierte er und lächelte den links von ihm sitzenden Christoph Engelhart gütig an.

Die Moderatorin folgte dem Beispiel des Schauspielers, und kurz darauf klatschte, von Stefan abgesehen, das ganze Publikum. Weingaart stellte ihn vor, ehe sie die erste Frage an ihn richtete.

»Herr Engelhart, was haben Sie in der Situation gedacht? Ich wäre wahrscheinlich zur Salzsäule erstarrt und hätte bloß gehofft, dass der Albtraum schnellstmöglich vorübergeht.« In ihrer Stimme lag Bewunderung.

»Um ehrlich zu sein: Richtig nachgedacht habe ich in jenen Stunden nicht«, gestand Christoph.

»Eher ein Mann der Tat als des Kopfes«, warf Scherer ein, womit er die Lacher ein weiteres Mal auf seiner Seite hatte.

»Hatten Sie Angst?«, erkundigte sich Weingaart.

»Nicht um mein Leben«, behauptete Stefans Klient.

»Weshalb waren Sie so tapfer?«

»Ich hatte volles Vertrauen in meine Fähigkeiten.«

»In Ihre Kampfsportfähigkeiten?«

»Genau.«

»Wie lange betreiben Sie denn schon Kampfsport?«, fragte die Moderatorin.

Aus dem Augenwinkel registrierte Stefan eine Bewegung. Er wandte den Kopf nach links, wo ein Mann, der in der Nähe der Tür gesessen hatte, aufgesprungen war. In der Hand hielt er einen Teleskopstock, den er blitzschnell auseinanderzog.

»Die Zeit der Rache ist da!«, schrie er, rannte zum Ausgang und schob den Stock durch den Türgriff. Nun war es unmöglich, sie von außen zu öffnen. Stefan sprang ebenfalls auf. Eine der Kellnerinnen verriegelte unterdessen den zweiten Zugang auf die gleiche Weise. Der Leibwächter zog seine Pistole, mit deren Hilfe er die Gegner ausschalten zu können hoffte; vorausgesetzt sie hatten es nicht geschafft, Waffen einzuschmuggeln. Doch zunächst einmal ging es darum, sich schützend vor seinen Auftraggeber zu stellen.

Christoph hatte sich erhoben und schaute ihn an.

»Gehen Sie zu Boden!«, rief Stefan, während er auf ihn zurannte.

Sie waren nur noch zwei Meter voneinander entfernt. Plötzlich machte Engelhart einen Schritt zur Seite, als wollte er ausweichen. Im nächsten Moment packte er Stefans Hand, riss seinen Arm hoch und knallte ihm den Ellenbogen gegen die Schläfe. Stefan taumelte. Ihm wurde schwarz vor Augen, dann spürte er einen Stoß im Nacken. Die Pistole glitt ihm aus den Fingern. Er stürzte auf den Holzboden und schlug schmerzhaft mit dem Kinn auf. Trotzdem versuchte er sofort, sich aufzurappeln. Währenddessen schnappte sich Christoph die Waffe und trat dann gegen Stefans Kopf. Der Bodyguard rollte benommen beiseite. Er registrierte, wie Christoph die Waffe jemandem zuwarf und gleichzeitig an seinen Knöchel griff. Entsetzt sah Stefan, dass dort eine Pistole steckte.

»Was soll das?«, rief Franziska Weingaart mit sich überschlagender Stimme.

Engelhart richtete den Pistolenlauf zunächst jedoch gegen seinen Beschützer.

»Wenn Sie liegen bleiben, passiert Ihnen nichts. Eigentlich mag ich Sie. Haben Sie mich verstanden?«

»Ja«, erwiderte er leise. Widerstand zu leisten, war derzeit unmöglich.

»Fein.«

»Die Live-Übertragung ist beendet«, rief die Frau, die einen der beiden Ausgänge versperrt hatte. Sie starrte auf ein Tablet.

Nun bedrohte Christoph mit der Waffe die Moderatorin.

»Wenn die Live-Übertragung nicht in einer Minute wieder aufgenommen wird, erschieße ich Sie.«

»Was?«, kreischte sie.

»Neunundfünfzig, achtundfünfzig ...« Erbarmungslos zählte der Mann herunter.

»Regie? Habt ihr das gehört? Startet die Scheiß-Übertragung«, bettelte die Moderatorin. »Der meint es ernst. Bitte!«

»Warum machst du das, Christoph?«, fragte Scherer. »Was hast du vor?«

Offensichtlich wollte er beruhigend auf seinen Fan einwirken. Doch Stefan sah, dass der sich davon nicht beeindrucken ließ.

»Es läuft wieder«, rief die junge Frau, als Engelhart bei zweiundzwanzig angelangt war.

»Wunderbar«, sagte der vermeintliche Held. »Oliver, hast du alles im Griff?«

»Verlass dich drauf«, erwiderte der Mann an der Tür. »Sobald jemand eine falsche Bewegung macht, knalle ich ihn ab.«

»Fantastisch!« In aller Seelenruhe drehte Engelhart sich zu Scherer um.

Jetzt stand er mit dem Rücken zu Stefan.

Sollte er es wagen? Andererseits hatte er sich noch nicht vollständig erholt, und Engelhart war ein ernstzunehmender Gegner. Insofern wäre es wohl besser, abzuwarten, was der Kerl vorhatte.

»Hubert Scherer, ich kann leider nicht zulassen, dass du für dein schmutziges Lebenswerk geehrt wirst. Deswegen soll die Welt heute von deinen Sünden erfahren, für die du anschließend zur Rechenschaft gezogen wirst.«

»Wovon reden Sie?«, fragte der Schauspieler.

# 25

Christoph verschaffte sich einen Überblick. Es schien alles perfekt zu laufen. Die Türen waren mit den Teleskopstangen, die Jasmin hereingeschmuggelt hatte, gesichert. Einen Rammbockangriff würden sie natürlich nicht überstehen, doch ein solch unkalkulierbares Risiko würde die Polizei vorläufig nicht eingehen, da war er sich absolut sicher. Zunächst einmal würden sie abwarten.

Er und Oliver hatten Waffen. Nachdem die Hauptkommissarin ihm den Leibwächter empfohlen hatte, hatte die Gruppe lange überlegt, ob sie den Mann zu ihrem Vorteil einsetzen könnte. Dass er eine Pistole tragen durfte, war hilfreich gewesen – auch wenn Christoph mittlerweile daran zweifelte, dass ohne Trapps Drängen überhaupt Einlasskontrollen durchgeführt worden wären.

Jetzt hatten sie zwei Waffen; ausreichend um Hubert Scherer wie geplant zu exekutieren und sich gegen mögliche Angreifer zur Wehr zu setzen.

Der vermeintliche Held nahm Trapp in Augenschein. Er wirkte noch benommen von dem unerwarteten körperlichen Angriff. Christoph schätzte seine Kampfsportfähigkeiten recht hoch ein. Er würde genügend Abstand zwischen sich und den professionellen Personenschützer bringen müssen.

»Herr Trapp, stehen Sie bitte auf.«

Der Angesprochene folgte der Aufforderung, ohne ein Wort des Widerspruchs von sich zu geben oder eine Erklärung zu verlangen.

Christoph hatte bislang nicht entschieden, was sie mit Trapp machen würden. Sollte die Polizei stürmen, müsste er wahrscheinlich als gefährlichster Gegner innerhalb des Studios sterben; aber wenn alles nach Plan lief, könnte er zu seiner sympathisch wirkenden Lebensgefährtin zurückkehren. Der Mann war lediglich eine Bauernfigur in diesem Spiel. Manchmal wurden Bauern geopfert, manchmal standen sie nach dem Matt weiterhin auf dem Brett.

»Gehen Sie langsam bis zur letzten Zuschauerreihe«, forderte Christoph ihn auf. »Bei der ersten hektischen Bewegung schieße ich Ihnen in den Rücken.«

Der Leibwächter ging wie befohlen los.

»Stopp!«, rief Christoph, als den Mann nur noch zwei Schritte von einer völlig verängstigten Seniorin trennten.

»Junge Frau in der hübschen, fliederfarbenen Bluse«, sprach er sie direkt an.

»Ich?«, fragte sie erschrocken. Offensichtlich rechnete sie mit dem Schlimmsten.

»Keine Sorge, ich tue Ihnen nichts«, versuchte Christoph die Rentnerin zu beruhigen. »Sind Sie ein Fan von Herrn Scherer?«

»Ja.« Ihre Stimme war kaum hörbar.

»Nachher bestimmt nicht mehr, trotzdem habe ich vorläufig eine erfreuliche Nachricht für Sie. Sie dürfen sich auf den Platz setzen, auf dem ich eben gesessen habe. Ihr Platz wird anderweitig benötigt.«

Umständlich erhob sie sich; anscheinend fiel es ihr schwer, auf die Beine zu kommen.

»Darf ich ihr helfen?«, erkundigte sich Trapp.

»Der gutherzige Samariter. Keine Sorge, das schafft sie allein.«

Tatsächlich behielt Christoph recht.

»Kommen Sie jetzt nach vorn; allerdings muss ich Sie bitten, Abstand zu mir zu halten.«

Die Seniorin folgte der Aufforderung. Christoph wartete, bis sie die Bühne erreicht hatte.

»Trapp, setzen!«, befahl er dann.

»Was soll das alles?«, fragte Weingaart, die ihre Sprache wiedergefunden zu haben schien.

»Das erkläre ich gleich«, versprach er. »Läuft die Übertragung?«, wandte er sich an seine Mitverschwörerin.

»Ja. Ganz Deutschland sieht zu.«

»Wunderbar!«

Endlich war es so weit. Die Zeit der Abrechnung war gekommen. Christoph dachte an die verschiedenen Überlegungen, die sie angestellt und verworfen hatten. Ursprünglich war geplant gewesen, Scherer bei der Geiselnahme im Café zu exekutieren. Die Gruppe hatte Jasmin als Praktikantin ins Büro von Scherers Agentin geschmuggelt, um ein trojanisches Pferd auf dem Rechner zu installieren. So hatten sie jederzeit Zugriff auf von der Strebes Termine gehabt. Doch wenige Tage vorher waren Christoph Zweifel gekommen. Die Sache war zu unspektakulär. Wenn es ungünstig lief, würde die Welt nie erfahren, warum der Schauspieler gestorben war. Mit einer kleinen Gruppe von Betroffenen, der er absolut vertraute, heckte Engelhart schließlich etwas Größeres aus, wovon man selbst in zwanzig Jahren noch reden würde.

Hasserfüllt musterte er den Prominenten. So zu tun, als wäre er ein großer Fan, war ihm anfangs verdammt schwergefallen. Aber mit jedem Aufeinandertreffen wurde es ein Stück leichter. Anscheinend war er überzeugend gewesen, denn niemand hatte sein Spiel durchschaut. Scherer genauso wenig wie von der Strebe, Trapp oder die Polizei.

»Hubert, du weißt, weshalb wir hier sind, hab ich recht?«

Das Zögern des Schauspielers war verräterisch. Offenbar ahnte er, dass seine Sünden ans Tageslicht kommen würden.

»Ich habe keine Ahnung«, behauptete er allerdings.

»Glaube ich nicht«, erwiderte Christoph.

»Meine Lebenserfahrung lehrt mich, dass Sie sich eh nicht von Ihrer Meinung abbringen lassen«, entgegnete Scherer und wirkte dabei wie ein gütiger Großvater, der sich amüsiert mit der Torheit seines Enkels auseinandersetzt.

»Wann hast du diese Lebenserfahrung gesammelt?« wollte Christoph wissen. »Während du den kleinen Jungs das Arschloch blutig geweitet hast, sodass sie tagelang Schmerzen litten? Von den psychischen Folgen ganz abgesehen. Oder fandest du die jungfräulichen Mösen der fünf- bis zehnjährigen Mädchen inspirierender?«

Im Weltall konnte es unmöglich stiller sein als in diesem Moment in dem Fernsehstudio. Alle warteten mit angehaltenem Atem auf Scherers Antwort.

Der Mann starrte ihn an. Wollte er ihn identifizieren? Das Gesicht eines seiner Opfer darin wiedererkennen?

»Sie spinnen!«, sagte er nach einer Weile.

»Wirklich? Von einem wortgewandten Menschen wie dir hätte ich ein flammenderes Plädoyer für deine angebliche Unschuld erwartet.«

»Sie würden mir eh nicht glauben.«

»Oh, das stimmt. Immerhin hatte ich als Siebenjähriger das zweifelhafte Vergnügen, deinen Schwanz in mir zu spüren. Wieder und wieder. Fünfmal hast du mich vergewaltigt, du mieses Schwein.«

Scherer verzog den Mund, brachte jedoch kein weiteres Wort über die Lippen, sondern blickte zu Boden.

»Jetzt ist es dir also unangenehm«, folgerte Christoph.

»Nein, aber ich kann ja leider nicht verhindern, dass Sie diese Lügen verbreiten.«

»Also schweigst du lieber?«

Der Schauspieler antwortete nicht.

Am liebsten wäre Christoph zu ihm gesprungen, hätte ihm die Mündung an die Schläfe gedrückt und seinem miesen Leben ein jähes Ende bereitet. Doch so weit war es noch nicht. Statt diesem drängenden Impuls nachzugeben, griff er in seine hintere, linke Hosentasche und zog einen gefalteten Zettel heraus.

»Frau Weingaart, darf ich Sie bitten, den Inhalt dieses Papiers vorzulesen?«

»Was ist das?«, fragte die Moderatorin.

»Eine Anklageschrift. Das Volk gegen Hubert Scherer, dem vielfacher schwerer Kindesmissbrauch vorgeworfen wird.«

Engelhart schaute in Richtung des Leibwächters, der ruhig auf seinem Platz saß. Inzwischen schien er sich von dem körperlichen Angriff erholt zu haben und verfolgte gebannt das Schauspiel.

Da von ihm keine Gefahr zu drohen schien, machte Christoph zwei Schritte auf Weingaart zu und hielt ihr den Zettel hin. Die Starmoderatorin erweckte allerdings nicht den Eindruck, als würde sie ihn entgegennehmen wollen.

»Los!«, forderte er.

»Nein!«, widersprach sie. »Sie können nicht in meine Sendung kommen und der Fernsehnation diese ungeheuerlichen Lügen auftischen.«

»Nicht ein Wort davon ist gelogen.«

»Haben Sie Beweise?«

»Reichen die Aussagen der Betroffenen?«, rief Oliver von der Tür. »Mich hat er insgesamt viermal vergewaltigt. Meine Mutter hat als Belohnung sechstausend Mark bekommen.«

»Schwachsinn«, murmelte Scherer.

»Ich bin glimpflicher davongekommen«, erklärte Jasmin. »Mit mir hat ihm eine Nacht gereicht. Aber dafür hat er sich Po und Vagina vorgenommen.«

»Nehmen Sie das Papier!«, verlangte Christoph. »Sonst erschieße ich Frau Oschen.«

Die Stabhochspringerin schrie erschrocken auf. Um das Leben ihres Talkshowgastes nicht zu gefährden, folgte Weingaart der Aufforderung. Sie entfaltete den Zettel und starrte ungläubig darauf.

»Lesen Sie laut vor!«

»Wir, eine Gruppe von vierzehn jungen Männern und Frauen, werfen dem Schauspieler Hubert Scherer folgende Verbrechen vor …«

* * *

Stefan Trapp analysierte die Situation, während die Moderatorin einen Namen nach dem anderen vorlas und anschließend das, was ihnen Hubert Scherer angeblich angetan hatte. Angesichts der Reaktion des Schauspielers hielt Stefan die Vorwürfe für plausibel. Der Mann saß zusammengesackt auf seinem Sessel und wirkte völlig gebrochen. Wären die Anschuldigungen an den Haaren herbeigezogen gewesen, hätte er wahrscheinlich wütender seinen guten Ruf verteidigt.

Doch in diesem Moment interessierte das den Leibwächter nur am Rande. Es ging ihm vor allem darum, lebend das Studio zu verlassen, gemeinsam mit allen anderen unschuldigen Anwesenden. Die von Engelhart angeführte Gruppe hatte sich in eine Sackgasse manövriert. Selbst wenn sie sich an ihrem Peiniger rächen könnte, gäbe es anschließend keine realistische Fluchtoption. Niemals würden sie ungehindert aus dem Fernsehstudio entkommen. Ihre einzige Chance bestand darin, der Polizei Forderungen für die Freilassung der Geiseln zu diktieren. Genau das wollte Stefan verhindern.

Zwar hatte ihm Engelhart die Pistole abgenommen, trotzdem war er nicht unbewaffnet. In einer verborgenen Tasche seines Anzugs befand sich ein Messer, über dessen Existenz er seine Klienten nie informierte. Falls es ihm gelingen sollte, die Stichwaffe gegen eines der Gruppenmitglieder einzusetzen, würde das Blatt neu gemischt werden. Allerdings müsste er an eine der Schusswaffen gelangen. Stellte sich also die Frage, wen er angreifen sollte: den Mann an der Tür oder Christoph Engelhart. Denn nur die beiden waren bewaffnet.

***

»Das war der letzte Name«, sagte Weingaart betroffen.

»Ich weiß«, bestätigte Christoph. »Ich kenne die Liste auswendig. Läuft die Übertragung noch, Jasmin?«

»Sie scheinen die Forderung zu erfüllen. Es gibt sogar schon Tweets.«

Christoph lachte ungläubig. »Verrückte Welt!« Er fuhr sich mit der freien Hand durch die Haare. »Bitte die Kameras auf mich«, forderte er. »Ich erkläre nun den weiteren Ablauf.« Er wartete ein paar Sekunden. »Hubert Scherer wird im Laufe dieser Live-Show exekutiert. Daran führt kein Weg vorbei. Er trägt zu große Schuld. Doch vorab darf er die Öffentlichkeit um Verzeihung anflehen. Oder sich sonst wie äußern. Am Ende stirbt er. Sollte die Übertragung fortgesetzt werden, lassen wir die anderen Anwesenden in Ruhe. Sollte sie jedoch unterbrochen werden, töten wir so lange Unschuldige, bis die Live-Bilder wieder zu sehen sind. Habe ich mich verständlich genug ausgedrückt?«

# 26

»Ich habe nichts von alldem getan«, behauptete Hubert Scherer. »Das ist absurd!«

Für einen winzigen Moment schaute er Christoph in die Augen, dann senkte er den Blick rasch wieder.

Am liebsten hätte Christoph vor Wut direkt abgedrückt. Doch er wollte Scherer zu einem öffentlichen Geständnis zwingen – sonst würden nachher noch Zweifel am Wahrheitsgehalt der Enthüllung laut.

»Wie kannst du es wagen?«, zischte er. »Drei deiner Opfer sind hier, und du streitest es noch immer ab?«

»Es gibt keine Opfer!«, widersprach der Schauspieler. »Sie fantasieren!«

Der Zorn explodierte in Christoph wie ein Feuerwerkskörper. Er trat rasch vor, holte mit der rechten Hand aus, in der er die Pistole hielt, und versetzte dem Vergewaltiger eine Ohrfeige. Der schrie schmerzerfüllt auf, als seine Lippe aufplatzte und Blut hervorquoll.

»Hören Sie auf damit!«, kreischte Weingaart.

»Schnauze!«

Christoph atmete schwer. Diesem Ungeheuer endlich wehgetan zu haben, befriedigte ihn ungemein und weckte gleichzeitig den Wunsch nach mehr.

Doch er riss sich am Riemen. Nur im äußersten Notfall wollte er Scherer ohne ein vorheriges Geständnis exekutieren.

»Alles in Ordnung?«, rief Oliver.

»Kein Problem bei mir. Ich habe alles unter Kontrolle«,

entgegnete er und ging vorsichtshalber zwei Schritte zurück.

»Könnte es sich nicht um einen schrecklichen Irrtum handeln?«, fragte die Moderatorin leise.

Engelhart wandte sich ihr zu. »Einen Irrtum?«, wiederholte er.

»Sie waren damals ein Kind.« Weingaart schaute ihn an. »Könnte Ihnen das ein Mann angetan haben, der sich für Scherer ausgegeben hat? Eine Art Doppelgänger?«

»Ausgeschlossen!«

»Wieso sind Sie so sicher?«

»Weshalb verteidigen Sie ihn?«

»Ich versuche die Wahrheit herauszufinden. Das hat nichts mit einer Verteidigungsrede zu tun.«

»Lächerlich! Es passt wahrscheinlich bloß nicht in Ihr Weltbild, dass Hubert Scherer ein Kinderficker ist.«

»Sie können mich so oft schlagen, wie Sie wollen, ich habe nichts von dem verbrochen, was Sie mir vorwerfen!«, protestierte der Prominente mit weinerlicher Stimme.

»Halt's Maul!«, brüllte Christoph, der Scherers Plan durchschaute. Er wollte Zweifel säen, um zumindest seinen Ruf zu retten, falls er schon nicht mit dem Leben davonkäme. Dafür setzte er sein schauspielerisches Können ein.

»Schenk dir deine falschen Tränen«, warnte ihn Christoph. »Es gibt Beweise!«

»Welche Beweise?«, erkundigte sich Weingaart.

»Erinnern Sie sich wirklich nicht mehr daran?«

»Erzählen Sie es uns!«, forderte die Moderatorin.

»Anfang September 2001 kamen Gerüchte auf. Zwei junge Erwachsene behaupteten, Hubert Scherer hätte sich an ihnen vergangen. Die Geschichte nahm langsam Fahrt auf, bis plötzlich der elfte September alles veränderte. Scherer nutzte die Gunst der Stunde. In aller Stille drohte er den beiden mit einer Verleumdungsklage. Leider verließ sie der Mut, und sie erhoben die Vorwürfe anschließend nie wieder. Ich habe übrigens nicht herausfinden können, ob er ihnen zusätzlich Schweigegeld gezahlt oder ob die Klageandrohung ausgereicht hat. Ich vermute jedoch, dass auch Geld geflossen ist.«

»Das ist alles, was Sie haben. Vermutungen!«, warf ihm Scherer arrogant vor. »Nichts davon entspricht den Tatsachen.«

»Wie erklärst du denn den Text dieses Serienbloggers, der erst neulich erschienen ist?«

Der Schauspieler zögerte mit einer Antwort. »Keine Ahnung, was Sie meinen. Ich vergeude meine Zeit nicht mit der Lektüre sinnloser Blogs.«

»Also habt ihr den Artikel gelesen, du und deine Agentin«, interpretierte Christoph die Reaktion.

»Sie glauben ja eh, was Sie wollen!«

»Herr Engelhart, ich habe gerade eine Meldung aus der Regie erhalten«, sprach ihn Franziska Weingaart an.

»Ist die Polizei endlich da?«, erkundigte er sich.

»Genau. Die würden gern mit Ihnen reden. Ich könnte Ihnen meinen Empfänger überlassen.« Die Moderatorin deutete auf ihr Ohr, in dem ein kleiner Apparat steckte.

»Meinetwegen.«

***

Stefan beobachtete aufmerksam jede Bewegung Engelharts, der immer noch derjenige unter den Angreifern war, den er am schnellsten erreichen könnte. Die beiden an den Türen positionierten Mitverschwörer standen weiter weg.

Doch wie sollte er vorgehen? Sobald er losstürmte, wäre sein vermeintlicher Klient gewarnt und könnte auf ihn schießen. Insofern kam ein Angriff nur infrage, wenn Engelhart abgelenkt war.

Während er über Möglichkeiten nachdachte, die ihm in die Karten spielen könnten, teilte die Moderatorin Engelhart gerade mit, dass ihn die Polizei sprechen wollte. Überraschenderweise ließ der Mann sich von Weingaart den Sender reichen, der bislang in ihrem Ohr gesteckt hatte. War das die Situation, auf die Stefan gewartet hatte?

Plötzlich bemerkte er etwas anderes. Die junge Leichtathletin verhielt sich seltsam. Sie rutschte unruhig auf ihrem Sessel hin und her. Allerdings saß sie in Christophs Rücken, sodass er das eventuell nicht mitbekam.

Plante sie eine Attacke, um den Anführer der Geiselnehmer zu überwältigen?

Stefan spannte seinen ganzen Körper an, um jederzeit aufspringen zu können.

* * *

»Was wollen Sie von mir?«, fragte Christoph den Verhandlungsführer der Polizei, der sich als Polizeirat Rolfes vorgestellt hatte.

»Ihnen die Ausweglosigkeit Ihrer Situation verdeutlichen«, erklang die autoritär wirkende Stimme in seinem Ohr.

Christoph wurde bewusst, dass bloß er den Bullen hören konnte. Seine eigenen Erwiderungen hingegen würde jeder mitbekommen, inklusive der Fernsehzuschauer.

Er drehte sich um und schaute zu Jasmin. Die nickte, was er als Zeichen verstand, dass die Live-Übertragung nicht unterbrochen worden war. Also positionierte er sich wieder so, dass er Scherer ins Gesicht sehen konnte.

»So ausweglos finde ich unsere Situation gar nicht«, entgegnete er dem Verhandlungsführer.

»Das Gebäude ist umstellt. Eine Flucht ist ausgeschlossen.«

»Mal schauen, wie Sie darüber denken, wenn wir ein Fluchtfahrzeug fordern und im Falle einer Ablehnung beginnen, die Geiseln zu erschießen. Anfangen würden wir natürlich mit den Prominenten.«

»Sie haben zwei Waffen«, meinte Rolfes. »Maximal zwanzig Schuss. Wie weit kommen Sie wohl damit?«

»Eine der Waffen hatte ich an meinem Knöchel. Vielleicht habe ich auf die gleiche Weise Ersatzmunition eingeschmuggelt.«

»Die Gefahr schätze ich als gering ein«, sagte Rolfes. »Wenn Sie allerdings aufgeben, würde das vor Gericht strafmildernd wirken. Vorausgesetzt, niemand wird verletzt oder getötet.«

»Aufgeben ist keine Option. Aber Sie können etwas für mich tun.«

»Es besteht kein Anlass, auf Forderungen von Ihnen einzugehen.«

»Das war eine freundlich formulierte Bitte«, widersprach Christoph. »Recherchieren Sie im Internet, ob Sie noch Artikel vom September 2001 auftreiben können, die meine Vorwürfe gegen Scherer untermauern.«

»Warum sollte ich das tun? Oder anders ausgedrückt: Was bieten Sie mir als Gegenleistung?«

»Im Austausch bekämen Sie zwei der unbeteiligten Zuschauer«, schlug Christoph vor.

»Das ist mir zu wenig.«

Ungeduldig schüttelte Christoph den Kopf. »Ihr Pech! Mir gefällt Ihr Ton übrigens überhaupt nicht! Haben Sie auf der Polizeiakademie nichts gelernt? Bestimmt gibt es eine goldene Regel, die lautet, dass man einen bewaffneten Geiselnehmer nicht reizen sollte.« Er machte einen Schritt in Richtung Weingaart. »Wie würde es Ihren Vorgesetzten gefallen, wenn nachher die kalte Leiche des hübschen TV-Sternchens aus dem Studio gezogen werden muss, nur weil Sie unverschämt waren?«

»Bitte nicht«, jammerte die Moderatorin und hob abwehrend die Hände.

»Sollten Sie auch nur einer einzigen Geisel etwas antun, lasse ich stürmen«, warnte Rolfes.

Offenbar hatte der Polizist beschlossen, sich in keiner Weise nachgiebig zu zeigen.

»Dann klebt das Blut von mindestens fünfzehn Personen an Ihren Händen. Bei den ersten Anzeichen einer Erstürmung erschießen wir die Geiseln. Wir werden uns kein Feuergefecht mit Ihren Kollegen liefern, sondern ausschließlich die ungeschützten Gäste der Sendung ins Visier nehmen.«

Die Zuschauer zuckten entsetzt zusammen, einige griffen sich an die Brust, andere rissen die Arme hoch und schrien auf.

»Hören Sie das?«, fragte Christoph. »Sie ängstigen die Menschen. Dabei habe ich lediglich einen simplen Wunsch geäußert.«

»September 2001?«, vergewisserte sich Rolfes nach ein paar Sekunden Bedenkzeit.

»Genau.«

»Geben Sie mir vier Geiseln im Austausch, und wir sind im Geschäft.«

Nun vermittelte Christoph den Eindruck, nachdenken zu müssen.

»Einverstanden«, murmelte er schließlich. »Ich lasse vier Zuschauer laufen, sobald Sie meine Behauptung bestätigt haben.«

»Ich melde mich schnellstmöglich.«

Christoph zog den Empfänger aus dem Ohr und warf ihn

Weingaart zu. »Sagen Sie Bescheid, wenn er mir etwas mitzuteilen hat.«

Die Moderatorin reagierte zu spät, das Gerät landete jedoch unbeschadet in ihrem Schoß. Mit zittrigen Fingern drehte sie den kleinen Stöpsel in ihre Ohrmuschel.

»Was haben Sie jetzt vor?«, wollte sie wissen.

»Wir warten«, erklärte Christoph. »Die Polizei wird in wenigen Minuten meine Angaben bestätigen. Alle Internetquellen kann selbst ein Mann wie Hubert Scherer nicht löschen.«

Die selbstgefällige Miene des Schauspielers sagte Christoph allerdings, dass die Polizei scheitern würde. Natürlich waren die Artikel aus jener Zeit nicht mehr auffindbar. Doch er hatte die Bullen auch nur um die Recherche gebeten, um einen letzten Aufschub zu erhalten. Sie sollten nicht ins Studio platzen, solange dieser Abschaum noch lebte.

In Christophs Vorstellung hatte Scherer bei der Exekution vor ihm gekniet. Darauf würde er leider verzichten müssen, denn die Live-Übertragung durfte nicht vor der Hinrichtung enden. Also musste sie unerwartet erfolgen.

Christoph atmete tief durch. Gerade als er auf den Schauspieler zugehen wollte, bemerkte er eine Bewegung in seinem Rücken.

Fast im selben Moment schrie Oliver warnend auf.

# 27

»Es muss einer von diesen dreien sein«, sagte Andrea Traunstein und kreiste die Namen ein.

Sie hatte sich im Büro mit ihrem absolut zuverlässigen Kollegen Ole getroffen, für den sie ohne zu zögern jeden Eid geschworen hätte. Ole war Hauptkommissar im Raubdezernat, doch er hatte ihr angeboten, die heikle Suche nach der undichten Stelle gemeinsam mit ihr durchzuführen. Irgendjemand im Präsidium musste ihr das Programm aufs Handy geschmuggelt haben, mit dem ihre Telefonate mitgehört werden konnten.

»Wie kommst du darauf?«, fragte Ole.

Sie vertraute ihm, da sie am selben Tag die Ausbildung begonnen hatten und er ihr stets loyal zur Seite stand.

»Es muss eine Person sein, die Zugriff auf alle Ermittlungsunterlagen hat«, erklärte sie. »Deswegen fallen die Polizisten, die ich nur zwischendurch für Aufgaben wie etwa Überwachungen eingesetzt habe, definitiv aus. Außerdem muss er sich in mein Büro geschlichen haben. Das heißt, er darf in diesem Flügel nicht auffallen. Ich hätte ihn überraschen können, und dann hätte er einen plausiblen Grund für seine Anwesenheit nennen müssen.«

»Bevor wir uns vergaloppieren: Bist du sicher, dass du keinen potenziellen Kandidaten übersehen hast?«

Traunstein lächelte amüsiert.

»Was ist?«, erkundigte er sich irritiert.

»So war das mit uns beiden schon immer«, erinnerte sie sich. »Sogar in der Ausbildung. Ich hatte meist meine Entscheidung getroffen, während du noch um zehn Ecken gedacht hast.«

Nun erwiderte er ihr Lächeln. »Tja, im Regelfall habe ich mit meinen Bedenken recht gehabt.«

»*Das* habe ich anders in Erinnerung.«

Trotzdem ging sie die Namensliste erneut durch. Gerade als sie überlegte, ob zusätzlich eine Beamtin zu den Verdächtigen gehörte, klingelte ihre Büroleitung.

»Mein Vater«, sagte sie überrascht.

Ungewöhnlich, dass er sich meldete, schließlich wusste er, womit sie derzeit beschäftigt war. Immerhin hatte er sie auf die Möglichkeit eines Verräters in den eigenen Reihen hingewiesen.

»Hallo, Paps«, begrüßte sie ihn.

»Bestell ihm schöne Grüße«, flüsterte Ole.

»Hast du von den Ereignissen in Hamburg gehört?«, erkundigte sich ihr Vater aufgeregt.

»Welche Ereignisse?«

»Bei der Talkshow, in der Scherer und sein vermeintlicher Retter Christoph Engelhart sitzen.«

»Vermeintlich?«, hakte sie verständnislos nach.

»Er droht damit, Scherer hinzurichten. Weil der ihn angeblich als Kind missbraucht hat.«

»Was?«

»Du müsstest das Ganze per Livestream verfolgen können.«

»Sie übertragen das im Internet?«

»Und im Fernsehen. Gezwungenermaßen. Die Täter drohen andernfalls mit der Erschießung von Geiseln.«

»Scheiße! Ich guck's mir an. Danke.«

Ole warf ihr einen fragenden Blick zu. Während sie den Browser startete, gab sie den Inhalt des Telefonats knapp wieder.

Fassungslos verfolgten sie das Geschehen am PC-Monitor. Die Vorwürfe gegen Scherer waren schwerwiegend, falls sie zutrafen.

»Du weißt, was das bedeutet, oder?«, fragte Traunstein besorgt.

»Ja«, erwiderte Ole nachdenklich. »Das Ganze scheint zu eskalieren. Wenn wir noch irgendwie Einfluss nehmen wollen, sollten wir die undichte Stelle möglichst schnell entdecken. Falls sie zu den heutigen Ereignissen beigetragen hat.«

Intensiv suchte die Kommissarin nach entlarvenden Hinweisen, während im Hintergrund der Stream lief, der sie immer wieder minutenlang fesselte.

Plötzlich ertönte in dem Fernsehstudio ein Schrei. Alarmiert blickte Traunstein von den Akten hoch. In Engelharts Rücken hatte sich eine junge Frau erhoben – offensichtlich ein prominenter Gast der Show –, um den Mann anzugreifen. Der wurde jedoch von seinem Komplizen gewarnt und drehte sich um. Er richtete seine Waffe auf die entschlossen wirkende Frau. Ehe ein Schuss ertönte, hatte sie ihn allerdings erreicht.

Die Übertragung brach abrupt ab.

***

Stefan Trapp merkte am Verhalten der Leichtathletin, dass sie etwas im Schilde führte. Sie wirkte unruhig, ihr Blick huschte zwischen Engelhart und dem Mann an der Tür hin und her.

Sie sprang auf, als ihr Engelhart den Rücken zuwandte. Blitzschnell folgte Stefan ihrem Beispiel. Gleichzeitig warnte ein Schrei den vermeintlichen Helden. Stefan trennten noch acht Schritte von der Bühne, als Engelhart sich umdrehte. Er zielte mit der Pistole auf die Athletin, kam jedoch nicht mehr dazu, abzudrücken. Die Sportlerin schlug Engelhart auf den

Arm, sodass ihm die Waffe entglitt. Trotzdem erklang ein lauter Knall. Viele der Zuschauer schrien verängstigt auf und warfen sich zu Boden. Der erfahrene Leibwächter rannte weiter, obwohl er gehört hatte, dass das Schussgeräusch seitlich von ihm ertönt war. Doch nun war es zu spät, die Taktik zu überdenken.

Engelhart überwältigte die Stabhochspringerin mit einer Schlag-Tritt-Kombination. Ehe er sie endgültig außer Gefecht setzen konnte, realisierte er die Gefahr, die von Stefan ausging. Für einen kurzen Moment trafen sich ihre Blicke, dann bückte sich Engelhart, um die Pistole aufzuheben.

Etwas krachte gegen die Tür, die polternd aufsprang.

»Polizei! Waffe fallen lassen!«

Zwei Schüsse wurden direkt nacheinander abgegeben, gefolgt von einem Schmerzensschrei.

Stefan überbrückte den letzten Meter mit einem Sprung. Engelhart registrierte offensichtlich, dass er die Schusswaffe nicht rechtzeitig in die Hand bekommen würde. Er richtete sich auf und nahm eine Abwehrhaltung ein. Dann riss er die Arme hoch. Stefan prallte gegen ihn, und sie taumelten einige Schritte zurück. Engelhart holte aus und versuchte, dem Personenschützer einen Ellenbogen ins Gesicht zu rammen. Stefan wehrte den Angriff ab und konterte mit einem gezielten Tritt. Er erwischte Engelharts linkes Knie, woraufhin der das Gleichgewicht verlor. Sie stürzten zu Boden.

»Polizei!«, ertönte es erneut. »Geben Sie auf!«

Stefan hoffte, dass das Einsatzkommando die Situation richtig einschätzte und ihn nicht als potenzielle Gefahrenquelle wahrnahm.

Hart schlug der Kampfsportler auf, schaffte es aber, sich im Sturz leicht seitlich zu drehen und Stefan von sich zu stoßen.

Der rutschte nach hinten und wurde von einem Paar massiver Holzbeine schmerzhaft gestoppt. Unterdessen musste er hilflos mit ansehen, wie Engelhart zur Waffe robbte und sie schließlich zu fassen bekam.

»Keine Bewegung, oder ich schieße!«, erklang eine unmissverständliche Warnung.

Völlig unbeeindruckt hob Engelhart die Pistole und zielte auf Scherer.

Doch ehe er feuern konnte, machte der Polizist seine Drohung wahr. Ein einzelner Schuss, und Engelhart sackte getroffen zusammen.

Ein weiterer Polizist hatte mittlerweile die Bühne erreicht und hielt mit dem Gewehr Stefan in Schach.

»Nicht bewegen!«, warnte er ihn.

»Ich bin der Leibwächter von Hubert Scherer«, sagte Stefan, um die Situation zu entschärfen.

»Das stimmt«, krächzte der Schauspieler, der verängstigt neben seinem Stuhl kauerte.

»Warum haben Sie den Kinderficker geschützt?«, kreischte eine hysterische Stimme.

Trotz seiner ungünstigen Position erkannte Stefan die Kellnerin, die zu Engelhart gehört hatte. Sie war von einem Polizisten festgenommen worden.

»Das Schwein hat den Tod verdient.«

»Nichts davon ist wahr!« Mühsam rappelte sich Scherer hoch und stützte sich an der Armlehne ab. »Nichts davon ist wahr!«, wiederholte er und schien einen Teil seiner Selbstsicherheit wiedergewonnen zu haben.

»Alles ist wahr!«, rief die junge Frau, während der Beamte sie aus dem Raum zerrte.

»Schwachsinn!«, brüllte der Prominente. Hilfesuchend schaute er sich um. »Franziska!«, wandte er sich schließlich an die Moderatorin. »Du weißt, dass das gelogen ist, oder?«

Stefan erhaschte den Blick der Fernsehfrau, in dem Kälte lag.

»Woher soll ich das wissen?«, fragte sie zurück.

»Das sind Spinner!«, ließ Scherer nicht locker. »Die wollen nur meinen Namen ruinieren.«

Weingaart deutete auf den offenbar toten Engelhart. »Riskiert man für eine Lüge sein Leben?«

»Wie lange kennen wir uns schon?«

»Ich fürchte, ich kenne dich gar nicht«, antwortete sie und wandte sich ab.

Fassungslos sah ihr Scherer hinterher.

***

»Eine der beiden Waffen ist ja nun eindeutig Ihre, das können Sie nicht bestreiten«, sagte Kriminalkommissar Jessen, der Stefan in einem der als Umkleide genutzten Räume verhörte.

»Schauen Sie sich die Fernsehbilder an«, sagte der genervt. »Er hat mich überwältigt und mir die Pistole entrissen.«

»Einem ausgebildeten Personenschützer?«, entgegnete Jessen skeptisch.

»Stolz bin ich darauf nicht«, bekannte Stefan. »Aber bevor wir weitersprechen, möchte ich einen Anruf tätigen.«

»Wir sind hier nicht in Hollywood. Sie dürfen einen Anwalt kontaktieren, sobald Sie mir Rede und Antwort gestanden haben. Momentan befrage ich Sie als Zeugen, nicht als Verdächtigen.«

»Ich will bloß meine Lebensgefährtin anrufen. Sie wird das Ganze im Fernsehen gesehen haben und sich Sorgen machen. Bitte.«

Der Kommissar blickte ihn eindringlich an. Weil Stefan den

Augenkontakt erwiderte, seufzte der etwa fünfzigjährige Mann und zog sein Handy aus der Hosentasche.

»Sie nutzen dieses Telefon, und ich werde die ganze Zeit anwesend sein.«

»Danke.«

Stefan wählte die Festnetznummer.

»Schalten Sie auf Lautsprecher!«, forderte Jessen.

»Kein Problem.«

Aus dem Gerät drang das Freizeichen. Nach einigen Sekunden sprang der Anrufbeantworter an.

»Dies ist der Anschluss von Eva Haller und Stefan Trapp. Leider sind wir derzeit nicht erreichbar. Hinterlassen Sie eine Nachricht, und wir rufen zurück.«

»Hallo, Eva«, begann Stefan nach dem Signalton. »Ich wollte dir nur kurz Bescheid geben, dass es mir gut geht. Wahrscheinlich liegst du schon im Bett und erholst dich. Ich melde mich später noch mal.«

Nachdenklich unterbrach er die Verbindung. War ihre Erkältung inzwischen so stark, dass sie die Sendung nicht hatte verfolgen können?

»Darf ich es auf dem Handy probieren?«, bat er.

Der Polizist verdrehte die Augen, nickte jedoch. Rasch baute Stefan die Verbindung auf. Doch auch an Evas Mobilfunkanschluss erreichte er lediglich die Mailbox.

»Ich weiß nicht, ob du die Talkshow verfolgt hast oder bereits schläfst. Mir geht's gut.«

Er reichte dem Polizisten das Smartphone. »Seltsam.«

»Wieso?«

»Normalerweise hätte sich meine Partnerin die Sendung angesehen.«

»Wovon soll sie sich denn erholen?«

»Als ich heute Vormittag in Köln losgefahren bin, war sie erkältet. Trotzdem wundert es mich, dass ihr Handy geklingelt hat. Sie schaltet es immer aus, wenn sie sich schlafen legt. Das ist ungewöhnlich.«

»Wird wohl nichts zu bedeuten haben. Ich würde gern zu meinen Fragen zurückkehren. Wie konnte Engelhart Sie so leicht überwältigen? Ich will ehrlich zu Ihnen sein: Das macht mich skeptisch.«

»Sie glauben nicht ernsthaft, wir hätten zusammengearbeitet?«

Jessen zog vielsagend die Augenbrauen hoch.

»Ich habe versucht, ihn niederzuringen, während Ihre Männer das Studio gestürmt haben. Das kann Ihnen nicht entgangen sein.«

»Engelharts Vorgehen in dem Kölner Café hat sich ja mittlerweile auch als falsches Spiel erwiesen.«

»Und deswegen bin ich verdächtig?«

»Wieso haben Sie sich überwältigen lassen?«

»Sein Angriff hat mich völlig überrumpelt.«

»Gab es keinerlei Anzeichen, dass er etwas geplant hat?«

»Nichts, was mir aufgefallen wäre. Vielleicht sollten Sie Hauptkommissarin Traunstein in Köln kontaktieren. Die hat den Mann überhaupt erst mit mir bekanntgemacht. Womöglich steckt sie ja ebenfalls mit ihm unter einer Decke.« Genervt schüttelte Stefan den Kopf.

# 28

Nach einer intensiven Befragung hatte Kommissar Jessen Stefan in ein einsames Büro des Senders gesteckt, damit er ihn später erneut vernehmen konnte. Immerhin hatte er ihm die Erlaubnis erteilt, das Handy zu benutzen. Also hatte Stefan zwei weitere Male erfolglos versucht, Eva zu erreichen.

Aufgewühlt tigerte er durch den Raum. Warnte ihn sein Instinkt, dass Eva etwas zugestoßen war, oder trieb ihn lediglich seine Fürsorge an? Ein Gedanke erschien ihm jedoch nicht völlig abwegig: Engelhart und seine Gruppe hatten ihn für seine Pläne eingespannt. War es da ausgeschlossen, dass sie Eva ebenfalls einbezogen hatten?

Schließlich scrollte er in den Telefonkontakten bis zu Hauptkommissarin Traunsteins Handynummer. Vermutlich schlief sie bereits – immerhin ging es auf Mitternacht zu –, trotzdem wollte er versuchen, sie zu kontaktieren.

Zu seiner großen Überraschung meldete sie sich schon nach wenigen Sekunden.

»Herr Trapp. Sind Sie es? Haben Sie die Schießerei heil überstanden?«, fragte sie aufgeregt.

»Ja, habe ich.«

»Ich rufe Sie zurück.«

»Wann?«, entfuhr es ihm überrumpelt.

»In fünf oder zehn Minuten.« Ohne ein weiteres Wort beendete sie die Verbindung.

Es dauerte bloß Sekunden, bis sein Handy klingelte und eine andere Mobilfunknummer übertrug.

»Trapp!«

»Traunstein. Jetzt können wir reden.«

»Ich verstehe nicht«, sagte Stefan.

»Nicht so wichtig. Was ist mit den Geiselnehmern? Ich habe versucht, Kontakt zur dortigen Polizei aufzunehmen – die blocken das bisher aber dummerweise ab.«

Trapp erzählte ihr ausführlich, was vorgefallen war. Dabei lenkte er nach und nach das Gespräch in die von ihm gewünschte Richtung, indem er einfließen ließ, dass Engelhart ihn bewusst in das falsche Spiel hineingezogen hatte.

»Scheiße!«, fluchte Traunstein. »Und ich habe ihm Ihren Namen genannt. Das tut mir leid.«

»Konnte ja keiner ahnen. Aber ich sehe möglicherweise ein weiteres Problem.«

»Welches?«

»Ich erreiche meine Lebensgefährtin nicht und fürchte, sie könnte ebenfalls benutzt worden sein.«

»Gibt es dafür Anhaltspunkte?«

Er berichtete ihr, was seine Besorgnis ausgelöst hatte. Traunstein überzeugte das allerdings nicht.

»Wahrscheinlich wird sie lediglich irgendwelche Medikamente genommen haben und sich erst mal ordentlich auskurieren. Manche von diesen Erkältungssäften schießen einen ja regelrecht ab.«

»Sie haben es ja selbst ganz richtig festgestellt, Frau Hauptkommissarin. Nur Ihretwegen stecke ich in dem Schlamassel. Ohne Ihre Empfehlung hätte ich Engelhart nie kennengelernt. Könnten Sie nicht bei Frau Haller vorbeifahren und sich davon überzeugen, dass es ihr gutgeht?«

»Ausgeschlossen«, widersprach die Polizeibeamtin. »Ich bin auf der Suche nach einem Maulwurf innerhalb meines Teams und werde gleich eine Verhaftung vornehmen. Deswegen auch mein seltsames Telefonierverhalten. Ich kann mich gerade nicht um Frau Haller kümmern.«

»Dann schicken Sie wenigstens einen Streifenwagen.«

»Und wie sollen die Kollegen herausfinden, ob sie wohlauf ist? Wenn sie aufs Telefonklingeln nicht reagiert, wird sie kaum das Türläuten hören.«

»Ihre Kollegen könnten sich zumindest vergewissern, ob Evas Wagen auf dem Grundstück steht. Sie parkt immer hinter dem blauen Tor.«

Traunstein seufzte. »Meinetwegen. Ich werde einer Streife Bescheid geben und der Besatzung Ihre Nummer nennen. Jemand ruft Sie an, sobald die Kollegen vor Ort sind.«

»Danke. Das weiß ich sehr zu schätzen.«

»Wir sprechen morgen miteinander, einverstanden?«

»Bis morgen.«

***

Zwölf Minuten nachdem sie von der Zentrale den Auftrag erhalten hatten, eine bestimmte Adresse aufzusuchen, bog die Streifenpolizistin Wendeler gemeinsam mit ihrer Kollegin Panten in die betreffende Straße. Unterwegs hatten sie sich über die vage Formulierung gewundert, mit der man sie dorthin geschickt hatte. Der diensthabende Beamte hatte lediglich von Anzeichen gesprochen, dass etwas nicht in Ordnung sein könnte – ohne jedoch konkreter darauf einzugehen, wie diese Anhaltspunkte aussahen. Stattdessen hatte er ihnen die Rufnummer einer Zivilperson genannt, die sie anrufen sollten, wenn sie vor Ort angekommen seien.

»Da vorne, das Eckhaus«, sagte Panten, die sich an den zumeist beleuchteten Hausnummern orientiert hatte.

»Ist die Fahrertür offen?«, wunderte sich Wendeler.

»Scheint so.«

Offenbar waren sie nicht grundlos hierher beordert worden. Als sie in der Nähe des Autos hielten, fiel Wendeler auf, dass die Innenraumbeleuchtung nur schwach brannte.

»Viel Saft hat die Batterie nicht mehr«, folgerte sie.

Panten stieg zuerst aus. Sie ging zur Fahrerseite und beugte sich hinein. »Der Zündschlüssel steckt.«

Unterdessen registrierte ihre Kollegin einen auf halbem Weg zwischen Auto und Garagentor liegenden Gegenstand. Als sie sich näherte, sah sie, dass es sich um einen Schlüsselbund handelte. Sie bückte sich und hob ihn auf.

»Nicht gut«, meinte Panten.

»Überhaupt nicht. Rufen wir den Mann an, den wir informieren sollen.«

***

Eine unbekannte Mobilfunknummer erschien auf seinem Display.

»Stefan Trapp«, meldete er sich nervös.

»Polizeiobermeisterin Wendeler. Guten Abend.«

»Hallo.«

»Ich habe von der Zentrale den Auftrag erhalten, bei einer gewissen Eva Haller nach dem Rechten zu sehen.«

»Hauptkommissarin Traunstein hat das veranlasst«, erklärte Stefan. »Sind Sie bei mir zu Hause angekommen?«

»Sie wohnen ebenfalls hier?«

»Ja. Das Haus gehört Frau Haller, wir leben zusammen.«

»Es gibt eventuell ein Problem.«

Stefan schluckte. »Welches?«

»Wir haben den Wagen Ihrer Lebensgefährtin unverschlossen vorgefunden.«

»Steht er auf dem Grundstück?«

»Vor dem Tor mit offener Fahrertür.«

»Scheiße!«, fluchte Stefan.

»Außerdem lag ein Schlüsselbund mit zehn Schlüsseln am Boden.

»Das ist ihr Bund!«

»Geben Sie uns die Erlaubnis, das Gebäude zu betreten?«

»Natürlich«, sagte er eindringlich. »Das Schlafzimmer befindet sich im Erdgeschoss. Machen Sie schnell. Ich warte so lange!«

»Nein. Ich rufe gleich wieder an! Sonst bin ich unkonzentriert.«

»Okay. Beeilen Sie sich bitte.« Er beendete die Verbindung. Statt tatenlos sitzen zu bleiben, beschloss er jedoch, Kommissar Jessen aufzusuchen. Es ergab keinen Sinn, dass man ihn hier zu Befragungszwecken festhielt, während Eva in Köln möglicherweise in Gefahr schwebte.

* * *

»Frau Haller?«, rief Wendeler. »Sind Sie da?«

Außer dem Ticken einer Uhr war in der dunklen Diele kein Geräusch zu hören.

»Hier ist niemand«, flüsterte Panten.

»Vermutlich.« Die Polizeiobermeisterin schaltete das Licht ein. »Ich hätte mich erkundigen sollen, ob die Bewohnerin Haustiere hält. Nicht dass wir von einer Kampfkatze attackiert werden.«

»Du und deine Katzenphobie«, erwiderte Panten schmunzelnd.

»Frau Haller?«

Sie durchquerten die Diele und durchkämmten rasch die

übrigen Zimmer. Doch von der Hausbesitzerin fehlte jede Spur.

»Lass uns noch im Keller nachsehen, ehe ich den Lebensgefährten kontaktiere«, schlug Wendeler vor.

***

Stefan erwischte Kommissar Jessen im Fernsehstudio.

»Was suchen Sie hier?«, blökte der ihn an.

»Meiner Lebensgefährtin scheint etwas zugestoßen zu sein. Ich muss nach Köln zurück.«

»Wie kommen Sie darauf?«

Stefan erzählte ihm von der neuesten Entwicklung. Gerade als er geendet hatte, klingelte sein Telefon.

»Das ist die Polizistin«, informierte er Jessen, bevor er den Anruf entgegennahm. Besorgt hörte er sich an, was ihm die Polizeiobermeisterin mitzuteilen hatte. »Ich stehe hier neben einem Kriminalkommissar. Könnten Sie ihm die Situation in knappen Worten schildern?«

Die Beamtin erklärte sich einverstanden, und Stefan reichte das Telefon weiter.

»Steht das Verschwinden Ihrer Lebensgefährtin im Zusammenhang mit den heutigen Ereignissen?«, wollte Jessen wissen.

»Keine Ahnung. Ausschließen kann ich es nicht.«

»Und was glauben Sie, in Köln bewirken zu können?«

»Zumindest mehr als hier. Schauen Sie sich die Fernsehaufzeichnung an. Wenn Sie ernsthaft der Meinung sind, ich hätte den Tätern geholfen, verhaften Sie mich. Ansonsten will ich nach Hause. Sie haben kein Recht, mich festzuhalten.«

»Dann fahren Sie!«, sagte der Kommissar. »Ich erwarte, dass Sie in den nächsten Tagen nach Hamburg zurückkehren, falls Ihre Anwesenheit für die Ermittlungen notwendig sein sollte.«

»Meinetwegen.« Stefan nahm Jessen das Handy aus der Hand und wandte sich ab. Je schneller er diesen Ort verließ, desto eher würde er die Autobahn erreichen.

# 29

Hauptkommissarin Traunstein hatte ein mobiles Einsatzkommando mit sechs Beamten angefordert. Sie wollte kein Risiko eingehen, dass ihnen der Kollege entwischte. Noch fehlte ihnen der Beweis, dass derjenige, der ihr Handy manipuliert hatte, mit der Gruppe zusammenarbeitete. Doch Traunstein zweifelte nicht eine Sekunde daran. Warum sonst hätte er ein solches Risiko eingehen sollen? Nur um die Presse zu benachrichtigen? Das erschien ihr unwahrscheinlich.

Gemeinsam mit dem Leiter des MEK besprach sie das Vorgehen.

»Der Kollege wohnt im Dachgeschoss eines Acht-Parteien-Hauses. Ich werde zwei Einsatzkräfte am Hauseingang platzieren, die übrigen schicke ich nach oben.«

»Wie öffnet ihr die Tür?«

Traunstein dachte an die fehlgeschlagene Gebäudestürmung im Rahmen der Serienmordermittlung im letzten Jahr, bei der mehrere Polizisten ums Leben gekommen waren.

»Die Haustür ist ein Kinderspiel. Das schaffen wir in höchstens zwei Minuten mit unserem üblichen Werkzeug.«

»Und die Wohnungstür?«

»Die brechen wir auf. Das muss schnell gehen. Im Idealfall erwischen wir ihn schlafend. Immerhin verfügt er über eine Dienstpistole und könnte auf uns schießen.«

»Der wird eh nicht schlafen. Er hat die Talkshow garantiert verfolgt. Ich bin froh, wenn wir ihn überhaupt antreffen.«

»In seiner Wohnung brennt eine kleine Lampe.«

»Trotzdem könnte er ausgeflogen sein.«

»Ich liebe deinen Optimismus«, sagte der Leiter des MEK. »Gleich sind wir schlauer.«

***

Florian Dorweiler versuchte, sich von den Fernsehberichten abzulenken. Die Hamburger Polizei hatte eine Nachrichtensperre verhängt, weswegen die diversen Sender mittlerweile nur noch die bekannten Fakten wiederkäuten.

Seine Kontaktperson hatte ihn noch nicht angerufen.

Dorweiler dachte an den Tag, an dem er von seiner Mutter in ein Hotel gebracht worden war. Sie hatte gesagt, ein netter Mann würde sich ein paar Stunden um ihn kümmern – was nicht außergewöhnlich war, denn ständig passten fremde Personen auf ihn auf. Bloß der Ort war ungewöhnlich. Nie zuvor hatte er so viele Männer in Anzügen gesehen. Seine Mutter war mit ihm in einen Fahrstuhl gestiegen und bis in die oberste Etage gefahren. Dort waren sie nicht in einem Flur gelandet, sondern direkt in einem riesigen Raum.

Ein Mann, den sich seine Mutter zusammen mit ihm wenige Wochen zuvor im Fernsehen angeschaut hatte, war zu ihnen gekommen und hatte seine Mutter sehr höflich begrüßt. Dann hatte er sich zu Florian hinuntergebeugt, nach seinem Namen gefragt und ihm über den Kopf gestreichelt. Kurz darauf war seine Mutter gegangen, und Hubert Scherer hatte ihn ins Schlafzimmer geführt. Wo er sich mit ihm aufs Bett gelegt hatte.

Anfangs alles ganz harmlos – fast wie ein Spiel.

Aber damit war es schnell vorbei gewesen. Und es war nicht bei dieser einen Begegnung geblieben. Drei Mal hatte ihn seine Mutter dem Schwein überlassen.

Drei Mal!

Statt für seine Sünden öffentlich exekutiert zu werden, hatte Scherer die Geiselnahme möglicherweise überlebt. Oder war er das zweite Todesopfer? Dorweiler hoffte es, obwohl die Gefahr einer Verhaftung der übrigen Gruppenmitglieder mit jedem Überlebenden aus ihren eigenen Reihen größer wurde.

Mit dem Laptop ging er in die Küche. Nachdem er den Rest des Baguettes, das er tagsüber gekauft, jedoch aus Nervosität nur zur Hälfte gegessen hatte, auf einen Teller gelegt hatte, rief er das Programm auf, mit dem er das Handy der Hauptkommissarin überwachte. Sie hatte in den Abendstunden einen Anruf bekommen, der mitgeschnitten worden war. Dorweiler hatte ihn bereits angehört; der Gesprächsverlauf machte ihn misstrauisch. Warum hatte sie den Anrufer direkt abgewürgt?

Er startete die Datei, um sie noch einmal zu analysieren.

*»Herr Trapp. Sind Sie es? Haben Sie die Schießerei heil überstanden?«*

*»Ja, habe ich.«*

*»Ich rufe Sie zurück.«*

*»Wann?«*

*»In fünf oder zehn Minuten.«*

Doch sie hatte ihn zumindest vom Smartphone nicht zurückgerufen. So wie sie in den letzten Tagen ohnehin kaum Handytelefonate geführt hatte.

Dorweiler fürchtete, dass ihr die Schadsoftware aufgefallen war.

Konnten sie ihm auf die Spur kommen? Nachdenklich biss er in das Käse-Salami-Baguette, obwohl ihm nach wie vor der Appetit fehlte. Nachdem er den ersten Bissen hinuntergeschluckt hatte, legte er das Brot zurück, klopfte eine Zigarette aus der auf dem Küchentisch liegenden Packung und öffnete die Balkontür.

Den Rauch zu inhalieren, beruhigte seine Nerven.

Er schaute nach unten. Der gepflasterte Hinterhof wurde als Autostellplatz genutzt; die meisten Nachbarn schienen momentan zu Hause zu sein. Wie oft hatte er sich als Jugendlicher vorgestellt, mit einem Sprung von einer Brücke dem ganzen Leid ein Ende zu bereiten? Aber dafür hatte ihm zum einen der Mut gefehlt, zum anderen hatte er stets den Wunsch verspürt, seinen Peiniger zu bestrafen. Vielleicht war er deswegen zur Polizei gegangen – um das Gefühl der Machtlosigkeit zu verscheuchen. Er schnippte die Zigarette in die Tiefe. Gerade als er wieder hineingehen wollte, knallte es an der Wohnungstür. Erschrocken zuckte er zusammen.

»Polizei! Stehen bleiben!«

Dorweiler zog sich bis zum Geländer zurück und blickte über die Schulter nach unten.

Zwei schwer bewaffnete Einsatzkräfte stürmten in die Küche und richteten die Gewehrläufe auf ihn.

»Hände hoch! Vom Rand weg!«, bellte der eine.

Ein einziger Sprung in die Dunkelheit, und er hätte es überstanden.

»Wird's bald?«

Die Polizisten kamen näher. Jetzt oder nie!

»Ergeben Sie sich!«

»Was wisst ihr denn schon?«, brüllte Dorweiler.

Er stemmte sich am Geländer hoch. Bevor er allerdings die Beine darübergeschwungen hatte, kam einer der Polizisten auf ihn zugestürmt, erwischte ihn am Pullover und riss ihn zurück.

# 30

Traunstein ahnte, wie schwierig das Verhör werden würde. Dorweiler hatte selbst schon zahlreiche Befragungen geleitet oder war zumindest der zweite anwesende Polizist gewesen. Sie hatte bei verschiedenen Ermittlungen mit ihm zusammengearbeitet. Er war ein guter Polizist – zumindest hatte sie das geglaubt. Leider kannte er die Tricks, mit denen man Verdächtige zermürbte oder ihnen Geständnisse entlockte.

Also hatte sie sich entschieden, eine andere Taktik zu probieren.

Zwei Stunden nach seiner Verhaftung saß Florian Dorweiler im größten Verhörraum des Präsidiums. Gelangweilt schaute er abwechselnd zu dem Spiegel, hinter dem er zu recht Polizisten vermutete, und dann wieder auf die Tischplatte. Mehrfach verzog er den Mund, zwischendurch legte er seinen Kopf auf den Tisch. Das vor ihm stehende Wasser rührte er nicht an. Traunstein ließ ihn dort jedoch nicht aus taktischen Gründen warten, sondern sie wollte nicht mit leeren Händen vor ihn treten. Die Hamburger Polizei hatte ihr mittlerweile mitgeteilt, dass eine Täterin unversehrt festgenommen worden war, aber kein Wort von sich gab. Eine Tatsache, die gut in Traunsteins Plan passte.

Als Staatsanwalt Focke ihr Büro betrat, sprachen sie die Vorgehensweise ab, ehe sie Richtung Verhörraum gingen.

***

Stefan Trapp reizte die Motorleistung des Leihwagens voll aus. Auf Autobahnabschnitten ohne Geschwindigkeitsbegrenzung fuhr er zwischen hundertachtzig und zweihundert Stundenkilometer; vorhandene Tempolimits überschritt er konstant um zwanzig Sachen. Als er noch ungefähr eine Stunde von Köln entfernt war, zeigte ihm das Multimediadisplay des Fahrzeugs einen eingehenden Anruf an. Für einen Moment hoffte er, Eva würde sich melden, doch im Display stand eine ihm unbekannte Nummer. Ob sie von einem anderen Telefon anrief?

»Trapp!«, meldete er sich.

»Hallo, Stefan«, erklang eine männliche Stimme. »Ich bin es. Siegfried.«

Stefan konnte der Stimme kein Gesicht zuordnen. Der Vorname hingegen weckte eine ungute Ahnung.

»Siegfried wer?«, fragte er trotzdem.

»Siegfried Trapp.«

Sekundenlang starrte Stefan auf die vor ihm im Dunkeln liegende Straße. Seine Gedanken rasten.

»Es tut mir leid, dich so zu überfallen«, sagte der Mann am anderen Ende.

»Hast du mich im Fernsehen gesehen?«, erkundigte sich Stefan, um überhaupt etwas zu sagen.

»Du sahst gut aus.«

»Als ich überwältigt wurde? Oder wann genau?«

»Daran trägst du keine Schuld. Der Angriff kam zu überraschend.«

Stefan schnaubte. »Nicht wundern, wenn ich kurz angebunden bin. Der heutige Abend eignet sich nicht für eine Kontaktaufnahme nach über fünfunddreißig Jahren. Du könntest irgendwann anders noch mal anrufen.«

»Es tut mir leid«, wiederholte Siegfried. »Ich hätte damals nicht verschwinden sollen.«

»Allerdings!«, entfuhr es Stefan.

Sein Vater war abgehauen, als er zwei Jahre alt gewesen war. Danach hatte sein Erzeuger sich nie mehr gemeldet und auch keinen Pfennig Unterhalt gezahlt. Stefan konnte sich an nichts erinnern, was ihn anbetraf. Sein Vater hatte lediglich auf Fotografien existiert – ansonsten hatte er keine Spuren hinterlassen.

»Ich war so unfassbar dumm«, murmelte Siegfried. »Deine Mutter und ich hatten Schwierigkeiten. Außerdem war ich arbeitslos geworden. Das alles wuchs mir über den Kopf. Ich bin mehr oder weniger in Panik geflüchtet. Und sobald erst einmal ein paar Monate ins Land gezogen sind, ist es unmöglich, einfach zurückzukehren. Deine Mutter hätte mich niemals …«

»Hör auf!«, empörte sich Stefan. »Schieb nicht ihr die Schuld für deine Feigheit zu.«

»Entschuldige.«

»Hast du die Nummer von meiner Homepage?«

»Ja. Ich beobachte deinen Werdegang seit geraumer Zeit.«

»Wie tröstlich. Dann hast du ja irgendwie doch einen Sohn gehabt, während ich vaterlos aufwuchs. Aber egal. Ruf mich in zwei Wochen an, vielleicht passt es …«

»Nein«, unterbrach ihn Siegfried.

»Nein? Spinnst du? Ich lege jetzt auf. Ciao.«

»Ich melde mich nicht deinetwegen. Nicht nur.«

Ein Transporter fuhr auf die linke Spur, um einen langsameren Lkw zu überholen, und zwang Stefan zu einer Bremsung.

»Was soll das heißen?« Der weiße Transporter hatte mittlerweile den Überholvorgang beendet und gab die Fahrbahn wieder frei. Stefan drückte das Gaspedal hinunter.

»Es geht um Eva Haller. Deine Lebensgefährtin.«

»Was ist mit ihr?«

»Mit ihr ist alles in Ordnung, mach dir keine Sorgen.«

Plötzlich wusste er instinktiv, dass Evas Nichterreichbarkeit mit dem Anruf seines Vaters zusammenhing. »Das hast du nicht gewagt«, flüsterte Stefan, bevor der Zorn Oberhand gewann. »Ich hetze die Bullen auf dich. Du wirst den Rest deines Lebens im Knast sitzen. Was hast du ihr angetan?«, schrie er.

»Nichts. Und daran wird sich nichts ändern, wenn du kooperierst. Die Polizei einzuschalten, wäre allerdings keine gute Idee.«

Um nicht vor Aufregung in die Leitplanke zu rasen, reduzierte Stefan das Tempo und wechselte nach rechts.

»Warum?«, fragte er.

»Bist du auf dem Weg nach Köln?«, vermutete Siegfried.

»Ja. Weil es Anzeichen gab, dass ihr etwas zugestoßen ist.«

»Meine Leute haben den Wagen extra so zurückgelassen.«

*»Deine Leute?«*

»Wir müssen uns unterhalten.«

»Wenn du ihr nur ein Haar krümmst, mache ich dich fertig«, warnte Stefan seinen Vater.

»Das ist mir klar«, erwiderte der gelassen. »Wann kommst du in Köln an?«

»In ungefähr fünfzig Minuten.«

»Ich warte vor eurem Haus.«

»Bastard!«

Ohne eine Antwort abzuwarten, berührte Stefan das rote Hörersymbol, wodurch die Verbindung augenblicklich abbrach.

***

Florian Dorweiler hob den Kopf. Nach einer schier endlosen Wartezeit hatten sie offenbar beschlossen, ihn endlich zu vernehmen.

Stellte sich für ihn bloß die Frage, was er preisgeben würde. Könnte es ihm einen Vorteil verschaffen, wenn er kooperierte?

Hauptkommissarin Traunstein betrat den Raum zusammen mit einem ihm unbekannten, etwa vierzigjährigen Mann. Ohne etwas zu sagen, setzten sich die beiden ihm gegenüber, breiteten ihre Akten aus und starteten das Tonbandgerät.

»Kriminalkommissar Dorweiler, das ist Staatsanwalt Roland Focke. Wir haben Ihnen einen Vorschlag zu unterbreiten.«

»Nun bin ich gespannt«, erwiderte er. Würden sie ihm die Wahrheit verraten? Oder Spielchen mit ihm spielen?

»Sollten Sie bei der Ermordung von Sylvia Mangold am Tatort gewesen sein, empfehlen wir Ihnen, unverzüglich Ihr Recht auf Vertretung durch einen Strafverteidiger in Anspruch zu nehmen. Haben Sie hingegen die Gruppe eher logistisch unterstützt – beispielsweise durch das Abhören meines Handys mittels einer illegalen Software – und sind vollumfänglich geständig, wird Staatsanwalt Focke eine zweijährige Bewährungsstrafe fordern.«

»Natürlich verlieren Sie alle Beamtenrechte«, fügte der Anklagevertreter hinzu, »und werden nicht weiter als Polizist arbeiten können.«

»Klingt verlockend«, murmelte Dorweiler. Als würde ihn der Verlust der Beamtenrechte in dieser Situation sonderlich interessieren. Sie hatten geplant, Scherer in aller Öffentlichkeit hinzurichten. Es ging hier um Gerechtigkeit, nicht um irgendwelche Privilegien!

»Bei dem Versuch, den Schauspieler Hubert Scherer zu töten, sind Ihre Mitverschwörer Christoph Engelhart und Oliver Schmitt zu Tode gekommen«, informierte ihn Traunstein.

»Sie meinen: von Polizisten erschossen worden«, widersprach er.

»Jasmin Wollich hingegen konnte unversehrt festgenommen

werden. Hubert Scherer hat übrigens überlebt. Momentan verweigert Wollich die Aussage. Unser Angebot an Sie gilt nur so lange, bis Frau Wollich ihr Schweigen bricht.« Traunstein holte ihr Handy aus der Jackentasche und hielt es hoch. »Jetzt kann ich es wieder unbesorgt benutzen. Wir haben nämlich die Schadsoftware gelöscht. Sobald mich ein Hamburger Kollege darüber informiert, dass man dort Fortschritte macht, breche ich hier ab; es sei denn, wir wären mitten im Geständnis.«

»Gibt es dieses Angebot schriftlich, oder muss ich mich auf Ihr Wort verlassen?«, fragte Dorweiler.

Focke öffnete einen Schnellhefter und reichte ihm ein zweiseitiges Schreiben. Tatsächlich klang es so, als würden sie ihn mit einer Bewährungsstrafe davonkommen lassen, falls er Ross und Reiter nannte.

»Reden wir!«, sagte er schließlich. Seine Gedanken rotierten. Scherer hatte also überlebt. Genau für diesen Fall hatte die Gruppe einen Ersatzplan ausgearbeitet. Ob der bereits griff?

# 31

»Sie werden vollumfänglich aussagen?«, vergewisserte sich Traunstein.

»Das werde ich«, entgegnete Dorweiler.

Die Hauptkommissarin griff zu ihrem Handy. »Ich schalte jetzt den Flugmodus ein. Solange ich den Eindruck habe, dass Sie kooperieren, gilt unsere Vereinbarung. Egal was derweil in Hamburg passiert.«

»Jasmin wird nichts preisgeben«, behauptete Dorweiler. »Sie ist verdammt stur.«

»Schlecht für Jasmin, gut für Sie. Als Erstes interessiert uns natürlich die Frage, wie viele Personen insgesamt zu Ihrer Gruppe gehören.«

»Wir waren neun. Drei sind mittlerweile tot.«

»Neun?«, wunderte sich Traunstein. Würde er bei einem solchen Punkt bereits lügen?

»Sie beziehen sich auf die vierzehn während der Talkshow genannten Namen, oder?«

»Allerdings.«

»Manche aus der Gruppe waren zwar bereit, über ihr Leid zu reden, aber nicht, sich dafür zu rächen.«

Traunstein musterte ihren Kollegen, dessen Aussage Sinn ergab. Um sich rückzuversichern, tauschte sie einen stummen Blick mit dem Staatsanwalt, der zustimmend nickte. Offensichtlich schien er ihre Überlegungen zu teilen.

»Claas Sogemeyer gehörte auch zu Ihnen?«

»Logisch.«

»Drei tot. Zwei verhaftet. Fehlen noch vier. Sagen Sie uns die Namen.«

Dorweiler nannte sie, ohne zu zögern. »In meinem Computer zu Hause finden Sie eine Liste mit den Rufnummern und Adressen. Die Datei ist passwortgeschützt. Eine Excel-Tabelle.«

»Wie lautet das Passwort?«, wollte Traunstein wissen.

Der abtrünnige Polizist lächelte bitter. »Sylvester 99. Sylvester mit ›y‹.«

»Das ist der Titel eines Hubert-Scherer-Films«, sagte Focke.

»Sind Sie ein Fan?«, erkundigte sich Dorweiler.

»Darüber werde ich mir angesichts der Enthüllungen wohl Gedanken machen müssen«, erwiderte der Staatsanwalt.

»Sie können uns glauben. Jeder einzelne Vorwurf stimmt.«

»Erzählen Sie, wie Sie die anderen Leute kennengelernt haben«, forderte Traunstein. »Sie haben sicher keine Anzeige geschaltet.«

»Es war ein Bericht im Internet, der uns zusammengeführt hat.«

***

Dorweiler trank einen Schluck Wasser. Es kam darauf an, der Hauptkommissarin ein glaubhaftes Szenario vorzulegen. Die restlichen Mitglieder der Gruppe würden Zeit benötigen. Es war seine Aufgabe, ihnen diese Zeit zu verschaffen.

»Irgendwann im Frühling 2008 erschien auf einer Internetplattform ein Artikel«, erinnerte er sich. »Genauer kann ich es zeitlich nicht eingrenzen. April oder Mai. Ein Mann erhob schwere Vorwürfe gegen Hubert Scherer. Er sei von ihm als Kind sexuell missbraucht worden. Später habe ich erfahren, dass es schon 2001 eine ähnliche Veröffentlichung gegeben hatte.«

»Wie sind Sie darauf aufmerksam geworden?«, fragte Traunstein.

Dorweiler lachte freudlos. »Google Alerts.«

»Was?«

»Ein Dienst, bei dem man automatisch eine E-Mail bekommt, wenn Artikel zu einem voreingestellten Thema erscheinen. Ich hatte Scherer eingegeben. Traumatisierte Menschen quälen sich häufig selbst. Das war meine Form der Selbstkasteiung, schließlich wurden mir meist Ergebnisse präsentiert, die ihn in einem guten Licht darstellten. Aber diesmal war es anders. Ich verfolgte die Reaktionen auf den Artikel, der jedoch kaum Beachtung fand. Nach ein paar Tagen raffte ich mich auf und schrieb dem Betreiber der Homepage, auf der der Artikel erschienen war, eine E-Mail. In meiner Nachricht deutete ich an, Hubert Scherer als Kind in einer teuren Hotelsuite kennengelernt zu haben. Er antwortete innerhalb einer Stunde und erkundigte sich nach Einzelheiten. Da ich in meinem ganzen Leben mit keinem Fremden darüber gesprochen hatte, hielt ich mich bedeckt.« Dorweiler machte eine kurze Pause. Um sich nichts anmerken zu lassen, trank er erneut einen Schluck. Eigentlich hatte er mit überhaupt niemandem darüber gesprochen. Was die Hauptkommissarin oder den Staatsanwalt jedoch nichts anging. Würde es etwas bringen, von dem befreienden Gefühl zu berichten, als er endlich einen Leidensgenossen gefunden hatte? Er hatte sich ihm direkt verbunden gefühlt. Eine Verbundenheit, die auch sein Verhältnis zu den anderen Gruppenmitgliedern gekennzeichnet hatte. »Ich kannte ihn nicht, wusste folglich nicht, wie er die Informationen verwenden würde. Rüdiger spürte schnell meine Vorbehalte und bot mir ein persönliches Treffen an. Allerdings wohnte er in Berlin, ich in Köln. Doch er bot an, ins Rheinland zu kommen. Also trafen wir uns eine Woche später in einem Café. Er zeigte mir Ausdrucke von Mails, die er an große Zeitungen und Fernsehsender geschickt hatte. *Bild*, *RTL*, *dpa*. Er hatte sie alle kontaktiert. Die wenigsten waren darauf angesprungen. Ein Journalist von der *Bild* hatte ursprünglich Interesse signalisiert, doch als Rüdiger keine Beweise liefern konnte, wieder Abstand genommen. Scherer ist eben kein Niemand, der sich nicht wehren kann; deswegen war ihnen das zu heiß.«

»Ist er nie auf die Idee gekommen, Anzeige zu erstatten?«, fragte der Staatsanwalt. »Dann hätten die Kollegen ermitteln *müssen*.«

»Er war zumindest bei der Berliner Polizei, doch da hat man ihm zwischen den Zeilen von einer Anzeige ohne Beweise abgeraten. Als er hörte, dass ich Polizist bin, musste ich mir ein mehrminütiges Lamento über die Ungerechtigkeiten des Rechtsstaates anhören.« Dorweiler griff zum Plastikbecher und trank ihn leer. Traunstein nahm den Becher anschließend an sich, stand auf und füllte ihn an einem Wasserspender nach.

»Wissen Sie, wie es sich angefühlt hat, mit jemandem darüber zu sprechen?«

»Sagen Sie es uns«, bat Traunstein, nachdem sie sich wieder gesetzt hatte.

»Wie eine Beichte. Als hätte ich etwas verbrochen. Dabei war ich das Opfer! Na ja. Rüdiger nahm mir dieses Gefühl und erzählte mir von seinem Martyrium. Ihm habe ich es zu verdanken, dass ich mich anschließend freier fühlte. Nachdem die Scham und die Schuldgefühle verflogen waren. Sein Leidensweg deckte sich mit meinem Trauma. Bloß dass es bei ihm vier Begegnungen waren und bei mir lediglich drei. Ich war also ein echter Glückspilz.« Dorweiler lachte bitter. »Immer in Hotels. Mit uns allen. Rüdiger hatte als Kind bei Pflegeeltern gelebt;

seine Pflegemutter hatte ihn zu Scherer gebracht und jedes Mal einen Briefumschlag erhalten. Bei mir war es die eigene Mutter. Sie bläute mir ein, niemals darüber zu sprechen. Man würde mir eh nicht glauben, sagte sie, und Kinder, die schlimme Lügen verbreiteten, landeten im Heim. Rüdiger hatte bereits Kontakt zu zwei anderen Betroffenen, mit denen er regelmäßig Informationen austauschte. Einer von ihnen lebte ebenfalls in Köln.«

»Christoph Engelhart«, vermutete Traunstein.

»Clever kombiniert. Ein paar Tage später lernte ich ihn kennen.«

»Also auch im Jahr 2008?«

Dorweiler nickte.

»Haben Sie an diesem Plan acht Jahre gearbeitet?«

»Nein. Zunächst hatten wir gehofft, auf andere Weise Gerechtigkeit zu erfahren. Wir waren überzeugt, dass wir Gehör in den Medien finden würden, wenn sich genügend Missbrauchsopfer meldeten.«

***

Stefan sah zuerst den dunklen Kombi, der in der Einfahrt stand. Dann bemerkte er den Mann, der lässig an der Motorhaube lehnte und rauchte.

Er kannte ihn lediglich von Fotos, und die waren teilweise vierzig Jahre alt. Damals hatte sein Vater dichtes, schwarzes Haar gehabt und sich gerne in etwas rebellischen Posen ablichten lassen. Daran schien sich nichts geändert zu haben. Obwohl die Haare grau und licht geworden waren, bevorzugte Siegfried Trapp offenbar immer noch eher jugendliche Kleidung: Cowboystiefel, eine braune Schnürlederhose und ein hellblaues Jeanshemd. Fehlte eigentlich nur eine Harley, um das Klischee zu vervollständigen. Dass er die Kippe wegschnippte, während Stefan abbremste, passte perfekt.

Wütend drückte Stefan die Tür auf und sprang aus dem Wagen.

»Sag mir sofort, wo Eva ist!«

Hätte die Polizei ihm nicht die Waffe abgenommen, hätte er sie seinem Vater ohne zu zögern gegen die Stirn gedrückt. Die Ersatzpistole lag in einem Waffentresor im ehemaligen Gästezimmer – und daher vorläufig außerhalb seiner Reichweite.

»Schön, dich zu sehen, mein Sohn«, erwiderte sein Gegenüber mit absolut beherrschter Stimme.

Blinder Zorn explodierte in Stefan. Zwar hatte er sich nach dem Telefonat geschworen, in Evas Interesse ruhig zu bleiben, doch ein einziger Satz genügte, um diesen Vorsatz zu pulverisieren. Er näherte sich seinem Erzeuger und verpasste ihm eine schallende Ohrfeige.

»Wo ist sie?«, brüllte er.

Siegfried rieb sich stumm die Wange und fachte damit Stefans Wut weiter an. Er boxte dem alten Mann in den Solarplexus, worauf der in die Knie ging.

»Wo?«

»So erfährst du es nie«, stöhnte Siegfried.

»Bist du sicher? Wie viel Schmerz hält ein Greis aus? Ich könnte dich ins Haus zerren und mit dir anstellen, was ich will.«

»Damit würdest du Evas Todesurteil unterschreiben«, entgegnete sein Vater. »Wenn ich mich nicht in spätestens zwanzig Minuten auf den Rückweg mache, stirbt sie.«

»Ich bringe dich um!«

»Sei vernünftig! In ihrem Interesse! Bitte.«

Um keine Dummheit zu begehen, trat Stefan zwei Schritte zurück und betrachtete seinen am Boden knienden Vater.

»Warum?«, fragte er.

Siegfried stützte sich an seinem Wagen ab und kam unsicher auf die Beine. »Ich verspreche, das wirst du früh genug erfahren. Und verstehen.«

»Treib's nicht zu weit! Sonst vergesse ich mich!«

»Mein Sohn …«

»Nenn mich nicht so. Nie wieder!«, schrie Stefan.

Sein Gegenüber musterte die umliegenden Häuser, in denen bislang keine Lichter angegangen waren. »Wir sollten Aufmerksamkeit vermeiden. Wäre besser. Nicht dass sich ein Nachbar an unseren Streit erinnert und du von den Bullen in die Mangel genommen wirst.«

»Was erwartest du von mir? Warum hast du Eva entführt?« Aus Sorge um seine Lebensgefährtin sprach er tatsächlich leiser.

»Ich fahre dich zu ihr«, sagte Siegfried. »Allerdings muss ich deine Augen verbinden und dir einen Kopfhörer aufsetzen. Du darfst keine Möglichkeit bekommen, unser Versteck zu lokalisieren.«

»Du glaubst nicht ernsthaft, ich würde mich dir dermaßen ausliefern.«

»Du hast keine andere Wahl. Dein Handy bleibt übrigens hier. Nicht dass du es irgendwie schaffst, unsere Fahrt zu rekonstruieren.«

»Du spinnst!«

»Tu es Eva zuliebe. Komm, wir müssen uns beeilen. Oder willst du sie sterben lassen?«

***

»Die Gruppe war in der Zwischenzeit auf vierzehn Personen angewachsen«, fuhr Dorweiler fort. »2011 beschlossen wir, aktiv zu werden. Allerdings hatten wir unterschiedliche Ansichten über die richtige Vorgehensweise. Einige wollten Geld von ihm erpressen, andere an die Öffentlichkeit gehen.«

»Zu welcher Fraktion gehörte Engelhart?«, fragte Traunstein.

»Er war der Anführer derjenigen, die Scherer bloßstellen wollten. Immer wieder argumentierte er, die Medien könnten die Sache nicht totschweigen, denn dafür seien wir zu viele.«

»Ich vermute, er hätte recht gehabt.«

»Tja, leider kamen wir auf keinen gemeinsamen Nenner. Im Gegenteil. Fünf Leute sprangen ab. Angeblich weil sie nicht in der Öffentlichkeit als missbrauchte Kinder gebrandmarkt werden wollten. Es würde mich nicht wundern, wenn einige von ihnen an Scherer herangetreten sind und Schweigegeld bekommen haben.«

»Und die übrigen neun?«

»2012 fanden wir einen Journalisten, der sich mit uns traf. Jedoch nicht mit der kompletten Gruppe. Rüdiger und Oliver gingen in die Offensive.«

»Nicht Engelhart?«

»Nein. Das hat mich damals auch gewundert. Ich glaube, Christoph hatte da schon andere Pläne.«

»Wie hat der Journalist reagiert?«

»Er hat Scherers Agentin kontaktiert und danach den Schwanz eingezogen.«

»Also hat ihm Scherer vermutlich eine Verleumdungsklage angedroht«, spekulierte Focke.

»Hundertprozentig.«

»Was passierte dann?«, hakte Traunstein nach.

»Vorläufig nichts. Im Gegenteil. Der Kontakt unter den Gruppenmitgliedern wurde weniger. Irgendwie gaben wir auf.«

»Die Ereignisse der letzten Wochen deuten nicht darauf hin, dass Sie aufgegeben haben.«

»Scherer ist daran selbst schuld.«

»Inwiefern?«

»Im Frühsommer kamen Gerüchte auf, er würde dank eines Streamingportals den Schritt ins neue Medienzeitalter schaffen. Kurz darauf wurde bekannt, dass er für sein Lebenswerk geehrt werden sollte. Können Sie sich vorstellen, wie ich mich da gefühlt habe? Ein Kinderschänder, der für sein Lebenswerk geehrt wird? Und noch über Jahre dick im Geschäft bleibt? Das war ein Schlag ins Gesicht. Der reinste Hohn.«

»Haben Sie die Gruppe wieder zusammengetrommelt?«

»Nein. Dazu hätte mir die Energie gefehlt. Es war natürlich Engelhart. Er lud alle nach Köln ein.«

»Wann war das?«

»Am zehnten Juni. Wir trafen uns am Rhein. Es war interessant, die anderen wiederzusehen. Außer Sogemeyer lebte keiner in einer Partnerschaft. Wir waren noch verbitterter als einige Jahre zuvor. Unfähig, uns auf andere Menschen einzulassen.«

»Woran in Ihren Augen Scherer die Schuld trägt«, entfuhr es Focke wenig einfühlsam.

Wütend schlug Dorweiler mit der Faust auf den Tisch. »Er *ist* schuld daran, verdammt!«

»Wie oft haben Sie Leute verhaftet, die der Gesellschaft, dem System oder den Umständen die Schuld an ihren Taten gegeben haben? Sie hätten eine Therapie machen können! Sich Hilfe suchen!«

Dorweiler musterte den Staatsanwalt kalt. »Menschen wie Sie sind der Grund, warum Menschen wie ich ein Leben lang in diesem inneren Gefängnis stecken. Glauben Sie ernsthaft, eine Selbsthilfegruppe hätte mir die Erinnerung genommen?«

Die Hauptkommissarin legte dem Staatsanwalt eine Hand

auf den Arm. »Haben Sie an diesem Junitag den Plan gefasst?«, fragte sie.

»Engelhart meinte, wir müssten verhindern, dass der Bastard diese Ehrung erhält. Und präsentierte uns seine unglaubliche Idee. Eine Anklage, die live im Fernsehen und im Internet übertragen wird. Gefolgt von einem Schuldeingeständnis und einer öffentlichen Hinrichtung.«

# 32

Siegfried hatte ihm das Handy und die Armbanduhr abgenommen und danach seine Augen mit einem schwarzen Tuch verbunden. Die Versuchung, den alten Mann in diesem Moment zu überwältigen, war übermächtig gewesen. Doch was hätte ihm das gebracht? Also hatte Stefan es sich gefallen lassen – genauso, wie er anschließend bereit gewesen war, sich auf die Rückbank zu legen, statt dort zu sitzen. Zuletzt hatte ihm der alte Mann die Hände zusammengebunden und einen Kopfhörer aufgesetzt, aus dem klassische Musik klang. Ein kluger Schachzug, denn so verlor Stefan jeglichen zeitlichen Anhaltspunkt. Hätte er ihm Popsongs vorgespielt, hätte er anhand der einzelnen Songlängen die Fahrtdauer schätzen können. Aber eine Fähigkeit hatte ihm Siegfried nicht nehmen können: in Ruhe zu zählen. Als der Wagen schließlich stoppte, hatte Stefan fast bis zweitausend gezählt. Folglich musste die Fahrt knapp über dreißig Minuten gedauert haben. Allerdings konnte er nicht wissen, ob sie schnurstracks zu ihrem Ziel gefahren waren oder Umwege genommen hatten.

Er spürte eine Hand auf der Schulter, die wohl beruhigend gemeint war, ihn jedoch zusammenzucken ließ. Dann wurde ihm der Kopfhörer abgesetzt.

»Wir sind da.«

»Bind mich los!«

»Erst musst du mir etwas versprechen.«

»Dir verspreche ich gar nichts, du Unmensch!«

»Hör zu. Wir wissen über deine Kampfsportfähigkeiten Bescheid. Einzeln könntest du uns wahrscheinlich nacheinander ausschalten. Dazu werden wir dir aber keine Gelegenheit geben. Kooperiere mit uns, und Eva geschieht nichts. Kämpfe gegen uns, und ihr sterbt beide.«

»Bind! Mich! Los!«

Siegfried entfernte die Augenbinde. »Deine Hände bleiben gefesselt, bis du bei Eva bist.«

»Was soll das?«

»Du verhältst dich zu aggressiv. Das hilft uns nicht weiter.«

Er zog ihn aus dem Wagen. Stefan musterte die Umgebung. Sie befanden sich in einer geräumigen Doppelgarage, in der außerdem zwei Motorräder standen. Siegfried dirigierte ihn in Richtung einer verschlossenen Tür. Sollte er es auf einen Kampf mit verbundenen Händen ankommen lassen? Stefan beherrschte genügend Trittechniken, doch er fürchtete, Eva damit keinen Gefallen zu tun. Deswegen ließ er sich widerstandslos durch die Tür führen und landete in einem großen, loftähnlichen Raum. Auf mehreren Tischen waren Laptops sowie Getränkeflaschen, Kaffeetassen, Snacks und zahlreiche Papiere verteilt. Nur Personen hielten sich momentan nicht dort auf.

»Was macht ihr hier?«

»Heute haben wir vor allem das Fernsehprogramm gestreamt.«

»Ihr seid wahnsinnig.«

»Umso besorgter solltest du um Evas Gesundheit sein.«

»Das wirst du bereuen«, zischte Stefan.

»Darüber bin ich bereits hinweg.«

Während er ihn durch den Raum führte, drängte eine Frage immer stärker an die Oberfläche. Was hatte Siegfried Trapp mit den Missbrauchsopfern zu schaffen? Er und Scherer gehörten zur selben Generation. Insofern konnte sein Vater unmöglich von dem Schauspieler missbraucht worden sein. Wo war der Zusammenhang? Hatte Stefans Erzeuger den Prominenten früher unterstützt und nun Gewissensbisse bekommen?

Sie liefen auf eine Tür zu.

»Da drin ist Eva. Du wirst feststellen, wir haben uns gut um sie gekümmert.«

»Gnade dir Gott, wenn nicht.«

Siegfried klopfte gegen die Holztür. Anschließend dauerte es ein paar Sekunden, bis das Schloss entriegelt und die Tür geöffnet wurde. Stefan hatte sich schlimme Szenarien ausgemalt, wie er Eva vorfinden würde. Aber mit dem Anblick, der sich ihm nun bot, hatte er nicht gerechnet. In dem Zimmer befand sich außer Eva nur noch eine Frau, die etwa dreißig Jahre alt war und eine cremefarbene Bluse zur schwarzen Jeans trug. Seine Liebste hingegen lag mit einem weißen Nachthemd bekleidet in einem Bett, angelehnt an mehrere große Kissen. Sie hielt einen Kaffeebecher in der Hand und schaute ihn erleichtert an.

»Stefan!« Ihre Stimme klang heiser.

»Haben sie dir etwas angetan?«

»Außer mich zu verschleppen und mich gegen meinen Willen festzuhalten? Nein.«

Erst jetzt bemerkte der Leibwächter, dass ihre linke Hand mit einer Kette ans Bettgestell gefesselt war.

»Rafaela, du kannst Stefan gleich losbinden, und dann lässt du die beiden allein. Sie haben bestimmt einiges zu besprechen.«

»Okay.«

Siegfried zog sich zurück und schloss die Tür. Kurz darauf konnte Stefan endlich seine Hände wieder frei bewegen. Er rieb sich die Gelenke, während er zum Bett ging. Die junge Frau verließ unterdessen wortlos den Raum.

»Geht's dir wirklich gut?«, vergewisserte sich Stefan. »Sonst mache ich den Typ fertig!«

»Ich bin ziemlich erkältet«, entgegnete Eva schwach. »Zwischendurch fallen mir immer wieder die Augen zu. Rafaela kümmert sich um mich, der Alte macht mir allerdings Angst.«

»Hat er dir verraten, wer er ist?«

»Du kennst ihn?«, fragte Eva überrascht.

»Das wird für dich wie bei *Star Wars* klingen.«

»Ich verstehe nur *Star Wars*«, erwiderte sie verwirrt.

»Er ist mein Vater.«

»Du verarschst mich.«

Sie konnte ein Grinsen nicht unterdrücken, wodurch auch ein Teil seiner Anspannung von ihm abfiel.

»Leider nein.«

»Was hat das alles zu bedeuten?«

»Erzähl mir erst, was dir zugestoßen ist.«

***

Um den Schwung nicht zu verlieren, hatte Traunstein drei Becher Kaffee besorgt. Während Dorweiler immer wieder daran nippte, enthüllte er weitere Details des Plans, der letztlich zu Hubert Scherers Hinrichtung hätte führen sollen.

»Engelhart schlug vor, einen von uns als Praktikanten in die Agentur von Scherer einzuschmuggeln, da dort eine Stelle ausgeschrieben war.«

»Um so an den Terminplan des Schauspielers zu gelangen?«, vermutete Staatsanwalt Focke.

»Genau. Jasmin bekam den Job und schuftete drei Monate in dem Büro als Mädchen für alles. So erfuhren wir von dem geplanten Treffen in dem Kölner Café, und Christoph begeisterte uns für die Idee einer Geiselnahme. Er hatte alles bis ins

Kleinste durchdacht. Selbst ich als Polizist wäre beispielsweise nie auf die Idee gekommen, die Fenster mit Farbe einzusprühen, um das Risiko auszuschließen, dass Scharfschützen eingesetzt werden.«

»Warum übernahm er dann nicht die Rolle des Geiselnehmers?«, wollte Traunstein wissen.

»Er sollte unser Joker sein, falls etwas schieflief. Das Ass im Ärmel.«

»Wäre es nicht klüger gewesen, noch mehr Personen aus Ihrer Gruppe dort zu platzieren?«, fragte Traunstein.

»Rüdiger war ebenfalls vor Ort«, erklärte Dorweiler lächelnd. »Er hat sogar eine Zeugenaussage getätigt. Ein Reisender auf dem Weg nach Berlin, der in dem Café lediglich Zwischenstation machte. Trösten Sie sich, Frau Hauptkommissarin. Nach Claas' Tod hatten Sie keinen Grund, die Aussagen der Zeugen auf ihre Stichhaltigkeit abzuklopfen.«

Traunstein verzog den Mund. »Warum hat Engelhart Sogemeyer erschossen?«

»Haben Sie eine Kleinigkeit zu essen für mich? Ein Schokoriegel aus dem Automaten würde mir reichen.«

Die Polizeibeamtin wandte sich dem Spiegel zu und nickte.

»Ein neuer Kaffee wäre auch hilfreich«, rief Dorweiler in Richtung des Spiegels. »Schwarz, ohne Zucker.« Er räusperte sich. »Ursprünglich lautete unser Plan wie folgt: Der Maskierte, also Claas, sollte Scherer zunächst nicht erkennen, aber langsam auf ihn aufmerksam werden. Bis er schließlich merken würde, wen er gefangen hielt. Dann sollte er von der Polizei nicht nur dieses abstrus hohe Lösegeld fordern, sondern auch eine Kamerafrau, die die Ereignisse aus dem Café live zu übertragen hätte.«

»Aber genau so hat es sich doch abgespielt«, warf der Staatsanwalt ein.

»Nicht ganz. Denn wir wussten, es gab keinerlei Garantie, dass die Polizei unsere Forderungen erfüllen würde. Deshalb war Rüdiger bereit, sich zu opfern.«

»Inwiefern?«, fragte Traunstein.

»Wenn wir eine Geisel hätten erschießen müssen, um unseren Forderungen Nachdruck zu verleihen, wäre es Rüdiger gewesen.«

»Ist nicht Ihr Ernst!«

»Wir wollten keinen Unschuldigen in die Sache hineinziehen. Und Rüdiger war absolut einverstanden damit.«

»Sie sind ja alle verrückt!«, entfuhr es der Hauptkommissarin.

»Nein«, widersprach Dorweiler. »Nennen Sie uns geschändet, traumatisiert oder was immer Ihnen einfällt. Verrückt sind wir jedoch nicht. Meinen Sie nicht, wir hätten eine Kamerafrau bekommen, sobald wir die erste Geisel erschossen hätten?«

»Oder ich hätte die Stürmung befohlen«, sagte sie.

»Genau wegen dieses Risikos hat Christoph drei Tage vor dem Treffen zwischen Scherer und der Agentin einen Teil der Gruppe kontaktiert.«

»Einen Teil?«, wunderte sich Traunstein.

Ehe Dorweiler antworten konnte, öffnete sich die Tür, und ein Polizist trat ein. Er brachte den gewünschten Schokoriegel und einen frischen Kaffee.

# 33

Die Tür öffnete sich, und Siegfried kam herein.

»Habt ihr euch ausgetauscht? Ich würde mich nämlich gern mit dir allein unterhalten.«

»Und wenn ich mich weigere?« Stefans Bedürfnis, Siegfried wehzutun, hatte während des Gesprächs mit Eva nicht nachgelassen. Doch wie wahrscheinlich war es, dass er alle Anwesenden ausschalten, die Kette aufbrechen und mit Eva unversehrt das Haus verlassen könnte?

»Mein Sohn …«

»Hör auf damit!«

»Ich bin sicher, du wirst das eine oder andere interessant finden. Außerdem kannst du nur so erfahren, wie die Bedingungen aussehen, unter denen wir deine Freundin wohlbehalten freilassen.«

»Geh ruhig«, sagte Eva. »Ich bin müde und versuche eine Weile zu schlafen.«

Er beugte sich zu ihr und gab ihr einen sanften Kuss. »Ich verspreche, alles wird gut.«

»Hauptsache, du weißt jetzt, dass ich wohlauf bin«, erwiderte sie.

Unwillig stand er auf und folgte Siegfried aus dem Raum.

»Du siehst, wir haben sie anständig behandelt«, sagte der, nachdem er die Tür geschlossen hatte.

»Ich hoffe, du erwartest dafür keinen Orden.«

»Ach, Stefan. Bestimmt wirst du bald verstehen, warum ich so gehandelt habe.«

Er führte ihn ins Dachgeschoss des zweistöckigen Hauses. Stefan versuchte, den Grundriss im Kopf abzuspeichern, für den Fall, dass er und Eva irgendwann plötzlich fliehen mussten.

In einem gemütlich eingerichteten Raum nahm Siegfried auf einem weißen Sessel Platz. Dann bediente er sich aus einer Keksdose.

»Greif zu, wenn du Hunger hast.«

Tatsächlich spürte Stefan seit geraumer Zeit seinen knurrenden Magen. Er trat an den Couchtisch und angelte zwei Schokoladenkekse aus der Dose.

»Wie viele seid ihr eigentlich? Nur du und diese Frau?«

»Setz dich«, bat Siegfried.

Da es ihm keinen Vorteil brachte, sich dem Wunsch zu widersetzen, erfüllte Stefan ihn und aß unterdessen den ersten Keks. Siegfried öffnete derweil eine Flasche Wasser und schenkte ihnen beiden ein.

»Wir sind eine Gemeinschaft«, sagte er. »Und übrigens sind wir mehr als zwei Personen. Die alle eine Gemeinsamkeit haben. «

»Ist die Hippie-Ära nicht längst vorbei?«, spottete Stefan.

»Uns vereint etwas anderes. Nämlich der Schmerz, den uns Hubert Scherer angetan hat.«

»Jetzt machst du dich lächerlich! Schließlich kann er dich kaum missbraucht haben.«

Sein Gegenüber seufzte. »Nein. Mich nicht. Ich bin der Einzige der Gruppe, auf den das nicht zutrifft. Trotzdem fühlt sich das Ganze für mich ebenso schmerzhaft an.«

»Wieso?«

»Christoph Engelhart ist … war … mein Sohn.«

Fassungslos betrachtete Stefan seinen Vater.

***

»Christoph erzählte insgesamt sechs der neun Personen, er habe sich Gedanken gemacht. Seiner Meinung nach barg der alte Plan zu viele unkontrollierbare Variablen. Es gab keinerlei Garantie, dass es gelingen würde, Scherer zu töten. Doch vor allem fürchtete er, dass die Welt niemals in dem Ausmaß von dessen Sünden erfahren würde, wie er es verdient hatte.«

»Zwei aus Ihrer Gruppe wurden also nicht informiert«, folgerte Traunstein.

»Claas und Jana.«

»Ich muss eine Frage einwerfen, bevor ich das vergesse«, mischte sich Focke ein. »Hat Scherer wirklich Jungs *und* Mädchen missbraucht?«

»Ja«, bestätigte Dorweiler. »Das Geschlecht war ihm egal. Hauptsache, sie waren jünger als acht. Das war unsere Gemeinsamkeit.«

Der Staatsanwalt notierte diese Information und umkreiste sie auf dem Blatt Papier.

»Wie sahen die veränderten Pläne aus?«

Dorweiler brach ein Stück von dem bis zur Hälfte gegessenen Schokoriegel ab und schob ihn in den Mund. Ehe er antwortete, trank er einen Schluck Kaffee. »Er wollte Scherer retten, so dessen Vertrauen erschleichen und deswegen hinterher eine bessere Chance bekommen, ihn sühnen zu lassen.«

»Wieso hat Engelhart dann Sogemeyer nicht in den veränderten Plan eingeweiht?«

»Je näher der Tag X rückte, desto ungeduldiger wurde Claas. Keine Ahnung, wieso. Ich glaube, nachdem wir beschlossen hatten, zu handeln, konnte er es einfach nicht mehr abwarten, seine Rache zu bekommen.«

»Also fürchtete Engelhart, Sogemeyer würde sich im Café nicht zurückhalten können.«

»Oder im Verhör auspacken, falls er verhaftet würde«, erklärte Dorweiler.

»Ahnten Sie, dass es auf Sogemeyers Tod hinauslaufen würde?«

»Engelhart hat sogar explizit darauf hingewiesen. Er sagte, das Risiko, Claas in den Händen der Polizei zu wissen, sei zu groß.«

Die Hauptkommissarin und der Staatsanwalt wechselten einen besorgten Blick. Stellte diese neue Information den Deal mit dem abtrünnigen Polizisten infrage?

»Haben Sie Ihr Einverständnis erklärt?«, fragte Traunstein.

»Nein. Ich habe mich dagegen ausgesprochen«, behauptete Dorweiler. »Übrigens als Einziger. Ich schlug vor, dass wir Claas ausbooten. Aber Christoph überzeugte die anderen, dass diese Variante zu unsicher sei. Immerhin kannte Claas jedes Detail der Planung. Er hätte die ganze Aktion verderben können. Indem er beispielsweise einfach so ins Café gestürmt wäre. Also wurde ich überstimmt.«

»Sie hätten es verhindern können«, klagte die Beamtin ihren ehemaligen Kollegen an.

»Nur wenn ich die Gruppe hätte auffliegen lassen. Claas war zu einem Sicherheitsrisiko geworden.« Er griff zum letzten Bissen Schokolade.

***

»Ja«, kommentierte Siegfried den zweifelnden Blick. »Er war dein Bruder. Dein Halbbruder.«

»Du spinnst!«

»Oh, nein! Wobei ich zugeben muss, dass ihr euch äußerlich nicht sehr ähnlich seid.« Nachdenklich trank er einen Schluck Wasser.

»Hast *du* damals zugelassen, dass Christoph missbraucht wurde?«, erkundigte sich Stefan schockiert.

»Wo denkst du hin? Natürlich nicht. Ich habe bloß den gleichen Fehler zweimal begangen.«

»Du bist auch bei deiner zweiten Familie einfach abgehauen?«, folgerte Stefan.

Siegfried nickte betrübt. »Leider.«

»Was bist du nur für ein Mensch?«

»Ich bin nicht stolz darauf. Trotzdem versuche ich, meine Versäumnisse wiedergutzumachen.«

»Indem du Eva und mich verschleppst?«

»Nein. Indem ich den Schuldigen bestrafe.«

»Merkst du eigentlich, wie absurd das klingt?«, fragte Stefan. »Ist Scherer für dein Versagen als Vater verantwortlich?«

»Das habe ich nie behauptet. Aber er ist für das verantwortlich, was einem meiner Söhne zugestoßen ist.«

»Wann hast du Kontakt zu Christoph aufgenommen?«, wollte Stefan wissen.

»Zweitausendelf.«

»Warum zu ihm, nicht zu mir?«

»Tatsächlich hatte ich dich zuerst im Netz gefunden. War aufgrund deines Jobs leichter. Ich habe sogar mehrfach angefangen, deine Nummer zu wählen oder dir eine E-Mail zu schreiben.«

»Hab ich nichts von bemerkt.«

»Letztlich habe ich mich nicht getraut. Du schienst mit deinem Leben im Reinen zu sein. Mich nicht zu benötigen. Deswegen habe ich darauf verzichtet.«

Stefan schnaubte. »Und stattdessen Christoph kontaktiert?«

»Genau.«

* * *

»Warum wurde Sylvia Mangold getötet?«, sprach Traunstein den nächsten offenen Punkt an.

»Wie schon erwähnt, war Claas der Einzige von uns, der es geschafft hatte, eine einigermaßen stabile Beziehung zu führen. Wir anderen waren unfähig, mehr als ein paar Monate mit jemandem zusammenzubleiben. Emotionale Nähe ist für mich unerträglich. Außerdem habe ich keinen großen Spaß an Sex.« Er verzog den Mund.

Traunstein spürte, dass es besser wäre, nicht nachzuhaken. Tatsächlich schien sich Dorweiler einen Ruck zu geben und auf die eigentliche Frage zurückzukommen.

»Wir konnten nicht einschätzen, was Mangold wusste. Hatte sie etwas mitbekommen? Würde sie im Nachhinein Informationen finden, die uns ans Messer lieferten? Denn eins war klar. Zwischen der Geiselnahme im Café und der nächsten Möglichkeit, uns zu rächen, würde Zeit vergehen. Wir konnten unmöglich riskieren, von Claas' Freundin enttarnt zu werden.«

»Sie gehörten zur Soko«, erinnerte ihn die Hauptkommissarin. »Sie hatten Zugriff auf unseren Ermittlungsstand. Sylvia Mangold wusste nichts von den Plänen Ihrer Gruppe.«

»Angeblich doch. Einen Tag vor ihrer Ermordung soll sie Christoph Engelhart kontaktiert haben, um ihn mit ihrem Wissen zu erpressen.«

»Nein!«, widersprach Traunstein.

»Sie soll gedroht haben, die Polizei zu informieren.«

Fassungslos starrte die Kommissarin ihren ehemaligen Kollegen an. »Was hat sie gefordert?«

»Angeblich fünfzigtausend Euro.«

»Angeblich?«

»Ich war bei dem Telefonat zwischen Christoph und ihr nicht dabei.«

»Sie zweifeln an Engelharts Version«, schloss Traunstein.

»Ja«, gestand er. »Mir erschien das unwahrscheinlich. Würde sie den Schuldigen am Tod ihres Lebensgefährten wegen eines fünfstelligen Betrages davonkommen lassen? Meine Berufserfahrung sagte mir, dass da etwas nicht stimmte.«

»Er hat Sie und den Rest der Gruppe angelogen, um Ihr Einverständnis zu bekommen, Sylvia Mangold zu töten. Nur um sicherzugehen, dass sie ihnen nicht in die Quere kommt.«

»Ich vermute es«, bestätigte Dorweiler.

»Wer hat den Mord ausgeführt?«, wollte Focke wissen.

»Oliver.«

»Oh, wie praktisch«, schnaubte der Staatsanwalt. »Einem Toten die Schuld zuzuschieben.«

»Was kann ich dafür? So ist es halt gewesen.«

»Wieso er? Und nicht beispielsweise Engelhart?«

»Christoph war an jenem Abend im Hotel, wie Sie sich bestimmt erinnern. Also musste es jemand anders tun. Oliver war der Einzige, der dazu bereit war.«

»Mir wird immer unwohler bei dem Gedanken, ausgerechnet Ihnen einen Deal angeboten zu haben«, entfuhr es dem Staatsanwalt. »Sie hätten die Macht gehabt, die Gruppe vom Gegenteil zu überzeugen! Sie hätten auf den Ermittlungsstand hinweisen können. Dann würde Frau Mangold noch leben.«

***

»Wie hat er reagiert?«, wollte Stefan wissen.

»Überraschend positiv. Ich glaube, er war neugierig auf mich.«

»Hast du ihn angerufen?«

»Nein. Ich habe ihm einen langen Brief geschrieben. Ihm mitgeteilt, dass es mich freuen würde, wenn er sich meldet. Was er auch innerhalb weniger Tage getan hat. Beim ersten

Mal haben wir nur kurz telefoniert, aber schon das zweite Gespräch dauerte viel länger. Bestimmt drei Stunden. Ich redete viel von mir, meinen Ängsten und den Gründen, die mich zur Flucht bewegt hatten.«

»Hast du mich erwähnt?«

»Damals noch nicht.«

»Typisch«, murmelte Stefan, der gegen seinen Willen so etwas wie Enttäuschung fühlte.

»Ich wusste ja nicht, wie er auf so eine Enthüllung reagieren würde«, rechtfertigte sich Siegfried.

»Aha.«

»Am Ende dieses langen Telefongesprächs schlug ich ihm ein Treffen vor. Ich lebte damals in einem Dorf in Niedersachsen, bot ihm aber an, nach Köln zu kommen. Er ging darauf ein, und ein paar Tage später trafen wir uns. Ich mietete mich in eine günstige Pension am Stadtrand ein, damit ich eine Woche bleiben konnte. Ich wollte Zeit mit ihm verbringen.«

»Das aufholen, was du Jahrzehnte zuvor versäumt hattest«, spottete Stefan.

»Irgendwie schon«, sagte Siegfried nachdenklich. »Natürlich merkte ich sofort, dass er kein schönes Leben führte. Er jobbte, statt einer regulären Arbeit nachzugehen. Hatte keine Freundin. Bloß eine kleine Wohnung.«

»Du klingst, als hätte dich das deprimiert.«

»Hat es.« Siegfried schluckte hörbar. Er stand auf und trat ans Fenster.

»Was ist los?«, fragte Stefan.

»Er hätte nicht sterben sollen. Nicht auf diese Weise«, flüsterte sein Vater.

»Wie viel Schuld trägst du eigentlich daran?«

»Mehr als mir lieb ist.« Der alte Mann räusperte sich und drehte sich zu Stefan um. »Dieser Wichser! Er hat alles kaputtgemacht und lebt noch immer wie die Made im Speck.« Er setzte sich wieder in den Sessel. »Die Woche verging wie im Fluge. Wir sahen uns täglich, verbrachten eine Menge Zeit miteinander.«

»Vater und Sohn.«

»Auch wenn du dich darüber lustig machst: Christoph und mir hat es gutgetan. Am vorletzten Tag hatte er genug Vertrauen gefasst, um mir von den schrecklichen Dingen zu erzählen. Seine Mutter war nach meinem Weggang rasch mit allem überfordert gewesen. Sie häufte Schulden an, und irgendwann brachte sie den Jungen in ein Luxushotel. Wo Scherer residierte.«

»Bekam sie denn keine Hilfe vom Staat?«

»Christoph meinte, es hätte vorn und hinten nicht gereicht.«

»Was ist aus ihr geworden?«, fragte Stefan.

»Sie hat sich vor ein paar Jahren umgebracht.«

»Oh. Aber wie hatte sie überhaupt von Scherers Vorliebe erfahren? Er wird kaum eine Anzeige in einer Zeitung geschaltet haben.«

»Das gehört zu den Details, die Christoph nie herausgefunden hat. Weißt du, dass ich Scherers Filme wirklich gern gesehen habe? Doch seitdem ich davon weiß, wird mir schlecht, sobald ich beim Zappen auf seine Visage stoße.«

»Da bist du wohl inzwischen nicht mehr der Einzige.«

»Trotzdem, das reicht nicht. Nach der Woche mit Christoph fuhr ich schockiert nach Hause, beschloss dann aber, ins Rheinland zu ziehen, um für ihn da zu sein.«

»Wie rührend.«

»Nach meinem Umzug trafen wir uns regelmäßig. Ich bekam mit, dass eine Gruppe von Betroffenen plante, Scherer auffliegen zu lassen. Daraus wurde leider nichts. Sie hatten keine Beweise, dem Dreckskerl war einfach nicht beizukommen. Ich wurde täglich wütender. In meiner Fantasie habe ich ihn umgebracht. Wieder und wieder. Allerdings hätte dann niemand die Wahrheit erfahren. Scherer wäre betrauert und mit Sondersendungen gefeiert worden.«

»Deswegen musste sein Fehlverhalten öffentlich gemacht werden«, folgerte Stefan.

»So ist es.«

»Hattest du die Idee?«

»In gewisser Weise.«

»Ja oder nein?«

Es dauerte eine Weile, bis Siegfried weitersprach. »An den Einzelheiten haben andere gefeilt. Ich habe Christoph jedoch den Floh ins Ohr gesetzt.«

»Du hast ihn zur Selbstjustiz angestachelt? Wozu? Um deine Schuldgefühle loszuwerden?«

»Was weißt du denn? Du und deine Mutter – ihr hattet ein schönes Leben!«

»Arschloch!«, zischte Stefan. »Jeder Tag nach deinem Weggang war ein Kampf, der Mama unendliche Kraft gekostet hat. Kraft, die ihr fehlte, als der Krebs ausbrach.«

»Dennoch ist das nichts im Vergleich zu dem, was Christoph ertragen musste«, widersprach Siegfried.

»Kommt auf die Perspektive an«, sagte Stefan, obwohl sein Vater wohl nicht ganz unrecht hatte.

»Wir entwickelten einen Plan«, nahm Siegfried den Faden wieder auf, nachdem sie sich einige Sekunden angeschwiegen hatten. »Verwarfen ihn, überlegten neu. Vor ein paar Monaten las ich von dieser Serienmordermittlung, in die du verwickelt warst. Und es war mir schnell klar, dass dein Beruf uns helfen könnte, Scherers Taten zu sühnen.«

»Du hast ihn auf mich aufmerksam gemacht?«, fragte Stefan fassungslos. »Ich dachte, das wäre Kommissarin Traunstein gewesen.«

»Es waren verschiedene Umstände, die dich ins Boot geholt haben. Dadurch, dass die Polizistin deinen Namen ins Gespräch brachte, wurde es unauffälliger. Doch auch ohne ihren gut gemeinten Ratschlag hätte sich Christoph irgendwann an dich gewandt.«

»Wann hat er von meiner Existenz erfahren?«

»Anfang des Jahres.«

»Er hat sich nichts anmerken lassen. Im Gegenteil.«

»Ja. Er war ein talentierter Schauspieler. Die Bullen haben ebenfalls nichts bemerkt.«

»Der Tote in dem Café?«, erkundigte sich Stefan. »Der war auch ein Missbrauchsopfer, oder?«

»Ja.«

»Warum hat ihn Christoph erschossen?« Stefan glaubte nicht mehr, dass sich bei der Rangelei versehentlich eine Kugel gelöst hatte.

»Notwendiger Kollateralschaden«, entgegnete Siegfried kalt. »Außerdem war Claas immer der Unangenehmste aus der Gruppe. Schwer zu bändigen.«

»Wie redest du? Was für ein Mensch bist du?«

»Die Frage wird durch deine ständigen Wiederholungen nicht gehaltvoller. Ich wollte meinem Sohn helfen, sich zu rächen, um das Trauma zu verarbeiten.«

»Und dafür gehst du über Leichen? Von Eva und mir ganz zu schweigen. Aber wahrscheinlich sind wir in deinen Augen auch bloß ein Kollateralschaden.«

Siegfried verzog den Mund, brachte jedoch nichts zu seiner Verteidigung vor.

»Weswegen hast du Eva entführt und mich hierhergefahren?«

»Du bringst es zu Ende.«

»Wie meinst du das?« Stefan ahnte, was als Nächstes kommen würde; doch so verrückt konnte Siegfried unmöglich sein.

»Du liquidierst Scherer für uns. Erst danach lassen wir Eva frei.«

***

»Der Angriff auf Engelhart im Hotel?«, fragte Traunstein, nachdem sie die letzten Enthüllungen einigermaßen verdaut hatte.

»War natürlich nur ein Schauspiel, um die vermeintliche Gefahr, in der Christoph schwebte, glaubhafter zu machen.«

»Ein verdammtes Risiko«, meinte die Kommissarin. »Ihre Komplizin hätte durch einen blöden Zufall geschnappt werden können.«

»Wir waren uns sicher, dass das nicht passieren würde. Christoph hatte ihr den nötigen Vorsprung gegeben, um aus dem Gebäude fliehen zu können.«

»Und ich Idiotin empfehle ihm einen Bodyguard.«

Dorweiler lächelte leicht spöttisch. »Wir haben die Idee ausgiebig diskutiert. Sie barg Chancen und Risiken. Trapp war ein Unsicherheitsfaktor, was den Hauptplan anbelangte. Andererseits machte er viele Dinge einfacher. Christophs Rolle wurde noch glaubwürdiger, außerdem hatte er schnell herausgefunden, dass Trapp bewaffnet war, wenn er ihn begleitete. Was besonders im Fernsehstudio hilfreich war, denn wir wussten ja nicht, inwieweit dort Sicherheitskontrollen durchgeführt wurden.«

»Wo ist die Lebensgefährtin von Herrn Trapp?«

Dorweiler schaute sie verständnislos an und zuckte die Achseln.

»Tun Sie nicht so. Stefan Trapps Partnerin ist seit gestern Abend verschwunden. Dahinter steckt garantiert Ihre Gruppe.«

»Nein«, widersprach Dorweiler.

Tatsächlich klang es so, als wüsste er nicht, wovon sie redete. Und da noch unklar war, ob Eva Hallers Verschwinden tatsächlich mit den anderen Ereignissen zusammenhing, beschloss die Hauptkommissarin, den Punkt nicht weiter zu vertiefen. Vielleicht bot sich ihnen hier sogar die Chance, den Deal aufzukündigen, falls sich herausstellte, dass Dorweiler in dieser Frage gelogen hatte.

»Warum haben Sie die Talkshow für Ihre Zwecke missbraucht?«, erkundigte sie sich stattdessen.

»Wegen der maximalen öffentlichen Wirkung. Zum einen wollten wir zuschlagen, bevor Scherer für sein Lebenswerk geehrt wurde. Zum anderen versprachen wir uns, dass durch sein Geständnis der Name Hubert Scherer auf ewig mit dem Skandal verbunden bleiben würde. Niemand sollte mehr an den Schauspieler denken. Alle sollten nur noch den Kinderschänder in ihm sehen.«

»Den gleichen Effekt hätten Sie mit einem Fernsehteam im Café erreicht«, meinte Focke.

»Da widerspreche ich ausdrücklich. Zum einen waren wir nicht sicher, ob man uns ein echtes Fernsehteam schicken würde, und zum anderen hatte diese Talkshow enorme Einschaltquoten. Besonders nach den Ereignissen in Köln.«

»Er hat aber kein Schuldeingeständnis abgelegt«, gab Focke zu bedenken.

»Leider hat die Polizei zu früh gestürmt. Sonst hätte er es winselnd getan. Das versichere ich Ihnen. Christoph hätte ihn dazu gebracht.«

»Mit einer Pistole an der Schläfe?«, fragte Traunstein. »Was wäre ein solches Geständnis wert gewesen?«

»Es hätte uns Genugtuung verschafft. Für Gerechtigkeit gesorgt.«

»Sie sind Polizist, verdammt!«, fuhr ihn die Hauptkommissarin an. »Sie müssten doch an unser Rechtssystem glauben.«

»Das System hätte uns nicht geholfen.«

»Sie haben es ja gar nicht probiert!«

»Weil es aussichtslos war. Darf ich Sie daran erinnern, wie es vielen Vergewaltigungsopfern ergeht? Die Täter kommen ungeschoren davon, selbst wenn die Frauen ihre Peiniger anzeigen und sich ärztlich untersuchen lassen. Die Arschlöcher müssen bloß Zweifel an der Glaubwürdigkeit der Opfer wecken. Also seien Sie ehrlich: Wie groß wäre unsere Chance gewesen, dass man uns geglaubt hätte? Ohne Beweise, nach all den Jahren?«

Traunstein fielen keine Argumente dagegen ein. »Trotzdem haben Sie nichts gewonnen. Drei Ihrer Leidensgenossen sind tot, und Scherer wird die Vorwürfe weiterhin vehement abstreiten.«

Dorweiler lehnte sich auf dem Stuhl zurück und verschränkte die Arme. »Dennoch wird dieser Makel an seinem Namen haften bleiben. Ich bin absolut sicher, dass die morgige Ehrung für sein Lebenswerk abgesagt wird.«

»Und das reicht Ihnen? Dafür haben Sie Ihre Karriere ruiniert?«

»Immerhin ist es besser als nichts.«

# 34

»Du bist wahnsinnig!«, sagte Stefan fassungslos. »Das kann unmöglich dein Ernst sein.«

Siegfried zuckte mit den Achseln. »Es ist die einzige Chance für dich, Eva zu retten.«

»Ist dir völlig egal, dass ich im Knast landen würde?«

»Da bin ich anderer Meinung.« Sein Vater stand auf, ging um den Sessel herum, auf dem er bislang gesessen hatte, und stützte sich auf der Rückenlehne ab.

»Ich töte einen Prominenten und soll ungestraft davonkommen? Bist du wirklich so naiv?«

»Sobald Scherer tot ist, stelle ich mich der Polizei und erzähle alles, was vorgefallen ist. Dass ich dich zu der Tat gezwungen habe.«

»Das wird sie bestimmt beeindrucken.« Während Stefan seinen Vater beobachtete, wurde ihm klar, dass er ihn nicht von dieser fixen Idee würde abbringen können. Möglichst unauffällig hielt er Ausschau nach einem Gegenstand, den er als Waffe einsetzen könnte.

»Es gibt doch diesen Mann, der mit einem Telefon am Ohr eine Bank überfallen hat, weil Gangster seine Familie in der Hand hatten. Der wurde dafür auch nicht bestraft.«

»Ist das nicht nur eine Legende?«

»Du wirst das für mich tun! Für Eva!«

»Ich bin dein Sohn! Bedeutet dir das überhaupt nichts?«

»Christoph war auch mein Sohn. Ihr wart Brüder! Spürst du denn gar keine Verbundenheit mit ihm?«

Stefan setzte zu einer Erwiderung an, überlegte es sich dann jedoch anders. Welchen Sinn hatte es, mit dem alten Mann darüber zu diskutieren?

»Wie lautet deine Entscheidung?«, fragte Siegfried ungeduldig.

Statt zu antworten, sprang Stefan urplötzlich auf. Sein Vater zuckte erschrocken zusammen. Ehe er reagieren konnte, hatte Stefan ihn bereits erreicht. Er packte ihn am Hemdkragen und versetzte ihm einen Schlag gegen das Kinn. Der schmerzerfüllte Aufschrei befriedigte ihn zutiefst. Siegfried drohte, in die Knie zu gehen, doch Stefan verhinderte es, indem er ihm einen Arm um die Kehle legte und hinter ihn trat.

»Ich will zu Eva! Entweder du lässt uns frei, oder ich breche dir das Genick.«

»Vergiss es!«

»Mal sehen, wie lange du den Klammergriff aushältst, bevor du das Bewusstsein verlierst.«

Kaum hatte Stefan zu Ende gesprochen, flog die Zimmertür krachend auf. Zwei bewaffnete Männer standen im Durchgang.

»Loslassen!«, schrie einer von ihnen.

***

Das Polizeiteam rückte in den frühen Morgenstunden vor. Der Verdächtige wohnte in der Einliegerwohnung eines Zweifamilienhauses. Der Rollladen an dem Fenster im Souterrain war nur halb heruntergelassen. Dahinter bewegte sich ein Mann, wie der Einsatzleiter erkannte. Die zu verhaftende Person schüttete gerade Kaffee in eine Tasse.

»Alpha und Beta zur Tür. Auf mein Kommando hin wird aufgebrochen.«

Die angesprochenen Beamten stellten sich direkt vor die Eingangstür. Einer von ihnen trug eine Ramme, mit der er sich gewaltsam Zutritt verschaffen würde. Zunächst wartete der Leiter jedoch ab. Ungern würde er eine Zielperson in der Küche überraschen, wo meistens Messer in Reichweite waren, denn das erhöhte die Gefahr einer verhängnisvollen Kurzschlussreaktion bei seinen eigenen Leuten. Die Hauptkommissarin hatte in der Konferenzschaltung mit den Verantwortlichen der verschiedenen Teams ausdrücklich darauf hingewiesen, dass sie die Verdächtigen unversehrt benötige.

Von seiner Position aus konnte er einen weiteren Raum sehen, der offenbar als Wohnschlafzimmer genutzt wurde. Es wäre viel praktischer, wenn der Mann sich dort befände. Zumal er dann näher an der Tür wäre und weniger Zeit hätte zu reagieren. Doch lange wollte der Einsatzleiter den Sturmbefehl nicht mehr hinauszögern.

Die Person wirkte unruhig. Sie führte die Kaffeetasse zum Mund, setzte sie gleich wieder ab und trommelte mit den Fingern auf die Tischplatte.

»Hört zu«, sagte der Einsatzleiter schließlich. »Der Verdächtige scheint nervös zu sein. Er ist in der Küche, und wir können nicht ausschließen, dass er versucht, sich mit einem Messer zu wehren. Seid also schnell. Falls er eine Waffe hat, zieht ihr euch bis zum Eingang zurück. Dann rede ich mit ihm und mache ihm die Ausweglosigkeit seiner Situation klar. Verstanden?«

Seine Teammitglieder bestätigten das nacheinander.

»Okay. Zugriff! Los!«

Während die Haustür nach dem zweiten Schlag aufsprang, schaute der Verdächtige panisch in Richtung der Geräusche. Aber entweder lähmte ihn die Angst, oder er hatte bereits mit so etwas gerechnet. Statt sich zu verteidigen, hob er lediglich die Hände in die Höhe. Erleichtert beobachtete der Teamleiter, wie seine Kollegen den Mann vom Stuhl zerrten und die Hände hinter dem Rücken fixierten.

***

»Du hast keine Chance«, röchelte Siegfried.

Leider musste Stefan ihm recht geben. Er konnte seinen Vater höchstens als lebendigen Schutzschild benutzen. Doch das erhöhte die Gefahr, dass einer der Bewaffneten sich zu einem unüberlegten Schritt hinreißen ließ.

Blitzschnell wog er die Lage ab. Er hatte nicht erwartet, dass Siegfrieds Unterstützer ihm so rasch zu Hilfe eilen würden. Wahrscheinlich wurde das Zimmer videoüberwacht.

Frustriert stieß er den alten Mann von sich. Der stolperte vorwärts, konnte allerdings das Gleichgewicht halten.

»Was sollen wir mit ihm tun?«, fragte einer der Bewaffneten.

Falls Siegfried nicht gelogen hatte, waren die beiden Männer ebenfalls Missbrauchsopfer. Welche Kreise zog dieser Skandal noch?

»Fesselt ihn, verbindet seine Augen und setzt ihm wieder die Kopfhörer auf. Ich fahre ihn nach Hause.« Siegfried suchte Blickkontakt zu Stefan. »Wehr dich nicht dagegen. Das wäre der größte Fehler, den du machen könntest.«

»Ich will zu Eva. Mich von ihr verabschieden.«

»Das hätte ich dir sogar zugestanden. Doch du hast es dir eben selbst versaut.«

»Bitte!«

»Vergiss es.«

Siegfried nickte einem der Männer zu, der die Fesseln und eine Augenbinde aus seiner Tasche nahm. Die Pistole gab er an Siegfried weiter – wodurch Stefans letzte Hoffnung auf Gegenwehr zunichte gemacht wurde. Hilflos musste er mit ansehen, wie der Kerl näherkam, während zwei Schusswaffen auf ihn gerichtet waren.

»Du Bastard!«, zischte Stefan wütend.

***

Traunstein trank eine weitere Tasse Kaffee, um die Müdigkeit zu verscheuchen. Trotzdem spürte sie eine bleierne Schwere in den Knochen, und langsam rebellierte auch ihr Magen.

Laut Dorweiler hatte die Gruppe, die in Engelharts endgültigen Plan eingeweiht gewesen war, aus sieben Personen bestanden. Drei waren im Fernsehstudio gewesen, Dorweiler war verhaftet. Fehlten drei. Zwei von ihnen hatte man mittlerweile in Frankfurt und Solingen festgenommen. Nun wartete sie auf eine Rückmeldung aus Berlin. Sie würde mit allen Inhaftierten reden müssen, um herauszufinden, ob der Polizist die Wahrheit gesagt hatte. Außerdem würde sie die fünf Leute befragen, deren Namen zwar in der Sendung vorgelesen worden waren, die aber angeblich nicht an der geplanten Aktion beteiligt gewesen waren. Bis sie den Fall abschließen könnte, würden Tage vergehen. Auch Scherers Agentin gehörte zu denjenigen, die eine Aussage tätigen mussten.

Endlich klingelte ihr Handy, und die Hauptkommissarin verdrängte den Gedanken an die Mammutaufgaben, die noch vor ihr lagen.

»Traunstein!«, meldete sie sich.

Nachdem der Berliner Einsatzleiter ihr mitgeteilt hatte, dass die Verhaftung des mutmaßlich letzten Mitverschwörers reibungslos geklappt hatte, gestattete sie sich ein Lächeln. Vielleicht war es jetzt an der Zeit, kurz nach Hause zu fahren, sich eine Stunde aufs Ohr zu legen, anschließend zu duschen und in frischer Kleidung ins Präsidium zurückzukehren.

***

Der Wagen hielt an. Vielleicht bloß an einer roten Ampel oder Kreuzung. Oder hatten sie ihr Ziel erreicht? Als ein kühler Luftzug sein Gesicht berührte, war die Frage beantwortet. Kurz darauf nahm ihm Siegfried den Kopfhörer ab.

»Wir sind da. Mach in Evas Interesse keine Dummheiten. Es ist wie vorhin: Falls ich nicht zu einer bestimmten Uhrzeit zurück bin, wird deine Liebste liquidiert. Du hast gesehen, dass ich von Leuten unterstützt werde, die zu allem bereit sind.«

»Ich hasse dich«, spie Stefan verächtlich aus. »Dafür wirst du bezahlen!«

»Wenn du mir zugehört hättest, wüsstest du, dass ich dazu bereit bin.« Er entfernte Stefans Augenbinde.

»Wie groß war eigentlich dein Anteil an dem Plan?«

»Setz dich. Dann löse ich dir die Handfesseln.«

Umständlich folgte Stefan der Aufforderung. Sein Vater durchtrennte mit einem spitzen Gegenstand den Kabelbinder. Führte er das Messer nur zu diesem Zweck bei sich, oder wollte er sich damit gegebenenfalls auch verteidigen?

»Wie kommst du auf die Idee, ich hätte irgendeinen Einfluss darauf gehabt?«

»Betrachten wir das Ganze logisch«, antwortete Stefan, während er seine Handgelenke massierte. »Jahrelang hat die Gruppe immer wieder versucht, Hubert Scherers Reputation zu schaden.«

»Bedauerlicherweise ohne Erfolg, was für große Frustration gesorgt hat.« Siegfried stieg aus dem Auto, das vor dem blauen Zufahrtstor geparkt war.

»Du erfuhrst davon und warst fortan der Meinung, am Leid deines Sohnes schuld zu sein.« Stefan kletterte ebenfalls aus dem Fahrzeug und bemerkte, wie sich die Gesichtszüge des alten Mannes verdüsterten.

»Sprich weiter!«

»Hättest du deine zweite Familie nicht verlassen oder sie zumindest finanziell versorgt, wäre Christophs Mutter niemals auf die Idee gekommen, diesen schrecklichen Weg zu gehen.«

»Und deswegen …«, schrie Siegfried, erinnerte sich dann jedoch anscheinend daran, dass es unklug wäre, Unbeteiligte auf ihren Streit aufmerksam werden zu lassen. Frustriert spuckte er auf den Boden.

»Die Versuche, Scherer als Kinderschänder zu enttarnen, waren fehlgeschlagen, deswegen hast du ihm einen krasseren Vorschlag unterbreitet. Ich vermute sogar, du hast Christoph dazu gedrängt.«

»Erstaunlich«, murmelte Siegfried.

»Dass ich dich durchschaut habe?«

»Offenbar steckt mehr von mir in dir, als ich dachte. Mitzuerleben, wie niemand die Opfer ernstnahm, hat mich wahnsinnig gemacht. Ich konnte diese Ungerechtigkeit nicht ertragen. Irgendwann sah ich Scherer in einer Talkshow sitzen. Ich dachte mir, wie befriedigend es sein müsste, wenn jemand aus dem Publikum aufstehen und den Wichser hochgehen lassen würde. Ich pflanzte Christoph die Idee ein. Wir fürchteten allerdings, dass die Fernsehverantwortlichen einen Weg finden würden, das Ganze zu unterbinden.«

»Indem sie beispielsweise die Übertragung beendeten.«

»Oder bei einer Aufzeichnung den Part einfach rausschnitten. Wodurch nichts gewonnen gewesen wäre.«

»Also musste es in einem Umfeld passieren, das ihr kontrollieren konntet«, schloss Stefan.

»So entstand der Plan, ihn in aller Öffentlichkeit hinzurichten.«

»Warum habt ihr es nicht im Café durchgezogen?«

Ein Auto näherte sich ihnen. Stefan erkannte die Fahrerin und hob eine Hand. Die Frau winkte zurück, drosselte jedoch nicht die Geschwindigkeit.

»Aus verschiedenen Gründen. Das alles führt jetzt aber zu weit. Also, wirst du unsere Forderung erfüllen, um Eva zu retten?«

»Ich werde nicht blind irgendwo hineinstürmen, um Scherer zu erschießen.«

Siegfrieds Augen verengten sich. »Dein letztes Wort?«

»Wenn das mein letztes Wort wäre und ich deswegen fürchten müsste, dass ihr Eva umbringt, würde ich dich auf der Stelle fertigmachen, alter Mann. Glaubst du ernsthaft, du hättest eine Chance gegen mich?«

»Was schwebt dir vor?«, fragte Siegfried.

»Scherer weiß, dass ich ausgebildeter Personenschützer bin.«

»Erzähl mir was Neues!«

»Lass mich gefälligst ausreden!«, fuhr Stefan ihn an.

Siegfried gab ihm ein Zeichen, dass er fortfahren sollte.

»Aufgrund der Enthüllungen während der Talkshow hat der Schauspieler einen Bodyguard nötiger denn je. Er kennt mich, also habe ich gute Chancen, dass er mich mit seinem Schutz beauftragt. Statt ihn zu beschützen, werde ich meine Stellung nutzen, um ihn zu erledigen. Da ich mich aber ganz sicher nicht darauf verlassen werde, dass du nach seinem Tod alles aufklärst, werde ich es nach Selbstmord aussehen lassen. Eine nachvollziehbare Handlung, nachdem seine Reputation zerstört wurde.«

»Klingt nicht schlecht. Selbstmord wäre ein Schuldeingeständnis«, meinte Siegfried nachdenklich.

»Sollte er allerdings verhaftet werden, habe ich keine Chance, an ihn heranzukommen. Dann müsstet ihr Eva freilassen.«

Siegfried schüttelte unwirsch den Kopf. »Nein! Scherer muss sterben. Also beeil dich lieber!« Er blickte auf seine Armbanduhr. »Allmählich sollte ich aufbrechen. Ich rede mit den anderen und erkläre ihnen, was du vorhast. In den nächsten Tagen werden wir uns anständig um Eva kümmern. Das verspreche ich dir!«

»Und damit speist du mich ab?«

Siegfried zuckte mit den Achseln.

»Wenn Eva etwas zustößt, jage ich dich bis ans Ende der Welt«, warnte ihn Stefan.

Eine Drohung, die sein Vater stoisch zur Kenntnis nahm.

# 35

Florian Dorweiler saß auf der Pritsche in seiner Einzelzelle. Man hatte ihn bewusst nicht zu anderen Gefangenen gesteckt, denn niemand konnte dafür garantieren, dass er nicht als Kriminalkommissar enttarnt werden würde. Oder besser gesagt: als ehemaliger Kriminalkommissar.

Der Gedanke, seine Tätigkeit nie wieder ausüben zu können, belastete ihn im Moment kaum. Er hatte gewusst, wohin die geplante Selbstjustiz führen würde, und war bereit gewesen, das Risiko einzugehen, damit Hubert Scherer endlich bestraft wurde.

Dieser Mann hatte sein Leben ruiniert. Er war schuld daran, dass Florian nicht lieben konnte – weder sich selbst noch irgendeinen anderen Menschen. Vielleicht war das der größte Schaden, den Scherer verursacht hatte: dass er ihm die Fähigkeit genommen hatte, anderen zu vertrauen und Liebe zu empfinden.

Wie sich der Schauspieler wohl jetzt fühlte?

Dorweiler wusste, wie langsam die Mühlen der Justiz manchmal mahlten. Oft genug machte dieser Umstand Polizisten schwer zu schaffen, wenn Verdächtige auf freiem Fuß blieben und untertauchten. Oder Haftbefehle nicht vollstreckt wurden. Diesmal jedoch wäre es wahrscheinlich hilfreich.

Er stand auf, um sich in der engen Zelle etwas zu bewegen.

Nichts von dem, was er der Hauptkommissarin gesagt hatte, war unwahr. Eine entscheidende Information hatte er allerdings verschwiegen. Es gab mehr als neun Personen, die beschlossen hatten, aktiv zu werden. Einige der Namen waren bloß während der Live-Übertragung nicht genannt worden. Um Optionen offenzuhalten. Dabei ging es nicht um die fünf Geschädigten, die keinen Mut gehabt hatten, mit dem Missbrauchsvorwurf an die Öffentlichkeit zu gehen. Nein. Ihre Gruppe war größer gewesen. Sechzehn Leute insgesamt. Also sieben, die sich momentan hoffentlich unterhalb des Polizeiradars bewegten.

Und die daran arbeiteten, Scherer zu töten, nachdem das in der Talkshow nicht gelungen war.

Würde ihnen der Mistkerl zuvorkommen und sich eigenhändig richten? Oder würde er den Unschuldigen mimen?

Dorweiler bezweifelte, dass es den Ermittlungsbehörden gelingen könnte, nach so langer Zeit Beweise für den fortgesetzten Missbrauch zu finden. Der Gruppe gehörten ausschließlich Opfer an, deren verhängnisvolle Begegnungen mit Scherer mehr als zehn Jahre zurücklagen. Engelharts Vater hatte irgendwann die Vermutung geäußert, dass der Schauspieler im Alter vielleicht ruhiger geworden sei und seinen Trieb unter Kontrolle gebracht habe. Oder stimmten die Gerüchte, denen zufolge Scherer aufgrund einer Prostatakrebserkrankung impotent geworden war? Der Prominente hatte Meldungen über die Erkrankung, die vor etwa vier Jahren aufgekommen waren, stets dementiert. Möglicherweise, um seinen Marktwert nicht zu ruinieren? Natürlich spielte er nicht mehr den jugendlichen, potenten Liebhaber wie zu Beginn seiner Karriere. Doch er schlüpfte manchmal in die Rolle des reifen Mannes, der von den Frauen gerade wegen seiner Lebenserfahrung angehimmelt wurde. Da passte Impotenz nicht ins Bild.

Florian legte sich auf die Pritsche und starrte an die Decke. Seine Aussage hatte seinen Leidensgenossen im Idealfall geholfen, den Ersatzplan in die Tat umzusetzen. Für ihn gab es nichts mehr zu tun. Er konnte nur abwarten.

***

Die Agentin hatte ihm Scherers streng geheime Handynummer gegeben, damit er ihn bei eventuellen Verzögerungen vor der Abfahrt nach Hamburg hätte erreichen können.

Ein Umstand, der ihm nun sehr gelegen kam. Stefan saß im dunklen Wohnzimmer, nur das Display seines Handys spendete etwas Licht.

Er schickte dem Schauspieler zunächst eine Textnachricht, denn er vermutete, dass Scherer momentan vorsichtig war mit dem Annehmen von Anrufen.

*Hallo, Herr Scherer. Ich muss dringend mit Ihnen sprechen. Es geht um Ihre Sicherheit. Ich melde mich, sobald Sie diese Nachricht gelesen haben.*

Stefan versendete die Mitteilung.

Christoph Engelhart war sein Halbbruder gewesen. Er hatte keinen Grund, an Siegfrieds Worten zu zweifeln.

Hätte er das irgendwie merken müssen?

Von der Vorliebe für den Kampfsport abgesehen waren ihm keinerlei Gemeinsamkeiten aufgefallen. Im Nachhinein wunderte es Stefan, dass Christoph ihm nie irgendwelche Fragen über seine Kindheit oder Jugend gestellt hatte. Ob er nicht neugierig gewesen war?

Seine Gedanken wanderten zu Siegfried, der zwei Kinder in die Welt gesetzt und sich vor der Verantwortung gedrückt hatte. Unwillkürlich musste er an Sophie denken. Ob sie ihm den Umgang mit dem Baby tatsächlich verbieten würde? Müsste er sich das Recht erkämpfen? Die Enthüllungen des heutigen Abends hatten in ihm die ohnehin vorhandene Bereitschaft verstärkt, genau das zu tun. Aber vorläufig gab es drängendere Probleme.

Konnte sein Plan funktionieren? Oder würde sich Scherer …

Das Chatprogramm signalisierte ihm, dass die Nachricht gelesen worden war. Ohne zu zögern, wählte er die Nummer an. Das Freizeichen erklang, und nach wenigen Sekunden wurde das Gespräch angenommen.

»Hallo«, meldete sich Scherer.

»Man hat Sie wahrscheinlich nicht verhaftet?«, fragte Stefan direkt, da ihm der Sinn nicht nach Smalltalk stand.

»Aufgrund dieser haltlosen Behauptungen? Natürlich nicht.«

»Wo sind Sie?«

»Warum wollen ausgerechnet Sie das wissen? Immerhin hat ihr Klient versucht, mich umzubringen.«

»Glauben Sie ernsthaft, ich hätte etwas damit zu tun? Sie waren vor Ort. Haben alles live miterlebt.«

Scherer seufzte. »Im Lindner am Michel. Die Polizei *bittet* mich darum, in den nächsten Tagen für Aussagen zur Verfügung zu stehen. Nachher werde ich meinen Anwalt kontaktieren und ihn fragen, was er darüber denkt. Meine Agentin rät mir allerdings, mich kooperativ zu zeigen.«

»Scheint mir ein kluger Schachzug zu sein.«

Scherer schnaubte. »Am liebsten würde ich in den nächsten Flieger steigen und nach Mallorca abhauen. Auf meiner Finca könnte ich dem Rummel entgehen.«

»Das würde ich an Ihrer Stelle nicht tun. Es würde wie ein Schuldeingeständnis wirken.«

»Haben Sie seit gestern einen Blick ins Internet geworfen? Die öffentliche Hetzjagd hat bereits begonnen.«

»Deshalb melde ich mich und möchte Ihnen einen Vorschlag unterbreiten.«

»Ich höre.«

Stefan schaute nach draußen in den Garten, wo es allmählich zu dämmern begann. Eva zuliebe musste er nun sehr überzeugend sein. »Ich fürchte, Sie benötigen in absehbarer Zeit jemanden, der auf Sie aufpasst. Selbst im Hotel halte ich Ihre Sicherheit nicht für hundertprozentig gewährleistet. Außerdem wird die Hamburger Polizei bestimmt erwarten, dass Sie ins Präsidium kommen. Es wäre verheerend für die öffentliche Meinungsbildung, wenn man Sie in einem Polizeifahrzeug filmen würde. Sie wissen, wie schnell die Leute mit Vorverurteilungen bei der Hand sind. Das wäre ein Makel, den Sie nie wieder abwaschen könnten.«

Scherer schien darüber nachzudenken. Stefan gab ihm die Zeit und beobachtete eine Amsel, die nach Würmern pickte.

»Wie hoch ist Ihr Honorar?«, fragte der Prominente schließlich.

»Normalerweise beträgt mein Tagessatz tausendfünfhundert. Aufgrund der besonderen Umstände würde ich Ihnen tausendachthundert berechnen.«

Stefan hatte beschlossen zu pokern. Scherer sollte glauben, dass es ihm hauptsächlich darum ging, die Situation finanziell für sich auszunutzen.

»Wieso der erhöhte Satz?«

»Ich sehe eine mehrfache Bedrohungslage. Ob die Gruppe komplett ausgeschaltet ist, weiß niemand. Die Polizei wird Sie in Schwierigkeiten bringen, vor denen ich Sie ebenfalls teilweise beschützen kann. Ich würde Sie vor zudringlichen Medienvertretern abschirmen und Ihnen Schutz vor empörten Bürgern bieten, die meinen, das Recht selbst in die Hand nehmen zu müssen. Das alles zusammengenommen rechtfertigt die höhere Bezahlung.«

»Einverstanden. Wie zügig können Sie hier sein?«

»Aktuell bin ich wieder in Köln. Allerdings kann ich mich sofort auf den Weg machen. Dann wäre ich in drei bis vier Stunden bei Ihnen.«

»Gut. Wobei ich Ihnen heute nur den halben Honorarsatz bezahlen werde.«

»Daran soll es nicht scheitern. Ich fahre in wenigen Minuten los und melde mich, sobald ich eingetroffen bin. Wie lautet Ihre Zimmernummer?«

»Sechs drei zwo.«

»Könnten Sie mir über die Rezeption einen Tiefgaragenstellplatz reservieren? Das wäre wichtig.«

»Okay, mache ich.«

Sie beendeten das Gespräch. Stefan ging zum Kühlschrank und packte ein paar Dosen Energydrink ein. Noch hielt ihn das Adrenalin wach, doch er fürchtete, während der Autobahnfahrt einen toten Punkt überwinden zu müssen. Anschließend eilte er nach unten, um seine Ersatzwaffe einzustecken.

***

Der kurze Schlaf und die ausgiebige Dusche hatten Wunder gewirkt. Andrea Traunstein fühlte sich bei ihrer Rückkehr ins Präsidium am Samstagmorgen voller Tatendrang. Sie kontaktierte die Kollegen in Hamburg, damit man sich gegenseitig auf den neuesten Stand bringen konnte. Nachdem das erledigt war, wählte sie die Nummer von Scherers Agentin.

Zwei Stunden später saß ihr eine sichtlich aufgewühlte und schlagartig um Jahre gealterte Frau gegenüber.

»Das ist alles so schrecklich«, murmelte sie.

Traunstein hatte Caroline von der Strebe über ihr Recht informiert, einen Anwalt hinzuzuziehen, worauf sie allerdings verzichtet hatte.

»Eigentlich müsste ich jetzt Hubert beistehen. Aber was kann ich großartig in Hamburg ausrichten? Die Presseanfragen treffen ja eh im Büro ein. Insofern helfe ich ihm wohl effektiver, wenn ich hier zur Verfügung stehe.«

»Ist Ihre Agentur übers Wochenende besetzt?«

»Im Regelfall nicht, aber ich habe eine meiner Mitarbeiterinnen heute früh geweckt und sie zum Wochenenddienst verdonnert. Oder hätten wir das Ganze besser aussitzen sollen?«

»Stimmen die Vorwürfe?«

Traunstein achtete genau auf die Reaktion der Agentin. Interessanterweise zeigte sie das typische Verhalten einer schlechten Lügnerin. Sie wich dem Blick der Kommissarin aus, lachte schrill und fasste sich an die Nase.

»Hubert, ein Kinderschänder? Ich bitte Sie! Er ist ein internationaler Star. War bis zu Mariannes Tod vor drei Jahren dreißig Jahre glücklich verheiratet. Das ist absurd!«

»Wie lange arbeiten Sie schon für ihn?«

»Seit 1988.«

Traunstein ging davon aus, dass die Agentin garantiert Bescheid wusste – falls die Vorwürfe stimmten. Deswegen wollte sie versuchen, sie in Widersprüche zu verwickeln.

»Saß Ihre Agentur schon damals in Köln?«

»Ich bin in Köln geboren, aufgewachsen und werde hier sterben. Mich bekommen Sie nicht aus dem Rheinland verpflanzt.«

»Also ja?«

Die Frau nickte und griff zu der Kaffeetasse, die vor ihr stand.

»Herr Scherer hingegen wohnt in Heidelberg.«

»Das ist einer seiner Wohnsitze.«

»Er hat mehrere?«

»Einen weiteren auf Mallorca, und außerdem gehört ihm

das Haus seiner verstorbenen Eltern in Bremen, in dem er groß geworden ist.«

»Das heißt, Sie hätten gewisse Aktivitäten außerhalb der Domstadt gar nicht mitbekommen?«

Von der Strebe presste die Lippen zusammen. Traunstein hatte ihr absichtlich einen Ausweg geboten. Sollte sie in irgendeiner Weise an den Missbrauchsvorgängen beteiligt gewesen sein, könnte sie nun Unwissenheit vortäuschen. Aber natürlich würde das bedeuten, dass sie sich gegenüber ihrem wichtigsten Klienten äußerst illoyal verhielt.

»Na ja«, sagte sie ausweichend. »Bis ins letzte Detail kannte ich seinen Terminplan nicht. Gerade in der drehfreien Zeit hat er mich nicht informiert, wie er seine Tage verbringt.«

Diese Antwort reichte der Hauptkommissarin. Bestimmt lohnte es sich, Druck auszuüben.

»Sollten Sie Bescheid gewusst haben, würde Ihnen als Mitwisserin ebenfalls eine Haftstrafe drohen.«

Von der Strebe riss entsetzt die Augen auf. »Wieso denn das?«

»Sie hätten es anzeigen müssen.«

»Da war nichts!«

»Besprechen wir doch mal ein paar der Einzelheiten, die Engelhart in der Talkshow beziehungsweise bei der Verhandlung mit der Polizei erwähnt hat.«

Die Agentin rutschte unruhig auf ihrem Stuhl hin und her.

# 36

Stefan blickte zum wiederholten Mal in den Rückspiegel. Das konnte unmöglich Zufall sein. Hinter Remscheid war ihm der schwarze BMW erstmalig aufgefallen, der konstant zweihundert Meter Abstand hielt. Der Leibwächter hatte mehrfach beschleunigt, dann war er kilometerlang nur hundert Stundenkilometer gefahren. Weder hatte er das nachfolgende Auto abschütteln können, noch hatte es ihn überholt.

»Was soll der Scheiß?«, fluchte er.

Über das Multimediapaket des Leihwagens griff Stefan auf sein Handy zu. Er wählte die Nummer an, von der Siegfried ihn angerufen hatte.

»Hallo, mein Sohn«, meldete der sich energisch. »Bist du unterwegs nach Hamburg?«

»Ich schätze, du weißt das genauso gut wie ich.«

»Nicht ganz. Ich habe lediglich die Information erhalten, dass du dich auf der A1 Richtung Norden befindest. Hat Scherer angebissen?«

»Hat er.«

»Wunderbar. Offensichtlich sind meine beiden Söhne überzeugende Schauspieler.«

»Warum lässt du mich überwachen? Davon war nie die Rede.«

»Das dient bloß deiner Sicherheit«, beschwichtigte Siegfried.

»Was hat ein Verfolger mit meiner Sicherheit zu tun? Im Gegenteil. Ich fürchte, eine zusätzliche Person könnte alles vermasseln.«

»Schwachsinn! Einerseits müssen wir informiert sein, wo du dich aufhältst. Andererseits kannst du nicht ausschließen, dass eine Situation eintritt, in der du einen Unterstützer brauchst. Ein Anruf bei mir genügt, und ich kümmere mich darum. Mit einem Mann vor Ort ist das leichter zu bewerkstelligen.«

»Hast du weitere Überraschungen auf Lager?«

»Dann wären es ja keine Überraschungen mehr. Hab Vertrauen. Wenn du den Plan durchziehst, kommen wir dir nicht in die Quere.«

»Das will ich hoffen.« Grußlos unterbrach er die Verbindung.

Schon bei der Zufahrt zum Hotel bemerkte Stefan, dass Scherers Aufenthaltsort kein Geheimnis geblieben war. In der engen Straße standen verschiedene Übertragungswagen, die ihm ein zügiges Vorankommen erschwerten. Um in die Tiefgarage zu gelangen, musste er ein paar der vor dem Eingang wartenden Reporter mit der Hupe verscheuchen. Er ließ den Wagen bis zur Schranke rollen und betätigte den elektrischen Fensterheber.

»Lindner am Michel, guten Tag«, begrüßte ihn eine weibliche Stimme, nachdem er den Rufknopf gedrückt hatte.

»Stefan Trapp. Für mich wurde ein Parkplatz reserviert.«

»Einen Moment bitte.«

Er rechnete damit, dass sich die Schranke augenblicklich öffnete. Stattdessen meldete sich die Mitarbeiterin erneut.

»Auf den Namen Trapp liegt keine Parkplatzreservierung vor. Wann haben Sie das in Auftrag gegeben?«

»Herr Scherer hat das heute Morgen für mich erledigt.«

Ein Journalist, der in unmittelbarer Nähe stand, bekam den Wortwechsel mit.

»Hey!«, rief er. »Können wir kurz miteinander sprechen?«

Stefan fuhr die Fensterscheibe wieder hoch. Im selben Moment ging endlich die Schranke hoch. »Aasgeier!«, murmelte er genervt.

Von der Garage führte ein Fahrstuhl ins Hotel. Da er die Zimmernummer kannte, drückte er den Knopf für die sechste Etage. Doch zu seiner Überraschung stoppte der Lift im Erdgeschoss, wo ein Hotelmitarbeiter wartete.

»Wohin möchten Sie?«, fragte er.

»In die sechste Etage.«

Der Mann zog die Augenbrauen hoch. »Haben Sie dort ein Zimmer?«

»Nein. Herr Scherer erwartet mich.«

»Das müssen wir uns leider bestätigen lassen. Kommen Sie bitte mit.«

Obwohl es Unannehmlichkeiten für ihn bedeutete, hieß Stefan die Sicherheitsmaßnahme gut; sie würde verhindern, dass Reporter bis vor die Tür der Suite gelangen konnten, um Scherer zu belästigen. Beziehungsweise um seine eigenen Pläne zu durchkreuzen.

Also folgte er der Aufforderung bereitwillig. In der Lobby hielten sich keine Medienvertreter auf. Sie mussten offensichtlich alle draußen ausharren. Zwei Security-Mitarbeiter hatten sich an den Eingängen aufgebaut und achteten darauf, dass kein Unbefugter das Gebäude betrat. Normale Gäste hatten sich ihren Aufenthalt sicher anders vorgestellt – andererseits hatten sie den Daheimgebliebenen so etwas zu erzählen.

Der Mann brachte Stefan zur Rezeption.

»Stefan Trapp. Herr Scherer erwartet mich«, wiederholte er sein Ansinnen.

»Aufgrund der jüngsten Ereignisse muss ich mit Herrn Scherer Rücksprache halten.«

»Nur zu!«

Die Mitarbeiterin griff zum Telefon. Es dauerte ein paar Sekunden, bis sich am anderen Ende jemand meldete.

»Herr Scherer, entschuldigen Sie die Störung. Lucy Schröder von der Rezeption. Hier steht ein Mann namens Trapp, der sagt, Sie würden ihn erwarten.« Sie hörte einen kurzen Augenblick zu. »Wunderbar! Dann schicke ich ihn hoch. Herzlichen Dank für die Information. Auf Wiederhören.«

Stefan klopfte dreimal gegen die Zimmertür. Einen Moment später öffnete ihm der Schauspieler.

»Kommen Sie rein in meine *Business Class Suite*.« Die letzten Worte spie er beinah verächtlich aus. »Eine Frechheit, diese Behausung!«

Stefan folgte ihm und schloss die Tür hinter sich.

»Ich übernachte jedes Mal in diesem Hotel, wenn ich in Hamburg bin. Jedes Mal bekomme ich die First Class Suite. Sehr geräumig. Sogar mit eigener Sauna und Balkon. Eine Wohltat. Doch jetzt ist sie angeblich nicht frei. Ich wette, der Hotelmanager enthält sie mir absichtlich vor.«

Er holte eine kleine Flasche Gin aus der Minibar. Unterdessen musterte Stefan die vermeintlich unangemessene Unterkunft. Sie war absolut luxuriös – wahrscheinlich ließ Scherer bloß seinem Frust darüber freien Lauf, dass man ihn demaskiert hatte.

»Bedienen Sie sich! Es gibt auch alkoholfreie Getränke.«

»Danke.«

Scherer ging zur Couch und setzte sich schwerfällig hin. Er schraubte die Miniflasche auf, trank sie zügig leer und warf sie auf den Boden.

»Fragen Sie mich!«, forderte er.

»Was?«, erwiderte Stefan, obwohl er ahnte, worauf der Schauspieler hinauswollte.

»Ob ich schuldig bin. Das interessiert doch jeden! Ich sehe es an den Blicken der Angestellten. Sie wollen es wissen! Nein!« Er reckte einen Zeigefinger in die Luft. »Sie wollen ihre Vorurteile *bestätigt* wissen! Für sie bin ich bereits schuldig gesprochen. Mindestens bis zum Beweis des Gegenteils. Eher auch darüber hinaus.« Der Prominente schaute Stefan herausfordernd an.

»Mir ist das scheißegal«, antwortete der.

»Glaube ich Ihnen nicht.«

»Nicht mein Problem.«

»Wie kann Ihnen das egal sein? Stellen Sie sich vor, Sie würden einen Pädophilen beschützen. Können Sie das mit Ihrem beruflichen Ethos vereinbaren?«

»Solange die Bezahlung stimmt.«

Scherer lachte laut. »Für so abgebrüht hätte ich Sie nach unserer ersten Begegnung gar nicht gehalten. Woran liegt's, dass Ihnen das Geld am wichtigsten ist?«

»Ich wurde vor ein paar Monaten angeschossen.«

»Im Dienst?«

»Schwierig zu sagen. Ich hatte ein paar Wochen zuvor den Auftrag angenommen, eine Frau zu bewachen, die ins Visier eines Serienmörders geraten war. Zum Zeitpunkt des Angriffs waren wir allerdings ein Paar und privat unterwegs.«

Scherer grinste. »Raten Sie, welchen Song ich jetzt am liebsten singen würde?«

»Zufällig einen Whitney-Houston-Klassiker?«

»Korrekt! Setzen Sie sich zu mir und erzählen Sie weiter. Irgendwie müssen wir uns ja die nächsten Stunden vertreiben. Und vielleicht kaufe ich Ihnen die Filmrechte ab, wenn Sie mich gut unterhalten.«

»Welche Rolle wollen Sie spielen? Den Bodyguard? Dafür sind Sie eigentlich zu alt.«

Scherers Grinsen wurde breiter. »Ihre Unverfrorenheit gefällt mir. Holen Sie sich etwas zu trinken, und kommen Sie zu mir.«

»Ich habe keinen Durst. Danke.«

Stefan setzte sich zu dem Schauspieler und fasste die Ereignisse um die Mordserie zusammen.

»Ihre Partnerin hat den Mörder wirklich mit einem Pfeil niedergestreckt?«, fragte Scherer beeindruckt.

»Sie ist mehrfache deutsche Meisterin.«

»Wow! Sie sollten mit Produzenten sprechen. Ich sehe da Potenzial.«

»Nicht nötig. Eva will nicht mehr an die Geschehnisse denken.«

»Ich könnte den Vereinsvorsitzenden darstellen, der Ihr Leben gerettet hat. Oder den Polizeirat mimen.«

Stefan schüttelte lediglich den Kopf. »Um auf Ihre Ausgangsfrage zurückzukommen: Danach bin ich einige Monate ausgefallen und konnte keine Aufträge übernehmen. Deswegen ist es mir egal, ob Sie schuldig sind. Ich benötige das Geld.«

»Danke für Ihre Ehrlichkeit. Und zu Ihrer Beruhigung kann ich Ihnen versichern, dass ich unschuldig bin.«

»Wunderbar!«

Es klopfte an der Zimmertür. Die beiden Männer wechselten einen überraschten Blick.

»Erwarten Sie Besuch?«, erkundigte sich Stefan.

»Nein. Wahrscheinlich ein Hotelmitarbeiter. Die Minibar müsste dringend aufgefüllt werden.«

Stefan erhob sich und zog die Waffe. Langsam ging er zur Tür und schaute durch den Spion. Ein ihm erst seit wenigen Stunden bekannter Mann wartete davor.

»Es ist Hauptkommissar Jessen von der Hamburger Kripo.«

»Was will der?«

»Soll ich ihn reinlassen?«

»Meinetwegen.«

Stefan öffnete die Tür. Die Überraschung war dem Polizisten deutlich anzusehen.

»Was machen Sie denn hier?«, fragte er, während er eintrat.

»Herr Scherer hat mich engagiert.«

»Heute Nacht mussten Sie noch dringend nach Köln, weil Ihre Lebensgefährtin verschleppt wurde, und nun sind Sie wieder hier?«

»Ihre Partnerin ist verschwunden?«, mischte sich Scherer ein und betrachtete Stefan misstrauisch.

»Ja, so sah es zwischenzeitlich aus«, antwortete der Personenschützer ausweichend

»Zwischenzeitlich? Lassen Sie sich gefälligst nicht die Würmer aus der Nase ziehen.«

»Sie war von einer Grippe so geschwächt, dass sie nach einem anstrengenden Tag neben ihrem Wagen zusammengebrochen ist. Glücklicherweise hat eine Nachbarin das bemerkt und sie direkt in die Notaufnahme gefahren. Den am Boden liegenden Schlüssel hat die Dame jedoch übersehen. Deswegen wirkte das Ganze so, als sei Eva entführt worden.«

»Und die Autotür konnte die Samariterin nicht schließen?«, fragte Jessen skeptisch.

»Offenbar nicht.«

»Wo befindet sich Ihre Partnerin aktuell?«

»Im Krankenhaus.«

»Und da sind Sie seelenruhig nach Hamburg zurückgekehrt?«

»Mir wurde versichert, dass Frau Haller vor allem Ruhe braucht.«

»Ich glaube Ihnen nicht«, sagte Jessen.

»Da kann ich Ihnen nicht helfen«, erwiderte Stefan.

»In welchem Krankenhaus liegt sie?«

»In der Uniklinik.«

»Das werde ich überprüfen.«

»Tun Sie sich keinen Zwang an.«

Der Kommissar wandte sich dem Schauspieler zu. »Sind Sie sicher, dass Sie ihm vertrauen können?« Anklagend deutete er auf Stefan.

»Was wollen Sie damit sagen?«

»Er hat die Waffe ins Studio geschmuggelt, mit der Sie bedroht worden sind.«

»Von Schmuggeln kann ja wohl keine Rede sein«, wehrte sich Stefan. »Es gehört zu meinem Job, bewaffnet zu sein. Außerdem war das nur eine von zwei Pistolen, die mir Engelhart darüber hinaus im Kampf entwunden hat. Die andere hatte er selbst besorgt.«

»Ein Laie überwältigt einen professionellen Personenschützer. Ich habe bereits bei unserem ersten Zusammentreffen meine Zweifel geäußert.«

»Er hatte mich völlig überrumpelt.«

»Herr Scherer, ich würde Ihnen raten, Herrn Trapps Dienste nicht in Anspruch zu nehmen, bis die Angelegenheit geklärt ist.«

»Da stimme ich Hauptkommissar Jessen zu«, sagte Stefan gelassen. »Falls Sie glauben, ich würde zur Engelhart-Gruppe gehören, empfehle ich Ihnen, mich umgehend rauszuschmeißen. Allerdings gebe ich zu bedenken, dass wir fast eine halbe Stunde miteinander verbracht haben. Meinen Sie nicht auch, ich hätte die Situation ausgenutzt, wenn ich Ihnen etwas antun wollte?«

»Ich könnte Sie verhaften«, warnte Jessen.

»Aufgrund welchen Tatverdachts?«

»Mittäterschaft bei einer Geiselnahme.«

»Lächerlich! Sollten Sie das tun, verklage ich Sie anschließend zivilrechtlich auf Schadensersatz. Herr Scherer zahlt mir eine Tagesgage von eintausendachthundert Euro. Das ist für mich Grund genug, nicht am Krankenbett meiner Freundin zu sitzen.«

»Herr Scherer, der Mann zieht Ihnen das Geld aus der Tasche. Werfen Sie ihn raus.«

»Gerade sollte ich ihn loswerden, weil er eine Gefahr für meine Sicherheit darstellt. Nun, weil er eine Gefahr für meine Finanzen ist. Entscheiden Sie sich. Was wollen Sie überhaupt hier?«

»Ihre Aussage durchgehen. Bezüglich der vermeintlichen Internetartikel aus dem Jahr 2001.«

»Haben Sie welche gefunden?«

»Nein«, gestand Jessen.

»Die gab es auch nie. Was soll ich also diesbezüglich aussagen?«

»Das möchte ich ungern vor Herrn Trapp besprechen.«

»Herr Trapp bleibt aber in meiner Nähe. Und jetzt möchte ich Sie bitten, uns allein zu lassen. Wir haben geschäftliche Dinge zu besprechen.«

Stefan nutzte den Moment, um sich zwischen Scherer und Jessen aufzubauen. Der Beamte funkelte ihn wütend an.

»Verlassen Sie endlich die Suite!«, sagte der Schauspieler.

»Sie treffen die falsche Wahl«, meinte Jessen. »Das nächste Mal reden wir wahrscheinlich im Präsidium.«

»Meinetwegen.«

Als der Hauptkommissar gegangen war, griff Scherer zu seinem Smartphone. »Ich muss dringend mit meiner Agentin sprechen.«

Ein paar Sekunden später fluchte er. »Nur die Mailbox! Warum hat sie ihr verdammtes Handy nicht an?«

Stefan beobachtete, wie er auf dem Display herumwischte und sich das Telefon kurz darauf wieder ans Ohr hielt.

»Vanessa?«, fragte er schließlich. »Ich kann Caroline nicht erreichen. Wo ist sie?«

Er lauschte, und Stefan bemerkte, dass ihm nicht gefiel, was er hörte.

»Sagen Sie ihr, dass sie mich kontaktieren soll, sobald die Bullen mit ihr fertig sind.« Er schleuderte das Smartphone auf die Couch und wirkte extrem frustriert.

»Schlechte Nachrichten?«

»Die Bullen nehmen meine Agentin in die Mangel. Das ist gar nicht gut!«

Stefan ahnte, dass er nicht mehr viel Zeit hatte. In Köln schienen die Ermittlungen in Gang zu kommen, außerdem würde Jessen vermutlich rasch zurückkehren.

»Ich muss Ihnen etwas gestehen«, sagte er und zog seine Waffe aus dem Holster. »Ich halte Sie tatsächlich für schuldig.«

Scherer betrachtete ihn verwundert.

# 37

Hauptkommissar Jessen starrte auf den selbst gestalteten Fotokalender an der Bürowand, den ihm sein achtjähriger Sohn zum letzten Geburtstag geschenkt hatte. Das aktuelle Bild zeigte ihn und Tim beim Fußballspielen im Garten. Tims Mutter hatte das Foto geschossen – ein paar Monate bevor sie Anfang des Jahres die Scheidung eingereicht hatte, weil sie nicht mehr mit einem Workaholic zusammenleben wollte. Er seufzte. Natürlich traf ein Teil ihrer Vorwürfe zu. In Gedanken war er ständig bei den ungelösten Fällen. Er hielt das aber auch für legitim. Immerhin arbeitete er nicht als Finanzbeamter, der beruhigt Feierabend machen konnte, da Steuerakten keine Verbrechen begingen, solange sie unbearbeitet blieben. Wenn er sich hingegen nicht mit voller Energie in den Job kniete, raubten, vergewaltigten und mordeten die Verdächtigen ungehindert weiter. Wie sollte er sich da abends oder am Wochenende auf seine Familie konzentrieren, ohne wenigstens gelegentlich zu reflektieren, ob er in einer Ermittlung irgendetwas übersehen hatte?

Jessen löste seinen Blick von dem Kalender und konzentrierte sich wieder auf den Computerbildschirm. Zwar hatte der NDR die Talkshow nicht in die Mediathek aufgenommen, aber über Youtube und andere Plattformen war sie trotzdem ins Internet gelangt. Mittlerweile hatte sich der Polizist die Sekunden, in denen Engelhart den Leibwächter überwältigte, mehrfach angeschaut, ohne irgendwelche Anzeichen zu entdecken, dass der Personenschützer gemeinsame Sache mit den Verbrechern gemacht hatte. Dennoch sagte ihm sein Instinkt, dass genau diese unwahrscheinliche Vermutung zutraf.

Er hatte in der Kölner Uniklinik angerufen und sich als Vater von Eva Haller ausgegeben, der zu ihr durchgestellt werden wollte. Die Mitarbeiterin der Telefonzentrale fand jedoch keine Patientin namens Haller.

Bewies das etwas?

Trapp konnte sich im Krankenhaus geirrt haben. Oder Eva Haller war bereits entlassen worden. Oder ihr Lebensgefährte hatte gelogen.

Jessen spielte verschiedene Varianten durch. Falls Trapp zu den Verschwörern gehörte: Warum hatte er dann dringend nach Köln zurückkehren müssen? Dem Kommissar fiel kein plausibler Grund ein. Neue Anweisungen hätten ihm problemlos per Handy übermittelt werden können.

Jessen suchte die Nummer der Kölner Hauptkommissarin heraus. Er musste lange klingeln lassen, bevor sich die Polizistin meldete. Sie klang gehetzt.

»Traunstein.«

»Hauptkommissar Jessen, Kripo Hamburg.«

»Herr Kollege«, begrüßte sie ihn. »Ist es sehr wichtig?«

»Könnten wir uns gegenseitig auf den aktuellen Stand bringen? Hier in Hamburg passieren ein paar Dinge, die mich skeptisch machen«, gestand er.

»Jetzt bin ich neugierig. Moment, ich suche mir eben einen ruhigen Raum, in dem ich reden kann.«

Er hörte, wie sie einem Untergebenen die Anweisung erteilte, sie eine Weile nicht zu stören. Kurz darauf wurde es im Hintergrund deutlich stiller.

»So«, sagte sie. »Nun haben Sie meine ungeteilte Aufmerksamkeit.«

»Sind Sie gerade im Einsatz?«

»Ich habe einen Durchsuchungsbeschluss für die Büroräume von Scherers Agentin erhalten. Momentan nehmen wir ihr Büro mit insgesamt zehn Beamten auseinander.«

»Können Sie mir Einzelheiten verraten?«

»Ich habe Frau von der Strebe heute in aller Frühe befragt. Glücklicherweise hatte sie auf Rechtsbeistand verzichtet. Im Laufe der gut sechzig Minuten verwickelte sie sich mehrfach in Widersprüche. Ich bin überzeugt, sie wusste zumindest von den Taten.«

»Also zweifeln Sie nicht am Wahrheitsgehalt der Anschuldigungen?«

»Nein. Das haben die sich nicht ausgedacht. Dessen bin ich mir inzwischen absolut sicher.«

»Und die Rolle der Agentin?«

»Das versuche ich herauszufinden. Ich schätze, Sie war irgendwie an dem Missbrauch beteiligt. Nicht aktiv, eher im Hintergrund. Seien wir realistisch. Irgendjemand muss die Opfer für Scherer ausfindig gemacht haben. Wahrscheinlich gegen großzügige Bezahlung.«

»Scheiße!«, fluchte Jessen. »Sollten Sie recht behalten, haben wir das Fernsehstudio eventuell zu früh gestürmt. Dann hätte es der Drecksack verdient gehabt, hingerichtet zu werden.«

»Lassen Sie das bloß nicht die Öffentlichkeit hören«, warnte die Kölner Hauptkommissarin. »Sie sprachen von Entwicklungen, die Sie skeptisch stimmen?«

»Stefan Trapp ist heute Morgen nach Hamburg zurückgekehrt.«

»Nein!«, entfuhr es ihr überrascht.

»Das war auch mein erster Gedanke.«

»Was macht er dort?«

»Angeblich arbeitet er nun für Scherer. Zu einem Tagessatz von achtzehnhundert Euro.«

Traunstein pfiff anerkennend.

»Entweder ist er verdammt geschäftstüchtig, oder es steckt mehr dahinter. Haben Sie Informationen bezüglich des Verbleibs seiner Lebensgefährtin?«

»Darum konnte ich mich nicht kümmern.«

Jessen berichtete, was Trapp behauptet hatte.

»Sie klingen nicht überzeugt«, meinte die Kommissarin.

»In der Kölner Uniklinik liegt sie jedenfalls nicht. Das habe ich telefonisch in Erfahrung bringen können. Ich muss unbedingt wissen, ob Frau Haller noch immer verschwunden ist. Falls ja, würde ich fürchten, dass die Gruppe um Engelhart dafür verantwortlich ist …«

»Und Trapp jetzt für ihre eigenen Zwecke einspannt«, vervollständigte Traunstein den Gedanken.

»Trapp befindet sich allein mit Scherer im Hotel.«

»Das könnte zum Problem werden. Ich setze einen Kollegen aus dem Präsidium darauf an, alle Krankenhäuser abzutelefonieren und herauszufinden, ob sie heute Nacht irgendwo eingeliefert worden ist.«

»Das wäre hilfreich. Wenn er gelogen hat, befürchte ich das Schlimmste. Wie lange wird das ungefähr dauern?«

»Ich rechne mit einer halben Stunde. Allerdings muss ich die Durchsuchung in der Agentur beaufsichtigen. Der Beamte kontaktiert Sie persönlich.«

»Wunderbar! Ich danke Ihnen.«

Jessen beendete das Gespräch. Statt untätig den Rückruf abzuwarten, bereitete er die nächsten Schritte vor und zitierte vier Beamte des Kommissariats ins Büro. Einige von ihnen waren Familienväter – doch Rücksicht konnte er darauf nicht nehmen.

Fünfundzwanzig Minuten später hatte sich seine Ahnung bestätigt. Eva Haller war weder in der Nacht noch am frühen

Morgen in ein Kölner Krankenhaus eingeliefert worden. Jessen rief die mittlerweile eingetroffenen Beamten zusammen und scheuchte sie eilig in einen der Konferenzräume.

»Wir werden Trapp festnehmen. Deshalb habe ich euch herzitiert«, erklärte er, nachdem sich alle gesetzt hatten.

»Rufst du uns darum aus dem Wochenende?«, fragte einer der Polizisten. »Das könnten Schupos genauso gut erledigen.«

»Nein«, widersprach Jessen. »Ich muss sicher sein, dass nichts schiefgeht. Scherer residiert in einer Suite in der sechsten Etage. Jonas und Michael, ihr lauft durchs Treppenhaus nach oben. Kay und Erik, ihr fahrt in einem der Fahrstühle hoch. Ich sorge unterdessen dafür, dass die übrigen Aufzüge außer Betrieb sind. Ich vermute, unsere Zielperson nutzt ihr Vertrauensverhältnis zu Scherer aus, um ihn zu töten. Genau das müssen wir verhindern. Hätten wir mehr Zeit, würde ich euch meine Vorgehensweise näher erläutern. Aber wir sollten uns beeilen. Wir fahren mit Blaulicht und Sirene. Beides schalten wir einen halben Kilometer vor Erreichen des Hotels ab. Los jetzt!«

# 38

Stefan betrachtete die Szenerie. Sah sie überzeugend genug aus? Scherer lag ausgestreckt in der Badewanne, eine blutende Wunde an der Schläfe. Die Pistole befand sich neben seinem Körper. Auf den ersten Blick wirkte es so, als habe er sich selbst gerichtet. Mit dem Smartphone machte Stefan ein Foto, das er später Siegfried senden würde.

Ob ein Hotelangestellter den Schuss gehört hatte? War die Security möglicherweise bereits unterwegs? Um kein unnötiges Risiko einzugehen, musste er den Ort des Geschehens rasch verlassen. Er schaute ein letztes Mal in Richtung Badewanne, ehe er aus dem offenen Bad hastete. Nun kam es darauf an, unbemerkt zu verschwinden. Sollten ihn die Polizisten verhaften, wäre alles umsonst gewesen.

Stefan trat in den menschenleeren Flur. Da die Aufzüge derzeit unter permanenter Beobachtung standen, würde er das Treppenhaus benutzen. Fragte sich bloß, wie es ihm gelingen sollte, an den Hotelmitarbeitern im Erdgeschoss vorbeizukommen. Hoffentlich hielten sie ihn für einen normalen Hotelgast und beachteten ihn nicht weiter.

***

Jessen hatte es fast bis zum Eingang geschafft, als hinter ihm eine Stimme erklang.

»Hauptkommissar Jessen! Gibt es eine neue Entwicklung? Oder was machen Sie erneut im Hotel?«

»Meinen Job!«, rief er der wartenden Journalistenschar zu, bevor er die Drehtür erreichte.

Der Mitarbeiter, der den Zugang bewachte, erkannte ihn und nickte ihm zu.

»Die vier Männer gehören zu mir«, sagte Jessen. Ohne Umwege ging er zur Rezeption und zeigte der Empfangsdame seinen Dienstausweis. »Ich schicke zwei Männer im Fahrstuhl nach oben zu Scherers Suite. Setzen Sie bitte währenddessen die anderen Kabinen außer Betrieb.«

»Darum muss sich die Haustechnik kümmern«, erwiderte die Frau unsicher.

»Dann leiten Sie meinen Wunsch umgehend weiter!«

Sie griff zum Telefon und erklärte ein paar Sekunden später ihrem Gesprächspartner, was Jessen verlangte. »Alles klar. Vielen Dank.« Sie beendete die kurze Unterhaltung. »Mein Kollege meint, der linke Aufzug befindet sich gerade auf dem Weg ins Erdgeschoss. Sobald er angekommen ist, wird er die anderen stilllegen.«

»Wunderbar!« Warum wurden seine Anweisungen nicht immer so reibungslos umgesetzt? »Erik, Kay, zur linken Kabine! Jonas, Michael, ins Treppenhaus!«

***

Stefan befand sich zwischen der vierten und dritten Etage, als er plötzlich hörte, dass jemand das Treppenhaus betrat. Aus der schnellen Schrittfolge schloss er, dass mindestens zwei Personen in zügigem Tempo die Stufen hochliefen. Da er näher am vierten Stock war, kehrte er um und huschte beinahe geräuschlos durch die Tür in den ebenfalls menschenleeren Flur. Um möglichst unauffällig zu wirken, setzte er sich in einen der Sessel, die in der Nähe der Aufzüge standen. Er holte sein

Smartphone hervor, wählte das Foto aus, das er im Badezimmer geschossen hatte, und schickte das Ganze per Messenger an die Nummer seines Vaters.

*Ich habe getan, was du erwartet hast. Allerdings bin ich nicht sicher, ob ich es unbehelligt zurück nach Köln schaffe. Lass Eva frei!*

Die Nachricht wurde samt Bild übertragen. Stefan schaute verstohlen Richtung Treppenhaus. Schließlich sah er zwei Männer nach oben rennen. Langsam zählte er bis zehn, dann erhob er sich seelenruhig.

***

»Wo wart ihr so lange?«, fragte Erik vorwurfsvoll.

»Sehr witzig!«, entgegnete Jonas atemlos, während er den wartenden Kollegen entgegenlief.

Michael klopfte zweimal, wartete ein paar Sekunden, klopfte erneut.

»Herr Scherer?«, rief Jonas. »Öffnen Sie bitte!«

Doch es passierte nichts.

»An eine Zugangskarte haben wir nicht gedacht, oder?«, grummelte Erik. »So vorausschauend war Jessen dann doch nicht.«

Genau in dem Moment schob eine Reinigungskraft ihren Putzwagen in den Gang.

»Sie müssen uns helfen!«, rief Jonas und rannte zu ihr. »Kripo Hamburg. Wir müssen dringend in das Zimmer von Herrn Scherer.«

»Okay«, erwiderte die Frau nach einem Blick auf seinen Dienstausweis.

***

In der ersten Etage blieb Stefan stehen. Am ehesten könnte er unbemerkt entkommen, wenn er einen anderen Ausgang fand. Also öffnete er die Tür zum Flur und lief an ein Fenster. Unterwegs kam er an einem Feuermelder vorbei. Er öffnete das Fenster und schaute hinaus. Bis zum Boden mussten es ungefähr vier Meter sein; bei einem Sprung könnte er sich verletzen. Sollte er das Risiko eingehen? Oder böte ihm der Feueralarm ausreichend Gelegenheit, Verwirrung zu stiften, um ungesehen und ohne Kamikazeaktion aus dem Gebäude zu verschwinden?

***

In dem Moment, als die Reinigungskraft ihre Generalkarte in den Zugangsschlitz steckte, ertönte plötzlich ein konstanter Alarmton.

»Was ist das?«, fragte Erik.

»Der Feueralarm!«

»Vermutlich ein Ablenkungsmanöver«, meinte Jonas.

»Und wenn nicht?«, entgegnete die Hotelmitarbeiterin. »Ich würde Ihnen raten, sich schnellstmöglich nach draußen zu begeben.«

Stattdessen drückte Jonas die Tür auf. »Herr Scherer?«, rief er über den Krach hinweg.

***

Jessen war hinter die Rezeption getreten. »Wo wurde der Alarm ausgelöst?«, erkundigte er sich, während die Gäste, die an der Bar oder im Frühstücksraum gesessen hatten, hinausströmten.

»Im ersten Stock.«

»Brennt es dort?«

»Kann ich Ihnen nicht sagen!«

»Können Sie das deaktivieren?«

»Ohne zu wissen, ob es irgendwo brennt? Ich bin nicht wahnsinnig!«

»Das ist garantiert fauler Zauber!« Statt sich auf eine sinnlose Diskussion einzulassen, rannte Jessen in Richtung Treppenhaus. Spekulierte Trapp, das ausbrechende Chaos zu seinen Gunsten nutzen zu können? Jessen griff zu seinem Funkgerät. »Seid ihr in der Suite?«

»Wir haben sie gerade betreten«, kam umgehend die Antwort.

»Jemand da drinnen?«

»Scheiße!«, fluchte Jonas.

***

Erleichtert blickte Stefan nach oben. Vom Boden aus wirkte der Höhenunterschied noch größer, doch er hatte den Sprung unverletzt überstanden. Nach reiflicher Überlegung hatte er beschlossen, das Risiko einzugehen und zusätzlich den Feuermelder zu betätigen, um einen Tumult zu verursachen. Nun musste er schnell sein. Er umrundete das Gebäude. Vor dem Eingang war wie erwartet die Hölle los. Die Journalisten waren durch den Alarm in helle Aufregung versetzt worden, gleichzeitig strömten die ersten Hotelgäste nach draußen. Weitgehend unbemerkt lief er in die Tiefgarage und entriegelte den Leihwagen mittels Funkfernbedienung.

***

»Scherer liegt reglos in der Badewanne«, informierte Jonas seinen Vorgesetzten.

»Ich habe dich nicht verstanden«, antwortete der. »Leblos?«

Der Beamte starrte auf die blutige Wunde an der Schläfe. Im nächsten Moment entdeckte er die Pistole. »Sieht so aus.«

Unterdessen trat Michael näher und tastete nach dem Puls des Schauspielers.

»Ich spüre einen Puls!«, schrie er. »Scherer lebt! Wir brauchen einen Arzt! Sofort!«

***

Stefan atmete tief durch, bevor er aufs Gaspedal trat. Er konnte nur hoffen, dass er keinen Unbeteiligten verletzen würde. Der Wagen schoss die Rampe hoch und näherte sich der Schranke, die im nächsten Moment zersplitterte. Er hupte wild, und tatsächlich sprang ein Mann rechtzeitig beiseite, dem er sonst hätte ausweichen müssen. Kameramänner nahmen ihn ins Visier, während er das Lenkrad nach links riss und auf die Straße schlidderte. Ein Streifenbeamter sah ihm verwirrt hinterher. Doch ehe er reagieren konnte, hatte Stefan die nächste Querstraße erreicht.

Über die Tastatur des Multimediabildschirms wählte er den Notruf der Polizei.

»Ich muss dringend mit Hauptkommissar Jessen von der Kripo Hamburg sprechen«, erklärte er. »Es geht um Hubert Scherer. Und ich weiß, dass Jessen aktuell im Lindner am Michel ist. Wimmeln Sie mich also nicht ab! Das hier ist lebenswichtig!«

# 39

»Geh ran!«

Seit zwanzig Sekunden drang das Freizeichen aus der Multimediaanlage des geliehenen Fahrzeugs. Was, wenn Siegfried sich nicht an sein Wort hielt?

Die Stimme des alten Mannes erlöste ihn von dieser Sorge.

»Meine Kontaktperson hat mir gerade mitgeteilt, dass du ziemlich hektisch durch Hamburg rast. Er hat Schwierigkeiten, dir zu folgen.«

»Nicht mein Problem. Ich versuche, unbehelligt die Autobahn zu erreichen«, erklärte Stefan. »Solange ich nicht in …«

»Außerdem wurde mir berichtet, es gebe heilloses Durcheinander im Lindner. Inklusive Feueralarm. Steckst du dahinter?«

»Mir blieb nichts anderes übrig. Als ich aus dem Hotel fliehen wollte, bemerkte ich Bullen. Ich musste Verwirrung stiften.«

»Wie geht es Hubert Scherer?«

»Er ist tot.«

Während es still in der Leitung wurde, betätigte Stefan den Blinker und bog mit quietschenden Reifen ab. Die Autobahn war nur noch einen halben Kilometer entfernt. Aber jetzt begann der heikelste Teil. Hatte Jessen Straßensperren veranlasst?

»Tot«, wiederholte Siegfried nach ein paar Sekunden.

»So ist es. Ich habe ein Foto geschossen und dir geschickt. Ist es angekommen?«

»Nein!«

»Das ist nicht dein Ernst! Ich habe es vor fünf Minuten gesendet.« Endlich tauchten die Autobahnschilder vor ihm auf.

»Du kannst mir glauben, hier ist nichts eingetroffen.«

Stefan überzeugte sich im Rückspiegel, dass ihm niemand folgte. Dann bremste er abrupt ab und steuerte das Fahrzeug an den Straßenrand. Er zog das Handy aus der Jackentasche.

»Scheiße!«, brüllte er.

»Was?«

»Ich habe eine Fehlermeldung bekommen. Ich probier's noch mal.« Er drückte den Sende-Button. Diesmal schien es zu klappen. »Hast du's?« Aus dem Lautsprecher drang ein piepsender Ton.

»Zumindest ist eine Nachricht angekommen. Ich schaue sie mir schnell an.«

Stefan reihte sich unmittelbar hinter einem Kleinwagen wieder in den Verkehr ein. Die Fahrerin hatte ebenfalls das Ziel Autobahn – schien es jedoch bei Weitem nicht so eilig zu haben wie er.

Da sein Vater mithörte, unterdrückte er einen Fluch.

»Interessanter Schnappschuss«, meinte Siegfried. »Erzähl mir, wie du es angestellt hast.«

»Wieso?« Stefan fuhr über die durchgezogene Linie am Anfang des Beschleunigungsstreifens und wechselte direkt auf die linke Spur.

»Weil ich es wissen will. Hat er sich gewehrt? Um sein Leben gebettelt?«

»Natürlich. Er hat mir zweihunderttausend Euro geboten.«

Sein Gesprächspartner lachte. »Das Schwein! Hat er geglaubt, seine Kohle würde ihn retten.«

»Er hat den Missbrauch zugegeben«, sagte Stefan.

»Wirklich?«

»Ja. Wahrscheinlich hatte er gehofft, Ehrlichkeit würde mich dazu bringen, ihn zu verschonen.«

»Nein«, widersprach Siegfried, »das war eine Beichte. Er wollte mit reinem Gewissen abtreten.«

»Lass Eva frei! Ich habe deine Forderung erfüllt.«

»Hat er keinen Versuch unternommen, sich körperlich zur Wehr zu setzen?«

»Klar, aber was soll ein alter Mann wie er gegen mich ausrichten? Ich habe ihm zwei Möglichkeiten genannt. Einen langsamen, qualvollen Tod oder ein schnelles Ende. Er hat sich für die zügige Variante entschieden.«

»Sag bloß. er hat er sich sogar freiwillig in die Badewanne gelegt?«

»Als wie freiwillig würdest du es empfinden, wenn man dir eine Waffe in den Nacken hält? Außerdem war es ihm wichtig, angezogen aufgefunden zu werden. Ich hatte ihm nämlich gedroht, ihn auszuziehen.«

Wieder lachte Siegfried. »Ein Foto seines nackten, leblosen Körpers in der *Bild*. Das wär's gewesen.«

»Lass Eva frei!«

»Nein«, erwiderte Siegfried.

»Wieso nicht? Du hast es versprochen!« Um seine Panik unter Kontrolle zu bekommen, drückte Stefan das Gaspedal bis zum Anschlag durch. Das hohe Tempo zwang ihn, sich auf die Straße zu konzentrieren.

»Und ich halte mein Versprechen!«

»Das hörte sich aber gerade nicht so an!«

»Deine Geschichte wirkt überzeugend.«

»Geschichte?«

»Ich warte, bis es eine Bestätigung in den Medien gibt. Erst dann bringe ich deine Liebste zu dir. Fahr vorsichtig!« Abrupt unterbrach er das Gespräch.

»Fuck!«, schrie Stefan.

***

Die Kamera war auf ihn gerichtet, und weil Julian Groeb seit mittlerweile sechs Jahren als Außenreporter für den Nachrichtensender arbeitete, wusste er, dass die Zuschauer ihn momentan sehen konnten – zumindest in einem geteilten Bildschirm.

»Ist seit Beendigung des Feueralarms vor wenigen Minuten etwas passiert?«, fragte die Nachrichtensprecherin im Studio.

»Die Feuerwehr ist nicht aufgetaucht, was wohl für einen Fehlalarm spricht.«

»Ein dummer Zufall?«

»Oder eine bewusste Irreführung. Dazu will sich die Polizei nicht äußern. Interessant fand ich die Beobachtung, dass Hauptkommissar Jessen, der die Ermittlungen leitet, während des Alarms einen Anruf bekam. Anschließend rannte er ziemlich hektisch ins Treppenhaus.«

Plötzlich kam Bewegung in die Kollegen. Einige von ihnen drängten sich an ihm vorbei in Richtung Hotelgarage.

»Was geschieht aktuell bei Ihnen?«, erkundigte sich die Sprecherin.

»Das versuche ich herauszufinden. Augenblick.« Groeb drehte sich um und reckte den Hals.

Ein Wagen hatte sich genähert. Es dauerte nur den Bruchteil einer Sekunde, bis er ihn identifiziert hatte. Unterdessen steuerte der Fahrer die Tiefgarageneinfahrt an.

Groeb wandte sich wieder der Kamera zu. »Ein Leichenwagen ist gerade vorgefahren und wurde sofort in die Tiefgarage gelassen. Einige meiner Kollegen sind ihm gefolgt. Sobald ich Einzelheiten weiß, melde ich mich.«

»Wir warten gespannt.«

Der Kameramann signalisierte ihm, dass die Übertragung beendet worden war. Zielstrebig eilte Groeb zur Garage.

Eine Viertelstunde später trat Hauptkommissar Jessen aus der bis dahin versperrten Zugangstür, die vom Hotelgebäude zur Tiefgarage führte. Groeb, der in der Nähe des Leichenwagens stand, bemerkte sofort, wie mitgenommen der Polizist wirkte.

»Ich fordere Sie auf, die Garage zu verlassen«, rief er laut.

Statt der Aufforderung nachzukommen, bestürmten ihn die Reporter mit Fragen, die er sich kommentarlos anhörte. Schließlich hob er die Hände und schaffte es, einigermaßen für Ruhe zu sorgen.

»In Anbetracht der Trauer der Angehörigen möchte ich Sie bitten, Ihren Job pietätvoll auszuüben. Fotos einer mit einem Tuch verdeckten Leiche gehören nicht ins Fernsehen.«

»Wer ist gestorben?«, ignorierte Groeb Jessens Bitte. »Scherer?«

Der Hauptkommissar sah ihm verärgert in die Augen.

»Die Öffentlichkeit hat ein Recht, das zu erfahren«, unterstützte ihn ein Kollege der schreibenden Zunft.

Jessen ließ die Schultern hängen. Die Geste war so eindeutig, dass Groeb keine weitere Bestätigung benötigte. Außerdem waren mittlerweile vier uniformierte Streifenpolizisten aus dem Eingang getreten, die offensichtlich den Auftrag hatten, die Tiefgarage zu räumen.

»Wir müssen noch mal auf Sendung«, raunte Groeb dem Kameramann zu.

# 40

Caroline von der Strebe hatte die Durchsuchung ihrer Geschäftsräume eine Weile stumm von ihrem Schreibtisch aus beobachtet, den Anblick jedoch irgendwann nicht mehr ertragen. Zu sehen, wie die Polizisten ihre Nase in die vertraulichsten Dokumente steckten, hatte eine lähmende Mischung aus Wut und Hilflosigkeit in ihr ausgelöst. Um dieses Gefühl abzuschütteln, war sie nach einer knappen Stunde in den Meetingraum gegangen, wo sich unter anderem ein bequemes, cremefarbenes Sofa und ein Fernseher befanden. Nachdem sie sich eine Flasche Fritz-Limo aus dem kleinen Kühlschrank genommen hatte, hatte sie sich erschöpft auf das Sofa gesetzt und zur Fernbedienung gegriffen. Zwangsläufig war sie bei einem Nachrichtensender hängengeblieben.

Seit gestern Abend hatte sich ihr Leben in einen Albtraum verwandelt. Wobei … eigentlich hatte es schon mit der Geiselnahme im Café angefangen. Auch wenn sie anfangs geschäftlich sogar davon profitiert hatte. Ihre Provisionen für die vereinbarten Auftritte des vermeintlichen Lebensretters hatten sich sehen lassen können. Christoph Engelhart! Unfassbar, wie er sie alle getäuscht hatte. Aber wenigstens war er mittlerweile tot. Er hatte seine gerechte Strafe erhalten.

Ihr Blick fiel durch die breite Glasfront. Die Beamten packten noch immer Aktenordner in irgendwelche Boxen. Ob sie die jemals wiedersehen würde?

Der Tonfall der Nachrichtenmoderatorin alarmierte die Agentin. Gebannt starrte sie auf den Bildschirm.

»In Hamburg überschlagen sich die Ereignisse, deshalb schalten wir erneut zu unserem Kollegen Julian Groeb. Julian, was genau ist geschehen?«

Von der Strebe hatte schon mit genügend Fernsehmenschen zu tun gehabt, um den Gesichtsausdruck des Außenreporters interpretieren zu können. Offensichtlich hatte er sensationelle Neuigkeiten, musste jedoch aus Pietätsgründen seine Freude darüber verhehlen.

»Vor ungefähr fünfzehn Minuten ist plötzlich ein Leichenwagen vorgefahren. Anschließend wurden wir zwar lange im Unklaren gelassen, aber die Aussagen von Hauptkommissar Jessen deuten darauf hin, dass der Schauspieler Hubert Scherer gestorben ist.«

»Nein!«, flüsterte von der Strebe.

»Gibt es eine offizielle Bestätigung seitens der Polizei?«, hakte die Moderatorin nach.

»Nein, auf die Verlautbarung warten wir derzeit. Allerdings erschien mir die Reaktion des verantwortlichen Hauptkommissars eindeutig und …« Er hielt kurz inne und drehte sich um. »Der Leichenwagen verlässt jetzt die Hotelgarage.«

Die Kamera fing die schwarze Limousine ein.

»Hubert«, jammerte die Agentin. »Was ist passiert?«

»Sie befinden sich ja schon seit heute Morgen in der Nähe des Hotels, in dem Scherer nach den gestrigen Ereignissen untergekommen ist. Können Sie unseren Zuschauern eine Zusammenfassung der vergangenen Stunden geben?«, bat die Moderatorin.

Unterdessen öffnete sich die Tür des Konferenzraums. Hauptkommissarin Traunstein trat ein. Von der Strebe wischte sich die Tränen aus den Augen.

»Haben Sie es schon gehört?«, fragte sie.

»Ja, es tut mir sehr leid.«

»Stimmt es also? Haben Sie nähere Informationen?«

»Die Kollegen aus Hamburg haben mich davon in Kenntnis gesetzt, dass Ihr Klient sich das Leben genommen hat. Mein Beileid«, erwiderte Traunstein mit ruhiger Stimme.

»Nein! Hubert! Warum?« Nun ließ sie ihren Tränen freien Lauf.

Die Polizeibeamtin setzte sich zu ihr und sah sie mitfühlend an.

»Der Grund scheint mir auf der Hand zu liegen. Er wollte mit der Schande, Kinder missbraucht zu haben, nicht weiterleben. Deswegen hat er seinem Leben ein Ende gesetzt.«

»Das ist doch ewig her!«, flüsterte die Agentin. »Seit seiner Krebserkrankung war er geläutert. Er hat sie als Strafe akzeptiert und die neue Chance genutzt, um von der Sucht loszukommen.«

»Hat er seine Taten so gerechtfertigt? Als Sucht?«

»Sucht, Krankheit, nennen Sie es, wie Sie wollen. Er hatte die Sache unter Kontrolle bekommen.« Von der Strebe dachte daran, wie froh sie gewesen war, als der Trieb nach den Krebsbehandlungen verschwunden war und Hubert – ihr wichtigster Klient, der rund die Hälfte ihrer Einnahmen generierte – nicht mehr diese Gefälligkeiten einforderte.

»Finden wir in den Akten Hinweise, die Sie mit dem Missbrauch in Verbindung bringen?«, fragte die Kommissarin.

Von der Strebe reagierte nicht.

»Wäre es nicht besser, wenn Sie reinen Tisch machen? Ihre übrigen Klienten wären bestimmt froh, wenn wir uns die Agenturunterlagen nicht allzu genau ansähen. Oder können Sie garantieren, dass Ihre Klienten sämtliche Einkünfte stets korrekt in den Steuererklärungen angegeben haben?«

»Dafür wäre ich nicht verantwortlich«, erklärte die Agentin matt.

»Treffen die Vorwürfe von Christoph Engelhart zu?«

»Im Großen und Ganzen ja«, flüsterte von der Strebe. Nachdem es endlich ausgesprochen war, fühlte sie sich erleichtert. Sie schluchzte, und die Polizistin legte ihr eine Hand aufs Knie.

»Haben Sie davon gewusst? Wobei Sie nichts sagen müssen, was Sie selbst belasten könnte.«

Für einen Moment war die Agentin versucht, sich den Ballast von der Seele zu reden. Aber die Warnung der Hauptkommissarin aktivierte ihren Instinkt. Sie schob die Hand von ihrem Bein und erhob sich.

»Dann möchte ich nichts weiter sagen.« Sie schneuzte sich.

»Das verstehe ich«, entgegnete die Polizistin. Sie stand ebenfalls auf. »Ich muss Sie bitten, mich ins Präsidium zu begleiten. Selbstverständlich haben Sie das Recht, zu der Vernehmung einen Anwalt hinzuzuziehen.«

***

Eva Hallers Kopf ruckte zur Seite, als die Tür aufging. Man hatte ihr nicht nur das Handy, sondern auch die Armbanduhr abgenommen, deshalb fehlte ihr jede Orientierung, wie lange Stefan mittlerweile fort war. In den vergangenen Stunden war sie bis auf kurze Ausnahmen allein in dem Raum gewesen. Einen Großteil der Zeit hatte sie schlafend verbracht, was sich zumindest auf ihre Erkältung positiv ausgewirkt hatte.

Der alte Mann trat ein. Hatte Stefan wirklich gesagt, dass das sein Vater war? Oder hatte sie das geträumt?

»So, Eva«, sagte er und blieb an der Türschwelle stehen. »Stefan hat erledigt, worum ich ihn gebeten habe. Du kannst ihm dankbar sein. Seinetwegen wirst du dieses kleine Abenteuer unbeschadet überstehen.«

Die Worte des Mannes ängstigten sie, statt beruhigend zu wirken. »Was haben Sie von ihm verlangt?«

»Das erklärt dir mein Sohn besser selbst.«

»Wann sehe ich ihn wieder?«, fragte Eva.

»Ich bringe dich nun zu ihm.«

»Wo ist er?«

»Auf dem Weg von Hamburg nach Köln. Ich hoffe, er kommt zügig durch.«

»Hamburg? Da war er gestern Abend. Ich verstehe das nicht.«

»Wie gesagt, ich bin überzeugt, er möchte dir das alles selbst erzählen, sobald du bei ihm bist.« Der alte Mann ging zu einem Schrank, der in der Ecke stand und mit einem Schloss gesichert war. Aus seiner Tasche holte er einen Schlüsselbund. Eva konnte an ihm vorbeiblicken und sah, dass die Kleidung, die sie am Vortag getragen hatte, auf den Regalbrettern lag.

»Hier«, sagte der Mann und drückte ihr die ordentlich gefalteten Kleidungsstücke in die Hand. »Zieh dich um. Wenn du fertig bist, klopfst du an die Tür. Dann gehen wir zum Auto, und ich fahre dich heim. Mach jetzt keinen Quatsch mehr, du hast es fast überstanden.«

Fünf Minuten später führte der Mann sie durch eine Seitentür in eine Garage, deren Tor noch geschlossen war.

»Auf dem Hinweg warst du betäubt«, erinnerte er sie.

»Bitte nicht«, wimmerte Eva.

»Ich würde dir eine Wiederholung gern ersparen. Aber du darfst unter keinen Umständen Anhaltspunkte bekommen, wo wir uns aufhalten.«

»Ich werde nichts verraten«, versprach sie hastig.

»Wie süß und überaus anständig von dir«, lachte er. »Allerdings kannst du nicht erwarten, dass mir dieses noble Versprechen ausreicht.« Er nahm eine Augenmaske und einen Kopfhörer aus einem Regal an der Wand. »Folgendes Angebot: Du lässt dir die Maske und die Kopfhörer widerstandslos aufsetzen und legst dich in den Fußraum vor der Rückbank. Damit nicht zufällig jemand auf dich aufmerksam wird, muss ich eine Wolldecke über dich breiten. Falls du damit einverstanden bist, würdest du um eine Spritze und den Transport im Kofferraum herumkommen. Okay?«

Schlagartig traf sie die Erinnerung an die Verschleppung durch den Serienmörder wenige Monate zuvor.

»Ja«, erwiderte sie schwach.

»Gut. Zuerst die Augen.«

Als er an sie herantrat, um ihr die Binde anzulegen, stieg Panik in ihr hoch. Hektisch atmete sie ein und aus.

»Alles wird gut«, versuchte er sie zu beruhigen. »Halt einfach still.«

Er roch nach Knoblauch und Alkohol – was sie trotz ihrer teilweise verstopften Nase wahrnahm. Von seinen Ausdünstungen wurde ihr beinahe schlecht. Sie spürte eine Berührung am Kopf und zuckte zusammen. Zwei Polster legten sich um ihre Ohrmuscheln, Musik erklang. Dann packte er sie an einer Hand und zog sie mit sich. Obwohl er behutsam war, fürchtete Eva bei jedem Schritt, ihr könnte etwas Schreckliches zustoßen.

Schließlich manövrierte er sie ins Innere des Fahrzeugs und brachte sie dazu, sich zwischen Vordersitze und Rückbank zu quetschen. Als plötzlich eine Decke über sie gebreitet wurde, schrie sie erschrocken auf. Die Panik erreichte ihren Höhepunkt. Mit einer Meditationstechnik, die ihr bei Bogensportturnieren half, sich vor wichtigen Durchgängen zu fokussieren, bekam Eva ihren Atem unter Kontrolle. Langsam gelang es ihr, die Beklemmung auf ein erträgliches Maß zu reduzieren.

Kaum hatte der Wagen angehalten, riss der Mann die Decke beiseite und nahm ihr den Kopfhörer ab. Zuletzt entfernte er die Augenbinde.

»Du bist fast zu Hause«, sagte er.

»Darf ich mich hinsetzen?«

»Ja.«

Schwerfällig stützte sie sich am Rücksitz ab und setzte sich auf. Sie blinzelte und erkannte sofort, wo sie sich befanden. Er hatte das Auto in einer Parkbucht ungefähr dreihundert Meter von ihrem Zuhause entfernt abgestellt.

»Warum halten wir hier?«

»Mein Sohn ist bereits bei eurem Haus angekommen. Ich fürchte, er würde mich an der Abfahrt hindern wollen, sobald du in Sicherheit bist.«

»Also muss ich den Rest zu Fuß gehen?«

»Kluges Mädchen.« Aus dem Handschuhfach holte er ihr Handy. »Ich hätte mir gewünscht, dich unter anderen Umständen kennengelernt zu haben.«

»Niemand hat Sie hierzu gezwungen.« Eva ließ sich das Telefon aushändigen. Während sie es in die Hosentasche steckte, betätigte sie den Einschaltknopf und hoffte, dass er es nicht mitbekam.

»Manchmal zwingt das Leben einen zu Entscheidungen, die man allein niemals getroffen hätte. Stefan weiß spätestens seit heute ein Lied davon zu singen. Ich wünsche euch alles Gute. Und nun lauf zu ihm.«

Eva rechnete sich aus, dass ihr Blackberry mittlerweile die Eingabe der PIN forderte. Blind drückte sie die vier Tasten, während sie gemächlich ausstieg. Um ein paar Sekunden Zeit zu gewinnen, stöhnte sie, nachdem sie aus dem Wagen geklettert war.

»Was ist?«, fragte ihr Entführer.

»Ich bin umgeknickt.« Sie bediente die Taste, unter der sie Stefans Handynummer als Kurzwahl abgespeichert hatte.

»Dann wirst du wohl nach Hause humpeln müssen«, entgegnete er schroff. »Ich haue jetzt ab. Mach die Tür zu.«

Kaum war die Autotür zugefallen, gab der Mann Gas. Eva wartete kurz, ehe sie sich das Telefon ans Ohr hielt.

»Schatz? Hörst du mich?«, vernahm sie Stefans Stimme.

Die lang gezogene, gerade Straßenführung erlaubte es ihr, das Fahrzeug noch eine ganze Weile im Auge zu behalten. »Spring in deinen Wagen!«, bat sie Stefan. »Ich will dem Scheißkerl folgen. Er hat mich eben freigelassen.«

»Ich sitze noch im Auto. Wo bist du?«

Als Stefans Vater am Ende der Straße nach links abbog, ahnte sie, dass sie eine Chance haben würden. Denn in der Richtung, die er gewählt hatte, ging es lange Zeit nur geradeaus.

»Fahr schnell los!«, rief sie und erklärte ihm, wo sie stand. Siegfried sollte büßen für das, was er ihr angetan hatte. Er durfte nicht ungestraft davonkommen. Selbst wenn das bedeutete, dass sie sich immer noch nicht von den Strapazen erholen konnte.

# 41

Er blieb vor dem Haus stehen und blickte über die Schulter zurück. Die beiden Polizisten in dem Fahrzeug machten nicht den Eindruck, als würden sie ihren Job rasch leid werden. Dennoch sollten sie im Laufe der nächsten Stunden eine große Überraschung erleben.

Das Schloss knackte, er stieß die Haustür auf und lehnte sich von innen gegen das dunkelbraune Holz, um einen Moment durchzuatmen. In seiner Erinnerung spielten sich die dramatischsten Ereignisse des Tages ab.

»Ich muss Ihnen etwas gestehen. Ich halte Sie tatsächlich für schuldig.«

*»Oh Gott! Was haben Sie vor?«*

*»Allerdings ist mir das augenblicklich ziemlich egal. Das Leben meiner Partnerin hängt am seidenen Faden. Ohne Ihre Hilfe schaffe ich es nicht, sie zu befreien.«*

Der Leibwächter hatte ihm einen wahnwitzigen Plan unterbreitet. Er, Hubert Scherer, sollte seinen eigenen Tod vortäuschen. Seine wohl letzte und zugleich wichtigste Rolle.

»Das funktioniert niemals!«

*»Ich denke, Sie sind Schauspieler!«*

*»Aber ich kann nicht meinen Puls herunterfahren. Schon gar nicht, wenn ich emotional aufgewühlt bin.«*

*»Sie müssen nur das Zimmermädchen überzeugen. Sie soll*

*dem Empfang melden, dass ein Krankenwagen benötigt wird. Ich kümmere mich um den Rest und hole Hauptkommissar Jessen ins Boot. Eine unabhängige Zeugin wäre gut. Die möglicherweise sogar mit der Presse redet.«*

Endlich hatte er sich so weit gesammelt, dass er das Haus seiner Eltern betreten konnte. Im Schlafzimmer lagerten ausreichend Kleidungsstücke, um eine Weile auszukommen. Außerdem ein paar alte Schmink- und Verkleidungsutensilien. Und im Safe hinter dem Familienporträt sollte sich ein ansehnlicher Bargeldvorrat finden.

»Ich soll in die Badewanne?«

*»Ja. Wir schmieren ein wenig Blut an Ihre Schläfe und legen eine Waffe auf Ihre Brust. Das ist der Anblick, den die meisten Leute aus Fernsehkrimis gewohnt sind. Hoffen wir, dass das Zimmermädchen keinen Erste-Hilfe-Kurs belegen musste.«*

*»Woher nehmen wir das Blut?«*

*»Ich ritze Ihr Fußgelenk oberflächlich an. Ich brauche bloß ein oder zwei Tropfen.«*

*»Das ist Wahnsinn!«*

*»Leider sehe ich keine andere Möglichkeit. Ich will Sie nicht erschießen müssen!«*

*»Was passiert anschließend?«*

*»Ich rufe Kommissar Jessen an. Erkläre ihm die Situation. Vielleicht spielt er mit.«*

*»Und wenn nicht?«*

*»Dann haben Sie nichts verloren. Für mich steht hingegen alles auf dem Spiel.«*

Nachdem er in drei verschiedenen Schränken nachgesehen hatte, fand er endlich einen Koffer. Er strich mit der Hand darüber, um den Staub zu entfernen, dann warf er ihn aufs Bett. Zunächst würde er mit dem Zug Richtung Bayern und von dort weiter über die Grenze fahren. Sein vorläufiges Ziel war Mallorca – allerdings wusste er nicht, ob ihn die spanischen Behörden ausliefern würden. Deswegen war es eventuell nur eine Zwischenstation, um seine Finanzen zu regeln und die Flucht nach Südamerika vorzubereiten. Brasilien hatte ihm immer gefallen.

»Ich spüre einen Puls! Scherer lebt! Wir brauchen einen Arzt! Sofort!«

*»Natürlich lebe ich! Hat der Bodyguard Sie nicht informiert?«*

Der Schrei, den der Polizist ausgestoßen hatte, amüsierte Scherer noch in der Rückschau. Wie so oft bei wahnwitzigen Ideen hatte der Plan sich nicht reibungslos realisieren lassen. Die Polizisten waren zu früh aufgetaucht, sodass Trapp noch nicht rechtzeitig mit dem Hauptverantwortlichen hatte sprechen können. Trotzdem hatte das Schicksal Scherer eine Möglichkeit gegeben, sich aus dem Staub zu machen.

»Ich habe Jessen am Funkgerät. Er will uns sprechen.«

*»Wo ist Trapp?«*

*»Verschwunden.«*

*»Wann?«*

*»Kurz bevor Sie hereingeplatzt sind.«*

Die zwei Bullen vor der Haustür waren kein Problem. Zumal sie ihn von Hamburg aus hierhergebracht hatten und die örtlichen Gegebenheiten nicht kannten. Es war alles so schnell gegangen, dass sie bestimmt keine Möglichkeit gehabt hatten, die Bremer Polizei um Amtshilfe zu bitten. Wenn er sich beeilte, konnte er einfach zur Hintertür raus, durch den Garten und dann auf den Fußweg, der an der Weser entlangführte. Mit der Verkleidung, die ihm vorschwebte, würde er hoffentlich unerkannt bleiben.

»Jessen kommt zu uns hoch. Wir sollen die Tür schließen. Niemand darf was mitbekommen.«

Scherer tippte den Code am Safe ein und stellte erleichtert fest, dass das Geld noch da war. Fünftausend Euro, die er nach dem Tod seines Vaters dort hinterlegt hatte. Als hätte er geahnt, dass er es einmal dringend brauchen würde.

»Dann hat Ihnen Trapp dasselbe erzählt wie mir.«

*»Glauben Sie ihm?«*

*»Ja. Er klang überzeugend verzweifelt.«*

*»Und was machen wir jetzt?«*

*»Ich kann unmöglich verlautbaren lassen, Sie wären gestorben. Ausgeschlossen. Die Pressestelle würde mich den Wölfen zum Fraß vorwerfen.«*

*»Haben Sie eine andere Idee?«*

*»Vielleicht.«*

*»Erzählen Sie!«*

*»Ich fordere einen Leichenwagen an. Die Medien werden spekulieren, dass Sie der Tote sind. Diese Spekulationen werde ich weder bestätigen noch dementieren. Meine Reaktion wird jedoch vermuten lassen, Sie seien gestorben. Wir befördern Sie im Leichenwagen aus dem Hotel.«*

*»Wohin?«*

*»Zunächst ins Präsidium.«*

*»Wo ich nicht bleiben werde. Es sei denn, Sie verhaften mich*

*aufgrund dieser lächerlichen Anschuldigungen. In dem Fall könnten wir uns dann auch das Schauspiel schenken.«*

Scherer sah das Gesicht des Polizeibeamten vor sich. Sein innerer Zwiespalt hatte sich darin nur zu deutlich gespiegelt. Natürlich hätte er den berühmten Schauspieler ausführlich vernehmen können. Aber wollte er wirklich wegen ein paar möglicherweise an den Haaren herbeigezogenen Vorwürfen seine Karriere aufs Spiel setzen?

»Könnten Sie irgendwo eine Weile unterkommen? Wo niemand mit Ihrer Anwesenheit rechnet?«

*»In meinem Elternhaus in Bremen. Das steht leer.«*

*»Okay. Der Leichenwagen bringt Sie in die Tiefgarage des Präsidiums. Dort steigen Sie in ein ziviles Fahrzeug um und verstecken sich auf der Rückbank. Sobald wir von Herrn Trapp erfahren, dass Frau Haller freigelassen worden ist, klären wir das vermeintliche Missverständnis auf.«*

*»Einverstanden.«*

*»Die Polizisten, die Sie nach Bremen bringen, belasse ich vor Ort. Zu Ihrer Sicherheit.«*

*»Dagegen habe ich nichts einzuwenden.«*

Es gab einen einzigen Grund, warum er Trapp geholfen hatte. Er hatte geahnt, dass die letzten ihm verbleibenden Alternativen Flucht oder Inhaftierung lauteten. Und durch Trapps Plan wurde eine Flucht überhaupt erst möglich.

Scherer musterte skeptisch die Utensilien, die in einer Truhe auf dem Dachboden gelagert hatten: falsche Bärte, Farbspray für die Haare, eine Schirmmütze, ein Trenchcoat. Sein Vater – ein Gymnasiallehrer – hatte die Theater-AG an der Schule seines Sohnes geleitet. Ein Detail, das Scherer auf der Autofahrt mit Engelhart verschwiegen hatte. Der Lehrer, den er damals hatte überzeugen müssen, ihm die Hauptrolle zu geben, war sein eigener Vater gewesen. Nach Auflösung des Kurses waren die Sachen im Fundus des alten Herrn gelandet, der es nie übers Herz gebracht hatte, den Kram wegzuwerfen. So wie er grundsätzlich nie etwas hatte wegwerfen können – weswegen Scherer nach seinem Tod eine Entrümpelungsfirma beauftragen musste. Doch die dunkle Holztruhe hatte er als liebevolle Erinnerung aufbewahrt. Nun würden ihm die darin aufbewahrten Utensilien hoffentlich gute Dienste leisten.

***

Hauptkommissar Jessen griff nach dem ersten Klingeln zum Telefonhörer.

»Traunstein hier«, meldete sich die Anruferin.

»Hat es geklappt?«, fragte er voller Zweifel.

»Besser als erwartet«, bestätigte sie mit einem triumphalen Unterton. »Als sie vom vermeintlichen Tod Scherers hörte, hat von der Strebe ausgepackt. Die Vorwürfe stimmen. Unter anderem hat sie gestanden, ihm vor acht Jahren behilflich gewesen zu sein.«

»Inwiefern?«

»Durch Abhebung einer Geldsumme, die sie ihm bar ausgehändigt hat. Das war eine ihrer Aufgaben. Damit seine Ehefrau nichts mitbekam. Außerdem hat die Agentin regelmäßig die Hotels angemietet, in denen das Schwein die Kinder missbraucht hat.«

»Und wer hat ihm seine Opfer besorgt?«

»Sie angeblich nicht. Ein Mittelsmann, dessen Namen sie uns genannt hat. Allerdings ist der vor einem Jahr gestorben.«

»Mist!«

»Trotzdem reicht ihre Aussage, um Scherer hochgehen zu lassen.«

»Ja, das denke ich auch. Ich veranlasse seine sofortige Verhaftung. Die Kollegen können ihn aus Bremen direkt wieder zurückbringen. Und dann bearbeite ich ihn so lange, bis er alles zugibt.«

Jessen unterbrach die Verbindung und wählte die Nummer der Beamten, die er mit Scherer losgeschickt hatte. »Verhaftet den Mistkerl! Er ist des Kindesmissbrauchs überführt.«

***

Die beiden Polizisten wechselten einen unheilvollen Blick.

»Ob er sich schlafen gelegt hat und das Klingeln deshalb nicht hört?«

»Ich fürchte was anderes. Wir müssen Jessen informieren.«

»Mach du das! Ich sehe mich mal hinterm Haus um.«

# 42

»Und Sie sind absolut sicher, dass es das richtige Haus ist?«, hakte Traunstein nach.

Sie hatte innerhalb einer Stunde ein Einsatzkommando organisiert und war jetzt mit ihren Leuten vor Ort. Stefan und Eva war es zuvor gelungen, Siegfried bis zu einem zweigeschossigen Gebäude zu folgen, wo er den Wagen in eine Garage gefahren hatte. Anschließend hatten sie sich zurückgezogen und in einiger Entfernung auf die Polizei gewartet.

Die Details, von denen der Leibwächter berichtet hatte, deuteten darauf hin, dass Dorweiler nicht mit der vollen Wahrheit herausgerückt war.

»Das ist das Haus, zu dem er gefahren ist«, bestätigte Stefan. »Ob es das ist, in dem Eva festgehalten wurde, kann ich nicht sagen. Vielleicht hat mein Vater eine dritte Familie gegründet, bei der er nun Zuflucht sucht. Und die Mitverschwörer sind über alle Berge.«

»Das Risiko kann ich eingehen. Hauptsache, wir verhaften zumindest einen Schuldigen. Sie bleiben hier, während ich mich mit den Kollegen bespreche.«

Traunstein lief zum Einsatzwagen. Unterdessen nahm Stefan Eva in den Arm. Seitdem er gesehen hatte, wie Siegfried in dem Haus verschwunden war, war ein Teil der Anspannung von ihm abgefallen. Für Evas Verschleppung würde sein Vater die angemessene Strafe erhalten.

Sie legte ihren Kopf an seine Schulter und seufzte. »Ist der Albtraum jetzt endlich vorbei?«

»Ich hoffe es. Hängt davon ab, wen die Polizei gleich festnimmt.«

»Zu Silvester wünsche ich mir nur eine Sache.«

»Was denn?«

»Mal wieder ein Jahr ohne Entführung zu erleben.«

Er streichelte ihr über die Haare, erleichtert, dass sie schon wieder Witze machen konnte. Offenbar hatte sie die Ereignisse einigermaßen verkraftet. Ehe er antworten konnte, kam Traunstein auf sie zugelaufen.

»Es gibt Neuigkeiten von Kommissar Jessen.«

***

Als der Hamburger Polizist das Gebäude umrundet hatte, sah er, wie jemand das Grundstück durch ein Gartentor verließ. Die Person trug eine Schirmmütze und einen Trenchcoat. Möglichst geräuschlos lief er der Gestalt hinterher. Doch das quietschende Tor verriet ihn. In zwanzig Metern Entfernung blickte die Person über die Schulter. War das wirklich Scherer? Hatte er sich verkleidet?

»Stehenbleiben!«, forderte der Beamte.

Statt der Aufforderung nachzukommen, lief der Mann davon.

Der Polizist sprintete hinter ihm her und hatte den älteren Schauspieler schnell eingeholt. Er berührte ihn an der linken Schulter und schubste ihn zu Boden. Scherer schrie schmerzerfüllt auf, als er mit dem Gesicht zuerst im Dreck landete.

»Ich verhafte Sie wegen des dringenden Tatverdachts des mehrfachen Kindesmissbrauchs.«

Grob drehte der Polizist den winselnden Mann um und tastete ihn ab. »Na so was. Was haben wir denn da?«

***

»Scherer wurde verhaftet. Er hat versucht, sein Elternhaus über einen Hinterausgang zu verlassen«, informierte die Hauptkommissarin Stefan Trapp und Eva Haller. »Er hatte eine große Menge Bargeld in den Taschen und war unter anderem mit einem falschen Bart getarnt. An seiner Fluchtabsicht besteht wohl keinerlei Zweifel.«

»Also widerfährt seinen Opfern jetzt hoffentlich doch noch Gerechtigkeit«, sagte der Leibwächter.

»Die meisten Taten sind verjährt«, schränkte Traunstein ein. »Aber nicht alle. Für eine längere Gefängnisstrafe reicht es auf jeden Fall.«

Plötzlich fiel ihr Florian Dorweiler ein. Bestimmt hatte er von dem Haus und den anderen Missbrauchsopfern gewusst. Und trotz der Sympathie, die sie für ihren ehemaligen Kollegen empfand, würde sie alles daransetzen, ihm nachzuweisen, dass er sich nicht an den Deal gehalten hatte, der ihm Straffreiheit garantierte.

»Wie geht das mobile Einsatzkommando vor?«, fragte Trapp.

»Da es keine Möglichkeit gibt, sich dem Gebäude unbemerkt zu nähern, werden die Männer bis vor die Tür fahren und dann stürmen.«

***

Siegfried saß an seinem PC und suchte nach Artikeln über Scherers Tod. Obwohl mittlerweile mehrere Stunden vergangen waren, nutzten die verschiedenen Nachrichtenportale weiterhin schwammige Formulierungen wie »nach unbestätigten Berichten«. Langsam beschlich ihn ein ungutes Gefühl. Wieso wurde die Todesnachricht nicht offiziell verlautbart? Er griff zu seinem Handy und betrachtete das Foto, das ihm Stefan geschickt hatte. Der Anblick des leblosen Schauspielers mit Blut an der Schläfe entlockte ihm ein Lächeln. Weshalb bestätigten die Presseagenturen seinen Tod nicht?

Ob es ein Fehler gewesen war, Eva so frühzeitig freizulassen?

»Scheiße! Die Bullen!«

Der verängstigte Aufschrei aus der Küche riss Siegfried aus seinen Gedanken. Er sprang vom Stuhl auf und rannte zum Fenster. Sechs vermummte Einsatzkräfte stürmten auf das Haus zu. Der Anblick lähmte ihn. Das war das Ende. Tief in seinem Inneren hatte er gehofft, dass wenigstens der Teil der Gruppe, der sich zuletzt in dem Haus versammelt hatte, ungestraft davonkommen würde. Nun jedoch stand ihre Verhaftung bevor.

Die Eingangstür zersplitterte unter lautem Getöse. Siegfried hob die Hände hinter den Kopf, um sich dem Unvermeidlichen zu stellen. Doch plötzlich ertönten Schüsse.

»Nicht schießen!«, schrie er verzweifelt. »Sie werden euch sonst töten!«

Mit noch immer erhobenen Händen verließ er das Arbeitszimmer. Unterdessen fielen weitere Schüsse. Er betrat die Diele und starrte in Richtung einiger in Deckung gegangener Bullen. Um den Wahnsinn zu beenden, stellte er sich in den Hausflur. Er hoffte, sowohl die Polizei als auch seine Mitverschwörer dadurch zur Einsicht zu bringen. Ein unerträglicher Schmerz in Höhe seines rechten Schulterblattes war das Letzte, was er spürte.

***

Die Beerdigung fand im kleinsten Kreis statt. Stefan, Eva und ein Mitarbeiter des Bestattungsunternehmens. Die Urne wurde anonym unter einem Baum bestattet. Bald schon würde sich fast niemand mehr an Siegfried Trapp erinnern.

Kurz nach der Schießerei hatte die Polizei offiziell die Verhaftung Hubert Scherers bekanntgegeben. Von der Strebe hatte in weiteren Verhören zusätzliche Einzelheiten gestanden. Ihr drohte eine Anklage wegen Beihilfe zum Kindesmissbrauch – was aber in keinem Verhältnis zu den strafrechtlichen Folgen stand, die Scherer bevorstanden. Seine Karriere war vorbei, und zumindest einige seiner letzten Lebensjahre würde er im Gefängnis verbringen. Mittlerweile hatten verschiedene Zeitungen neue Missbrauchsopfer aufgetrieben. Im Knast erwarteten Scherer harte Jahre. Kinderschänder galten dort als Abschaum, egal wie reich oder berühmt sie waren – und wurden von den Mithäftlingen entsprechend behandelt.

Während sie langsam mit der Urne über den Friedhof schritten, gingen Stefan die Details durch den Kopf, die die Polizei bezüglich des schiefgelaufenen Einsatzes an die Öffentlichkeit gegeben hatte. Siegfried war von der Kugel eines Mittäters tödlich getroffen worden. Zwei weitere Opfer von Scherer waren ebenfalls im Kugelhagel gestorben, zwei hatte man verhaften können.

Sie erreichten die Begräbnisstelle, und der Bestattungsunternehmer sprach ein paar Worte. Statt ihnen zu lauschen, schweiften Stefans Gedanken ab.

Was bedeutete es, Vater zu sein?

Siegfried hatte sich aus der Verantwortung gestohlen. Trotzdem war Stefans Leben nicht aus dem Ruder gelaufen. Bei seinem Halbbruder war es hingegen anders gewesen.

Sophie würde wahrscheinlich versuchen, den Kontakt zwischen Stefan und seinem Nachwuchs zu unterbinden. Doch die Ereignisse der vergangenen Wochen hatten ihn darin bestärkt, mit allen Mitteln um seine Rechte zu kämpfen. Er würde nicht zulassen, dass seinem Kind Unrecht getan wurde.

Und Unrecht bestand nicht nur in den schlimmen Dingen, die Christoph widerfahren waren, sondern schon darin, den Vater aus dem Leben des Kindes auszuschließen.

Außerdem würde Stefans Erstgeborenes irgendwann einen Halbbruder oder eine Halbschwester bekommen – vielleicht sogar beides. Er selbst hätte gern früher von Christophs Existenz erfahren; ihn unter erfreulicheren Umständen kennengelernt.

Sophie würde nicht verhindern können, dass es ihrem Sohn oder ihrer Tochter anders erging. Das versprach er an diesem traurigen Morgen seinem ungeborenen Kind.

Der Bestattungsunternehmer schaute ihn erwartungsvoll an. Stefan nickte und ließ Evas Hand los. Dann trat er nach vorne, um die Urne in dem ausgehobenen Loch zu versenken.

# *Danksagung*

Mein größter Dank gilt Ihnen, liebe Leserin, lieber Leser. Seit einigen Jahren kann ich meinen Traum vom Schreiben leben – was ohne Ihre Unterstützung nicht möglich wäre.

Darüber hinaus bedanke ich mich besonders ausdrücklich bei meiner großartigen Lektorin Claudia Schlottmann, die zu einer festen Größe meines Schaffens geworden ist.

Nina Arrowsmith und den Mitarbeitern der Arrowsmith Agency gebührt aufrichtiger Dank, unter anderem, aber nicht hauptsächlich dafür, dass sie bei einem Besuch in Hamburg am 11.11. daran gedacht haben, aus welcher karnevalverrückten Region Deutschlands ich komme.

Bei Ruggero Leò und Ulrike Gerstner vom LYX Verlag bedanke ich mich für die gemeinsam verbrachten Stunden, in denen wir trotz aller Arbeit eine Menge Spaß hatten.

Ein ganz besonders großes Dankeschön richte ich an die Autoren, die sich unter dem Namen *Lieblingsautoren* zusammengeschlossen haben. Ihr zeigt mir Tag für Tag, dass Autoren keine Einzelkämpfer sein müssen.

Mein Sohn Joshua verdient seit über zwanzig Jahren eine ganz besondere Erwähnung – ohne ihn wäre ich wohl ein komplett anderer Mensch geworden.

Zuletzt möchte ich mich bei Kirsten Wendt bedanken – einfach für alles.

Marcus Hünnebeck
Mai 2016